古書泥棒という職業の男たち

20世紀最大の稀覯本盗難事件

トラヴィス・マクデード　矢沢聖子 訳

THIEVES OF BOOK ROW

NEW YORK'S MOST NOTORIOUS RARE BOOK RING AND THE MAN WHO STOPPED IT

TRAVIS McDADE

原書房

古書泥棒という職業の男たち

20世紀最大の稀覯本盗難事件

THIEVES OF BOOK ROW

: New York's Most Notorious Rare Book Ring

and the Man Who Stopped It

by

Travis McDade

◉我々が生きているのは言葉の世界だ。

エドガー・アラン・ポー『アル・アーラーフ』（一八二九）

◉大きな公共図書館から本を盗むのを阻止することが可能になるとは思えない。

エドウィン・ホワイト・ゲイラード
ニューヨーク公共図書館特別捜査員（一九二〇）

◉過去一〇〇年間に販売された稀覯本のうちどれくらいが、個人の蔵書に見せかけた元図書館の本かご存じだろうか？　ラベル、蔵書印、浮き彫り《エンボス》を除去し、しばしば「来歴」を加える。どれくらいの割合の全米の書籍ディーラー――最大級から弱小まで含めて――が、こうした稀覯本を提供し、販売しているだろうか？　盗まれたものと知りながらそうしている場合も、（ごく稀に）それと知らない場合もある。どんな数字をあげても推測にすぎないが、その率はきわめて高い。公共図書館は、最大にしてもっとも簡単で手っ取り早い出所なのだ。

ハロルド・ボーデン・クラーク
古書ディーラーで本泥棒（一九五一）

目次

謝辞

これまで一度も語られたことのないストーリーの大半がそうであるように、この本も無数のピースをつなぎ合わせたものだ。裁判記録、供述書の控え、さまざまな機関の覚え書、図書館間の手紙、新聞記事、雑誌の人物評、書籍商の回顧録、未刊行の回想等々、入手できるものはすべて参考にした。したがって、リサーチは得意なものの、多くの方々の協力に頼るという、私にとって不得意な作業もあった。それでも、「ひょっとしたら、こういうものはないかもしれないのですが」とおずおずと切り出した私に多くの図書館や公文書館の職員の方々が、気さくに資料を提供してくださるのには驚きの連続だった。こうした方々は、労力を惜しむことなく、それまで一度も手にしたことのないファイルを探し出してくださったが、その見返りといえば私からの感謝の言葉だけだった。きちんと記録を取らなかったり、うっかり忘れてしまったりで、貴重なお力添えをいただいた方々のお名前をすべてここにあげられないことを許していただきたい。

ボストン公共図書館の草稿専門職員であるキンバリー・レイノルズは、きわめて貴重な資料をコレクションの中から発見し、それが本書のために大いに役立った。ボストン警察公文書館のマーガレット・サリバンにも大変協力していただいた。ローウェルのポラード記念図書館のシーン・シボドー、ランカスターのサイヤー記念図書館のマーシャル・ジャクボウィッツは、それぞれの図書館の情報を丹念に探し出してくれた。ニューヨーク公共図書館を初めて訪れたときは右も左もわからなかったが、テッド・テオドーロとジェシカ・ピグザが力を貸してくださった。ジェシカにはその後もたびたびお世話になった。

同館のスーザン・マルツベリーも私のために調査してくださった。インディアナ大学リリー図書館のスー・プレスネルは、『アル・アーラーフ』の物理的状態に関する問い合わせに何度も答えてくれた。その調査の初期段階で、ハーバード大学公文書館から、クラークに関する新聞記事のファイルを送ってもらった。オンタリオ州公文書館からは、ハロルド・クラークのファイルを送っていただいた。アイオワ州のマット・シューラーからは、ほかでは決して手に入れることのできない記事をいただいた。クリーブランド公共図書館のアン・ウィーラントは、公文書を検索してくれた。オハイオ州ハミルトン郡法律図書館のジュリー・クーネには、重要な裁判記録を探し出すうえで大変お世話になった。ニューヨーク市公文書館のプリシラ・ガベラは、私にはできないコピー作業に取り組んでくれた。フィロビブロン・クラブの会長であるスティーブン・ロスマンは、一九八九年に書籍商のジョージ・アレンがフィラデルフィアで行ったスピーチを送ってくださった。ペンシルベニア大学図書館の稀覯本および草稿専門職員、サンドラ・ステルツは、蔵書の中から情報を集めるのに力を貸してくれた。グロリエ・クラブのミーガン・コンスタンチノウには、すばらしい蔵書を参考にさせてもらったうえ、訪館時にお世話になった。ローゼンバック博物館および図書館のエリザベス・フラーには、同館の蔵書から重要な数通の手紙を探し出す際に助けていただいた。

私は大学で「稀覯本をめぐる犯罪と刑罰」という講座を受け持っている。その講座で二度、学生たちに本書の草稿の一部を読んでもらい、多くの学生から有益なフィードバックをもらった。過去に数回、私はウィリアム・バーグキストの親族を探そうとして目的を果たせなかったことがある。だが、ついにショーン・オットにたどりつき、家系図を研究している彼からバーグキストの娘のジーン・フラッグを紹介してもらった。ミセス・フラッグから父の思い出やニューヨークでの生活を語ってもらえたのは望外の喜びであり、その機会をつくってくれた彼女に感謝したい。

本書の草稿をさまざまな段階で人に読んでもらった。彼らに共通するのは、とても忙しいという点であり、この作品のために時間を割いてくれたのはとてもありがたいことだった。私と同じく歴史を研究しているジム・グレゴリーは、原稿を丹念に読んで有益なアドバイスをしてくれた。すばらしいブログを書いているジェレミー・ディベルは、いつも貴重な時間を割いて私が書いたものを読んでくれる。今回も草稿を読んで有益なアドバイスをくれたことに感謝している。アイリーン・サケララキスは、長年にわたって私の作品の熱心で忍耐強い読者である。いつものように、本書の草稿を読んで有意義なフィードバックをくれた。リン・ワームスも私の強力な支援者で、この草稿を注意深く読んでくれた。トム・アルベンも本書の初期の草稿を読んでコメントしてくれた。

ロースクールに勤務している利点のひとつは、エメリー・リーとクリス・メイナードに出遭ったことだ。いずれも法律雑誌の編集経験があり、私の草稿を丁寧にチェックしてくれた。エメリーは的確かつ寛大な目で本書を見てくれた。クリスも問題の大小を問わず有益なアドバイスをしてくれた。ワシントンDC弁護士会の会員であり、ほかにもさまざまな仕事に従事しているマーク・マイテックは、契約書を読みなれた専門家の目で初期の段階で草稿に目を通してくれた。彼からの包括的で貴重なアドバイスに基づいて、本書を完成させることができた。ドン・クランメルは優れた書籍ディーラーであり、彼から教えられたのがきっかけで私は稀覯本に関心を抱くようになった。彼も草稿を読んで、ほかからは得られない貴重なアドバイスをしてくれた。

編集者であるナンシー・トフに感謝を捧げる。この本の企画段階から完成に至るまで忍耐強く私を支えてくれた。草稿に関するアドバイスを時として私が受け入れ難く思ったとしても、彼女のおかげで改善されたのは間違いない。それ以上に重要なのは、私が必要だと感じた箇所をそのまま残しておいてくれたことだろう。これ以上ありがたいことはない。オックスフォード大学出版局のソニア・タイコにも、編集から出版に至る段階で細部まで辛抱強く助けていただいた。イリノイ大学の同僚たちにも感謝したい。彼らの何人かにアドバイスを求めたが、いつも快く応じてもらった。イリノイ大学、とりわけロースクールはすばらしい職場で、ここで働けることを幸運に思う。

私にはじつにすばらしい家族がいる。世界一の両親ときょうだいに恵まれた。変わることのない愛と支えだけでなく、作品の一部を読んで健全なフィードバックをしてくれる。ディックとケイ・マックデイド、パム・マンセル、トレーシー・イングリング、エイミー・グードシャルに感謝する。さらに、私は妻と結婚したことで、すばらしい義兄弟、マイルズ、シェリー、ジョーダンを得るという二重の幸運に恵まれた。アシュリー・マイテックは、私がこのストーリーを思いついて以来(何度も)私の話に耳を傾けてくれた。彼女は精力的な聞き手で応援団であり、何度も週末にもオフィスで一緒に時間をすごしてくれた。彼女の支援とすばらしい人柄に感謝を捧げる。

主な登場人物

◉ニューヨーク

【ブック・ロウの窃盗団】

チャールズ・ロンム……ロシア系移民の書店主。最年長
ベン・ハリス……デンマーク移民の書店主。ポルノも扱う
ハリー・ゴールド……ニューヨークのスラム生まれ。書店主
サミュエル・レイナー・デュプリ……ゴールドのスカウト

【ブック・ロウのディーラー】

エイブ・シフリン……初版本ディーラー。アカデミー書店
ルイス・コーエン……アーゴシー書店
チャールズ・エベリット……アメリカーナを扱う古書ディーラー。ブリック・ロウ書店
オスカー・チュドノフスキー……ゴールドとハリスを仲介したディーラー
セオドア・シュルツ……ブック・ロウの名付け親。黒幕的存在
バーン・ハケット……古書テーブル組合の創設者
ハリー・ストーン……古株ディーラー
アーサー・スワン……稀覯本ディーラー

A・S・W・ローゼンバック……………………劇文学博士号を持つ有力な書店主

【ニューヨーク公共図書館（NYPL）】

エドウィン・ホワイト・ゲイラード……………初代特別捜査員

G・ウィリアム・バーグキスト…………………二代目特別捜査員

エドウィン・アンダーソン………………………館長

キース・メトカーフ………………………………書架主任

◉ボストン

【本泥棒】

ハロルド・ボーデン・クラーク…………………カナダ生まれの本泥棒

ウィリアム・マホニー……………………………通称ベビー・フェイス。クラークの指南役

ヒルダーウォルド…………………………………バーグキストが長年追い続けた正体不明の本泥棒

【ディーラー】

チャールズ・グッドスピード……………………伝説的な書店主

ウィリアム・クラーク……………………………ディーラー

【ボストン公共図書館（BPL）】

チャールズ・ベルデン……………………………館長

L・フェリックス・ランレット……………………司書

五番街と四二丁目の角にある、開館から数年後のニューヨーク公共図書館。この界隈は交通量が多く歩行者に紛れることができるので、本泥棒たちが好んだ。

プロローグ　さまよう星

エドガー・アラン・ポーは、残された写真から推察される年齢までは生きなかった。貧苦の中で生まれ、貧苦の中で終えた四〇年間は、成功に手が届きそうになっては肩すかしを食らうという繰り返しで、売文と編集作業で生計を立て、生涯を転々としてすごした。死後六〇年後、『ボルティモア・サン』紙は、それを詩的な表現で伝えている。「彼は生涯のうちに何度も成功の盃《さかずき》を掲げ、乾いた唇をつけようとしたが、そのたびに運命の女神は彼から盃を取り上げた」[1]。もちろん、ポーは成功の盃を掲げただけではなかった。芸術家としてさまざまな悪徳に手を染め、金もないのに賭博にふけり、借金を重ねて返済できず、自分に害を及ぼす立場にある相手としょっちゅう喧嘩した。要するに、いまだ成功の栄誉を与えられないうちから、きわめて天才らしい言動をとっていたのである。

多くの芸術家と同様、ポーは後世になってようやく正当に評価された。彼の豊かな想像力をもってしても、これほど高く評価されるとは予測できなかっただろう。死後一世紀を経て、著作に対する人気は急激に高まり、編集者として携わった発行物ですら、遺作としての価値を持つことになる。著作は色褪《あ》せた一冊の本でも途方もない価値を生み、本人が生涯のうちに稼いだ何倍もの高値がつけられた。とりわけ初期の詩集がそうだった。

『タマレーン、その他の詩集』が出版されたのは一八二七年、当時ポーは一八歳だったが、すでに成人並みの問題を抱えていた。「一ボストン人」の名で出版されたこの地味な詩集の発行部数はわずか二〇〇部、バージニア大学在学中に賭博と飲酒の合間に書いた詩を集めた作品だった[2]（初期の伝記作家によると、そこでのポーは「放埓《ほうらつ》三昧で、当時の大学生としてはきわめて自堕落な生活を送っていた」という）。[3]鬱屈した若者の処女詩集が商業的成功に結びつくのは十九世紀でも稀なことであり、『タマレーン』も予想どおりの結果になった。しかし、ポーのペンが生み出したこの最初の薄い出版物は、彼に二つのものをもたらした。経験とのちの『アル・アーラーフ』である。

若者らしい楽観的観測から、ポーはすぐ次作に取り組んだ。半数は『タマレーン』で発表した詩を改訂したものだったが、表題作は新しく、そして、すばらしい作品だった。その『アル・アーラーフ』とは、その二五〇年前にデンマークの天文学者ティコ・ブラーエが発見した超新星の名前で、ポーによると、このさまよう星は「一瞬にして、木星をも凌ぐ輝きとともに現れ」、やがて徐々に消えていった。この星はイスラム教のコーランでは、天国と地獄の間にあって、「地獄に落ちるには善良すぎるが、天国には適さない人びとのための場所」[4]とされていた。大手出版社ケアリー・リー＆ケアリーのアイザック・リーに宛てた手紙の中で、ポーはアル・アーラーフとは「天国と地獄の中間にあり、罰せられることはないが、かといって天上の喜びの象徴である平穏や幸福を得ることはできない場所」[5]としている。リーにこの詩集を出版してもらいたかったポーは、こんな但し書きで手紙を締めくくっている。「本作は未成年者によって、きわめて不利な条件下で実際に書かれたものです」だが、こうした懇願にもかかわらず、出版社は一〇〇ドルの損失保証金を払えない二〇歳の青年に敢えて賭けようとはしなかった。ポーとしてはどうすることもできず、別の出版社を当たるしかなかった。ボルティモアの小さな出版社、ハッチ・アンド・ダニングとの契約にこぎつけたのは一八二九年十一月。[6]『アル・アーラーフ、タマレーン、および小詩集』はその翌月、約二五〇部刷られた。

処女作『タマレーン』から得た教訓を生かして、ポーは初めて実名で出版したこの詩集を成功させようと努力した。まずは書店に並べてもらい、雑誌や新聞に書評を載せてもらうように奔走した。どちらも賢明な策であり、多少なりとも満足のいく結果をもたらした。『アル・アーラーフ』は数軒の書店に並び、複数の書評が出た。だが、残念ながら、総合的には賛否両論といったところだった。ボストンの雑誌『レディズ・マガジン』に掲載された書評は、その典型と言えるだろう。「これらの詩を適切に評するのはきわめて困難だ。きわめて稚拙で、詩としての体裁を欠いているところがある。しかし、その一方で、ロマン派の詩人シェリーを彷彿とさせる、かなり長い一節が随所に見られる。おそらく、まだとても若い作者は、きっと天才なのだろうが、判断力と経験と思慮が不足している」[7]また、きわめて独創的な題材のおかげで、「レンガ片の山を飛び越えて」といった詩的でない表現も気にならないと評した書評もあった。[8]

高く評価された詩集ですら売れ行きは限られていたから、当然、ポーのこの詩集はほとんど売れなかった。そして、後世に残ったのはそのごく一部であり、一〇年以上残ったものの大半が友人や縁者への贈呈本だった。[9]ポー自身、一冊も持っていなかった。一八四五年に詩人で編集者のジェームズ・ローウェルに宛てた手紙の中で、ポーは「うかつにも自作の詩集を一冊も手元に残しておらず、残しておく価値があるとも思っていなかった」と書いている。[10] だが、初期の作品の商業的失敗は、作者にとっては不運でも、書籍ディーラーには幸運をもたらす場合が少なくない。『アル・アーラーフ』に対する関心が急激に高まったのは、ポーの死から数十年後、彼のほかの作品が評価されたことで、コレクターたちが彼の初期の作品を発見したのである。しかし、すでにほとんど現存していなかった。

あるコレクターは、一八六二年三月号の『フィロビブリオン』誌に、ポーの初期の作品についてはほとんどなにもわからないと書いている。「故エドガー・A・ポーが上梓した処女詩集に関する情報――刊行日付、判型、内容など――を入手したい。とびきりの稀書らしく、グリズウォルド博士ですら見たことがないという」[11] グリズウォルド博士とはルーファス・ウィルモット・グリズウォルドのことで、生前のポーにとってはライバル、死後は誹謗者となり（彼が公表したポーの死に多くの人が驚いたが、「その死を悼む人はまずいないだろう」とも書いた）[12]、ポーの文学的遺産管財人を買って出た人物である。『アメリカの詩人と詩』を編纂し、一八六二年当時入手できたその一五版で、ポーの略伝を紹介している。初期の作品に関しては「陸軍士官学校在籍中に小さな詩集を出版したが、大半が一〇代のころ書いた作品だった」と記しているだけだ。[13]『アル・アーラーフ』の出版から三〇年以上、ポーが世界的に有名になって一五年以上経った一八六二年当時、ポーが最初に自分の名を冠して出版したこの薄い詩集のことはほとんど知られていなかった。

しかし、まったく知られていなかったわけではない。エバート・オーガスタス・ダイキンクは、一八五六年に出版した『アメリカ文学事典』で、『アル・アーラーフ』がいつ、どこで、どのような経緯で世に出たかを記している。ダイキンクはポーと交友があったから、無論、これは驚くべきことではないだろう。しかも、数少ない初版本を一冊持っていたから本棚に近づけば手に取ることができた。ダイキンクが所有する『アル・アーラーフ』は、一八七〇年代に彼の本棚から、セントラルパークに近い五番街のジェームズ・レノックス図書館に移され、その膨大な蔵書の一部となった。そして、レノックス図書館の厳しい利用規則に守られて一九二〇年代まで保管されたあと、そこから三〇ブロック南に完成したばかりのニューヨーク公共図書館の基本コレクションに加えられた。一九三一年一月のある寒い土曜日、ノース・カロライナ州から出てきた若者が偽名を使って稀覯本コレクションから借り出そうとしたときにも、この本はまだそこにあった。

一世紀を経て装丁も緩みセピア色に変色した薄い『アル・アーラーフ、タマレーン、および小詩集』は、またしても三〇ブロック南に移動することになった。今回は本好きのアメリカ人には「ブック・ロウ」という名で知られている古書店街に落ち着くことになったのである。

1章 大恐慌時代の稀書事情

マンハッタンのブック・ロウのようなところはほかにはない。四番街のアスター・プレイスからユニオン・スクエアまで六ブロック続くこの一帯は、文字通り〝本の通り《ブック・ロウ》だ〟。どこまでも本屋が並んでいる。店の構えも規模もさまざまで、大きな店から小さな店まで、にぎわう店もあれば閑散とした店もあり、豪華な造りの書店もあれば、うらぶれた古本屋もある。専門書に特化した店からなんでも並べている店まで、インテリ向けから一般向けまで、うさんくさそうな小店から地域に根を張った店まで、実に多種多様だ。「博識な店主が経営する個性的で専門的な古書店もあった」と、ある書店主は語っている。「すっきりした店もあったが、雑然とした洞穴みたいな店もあって、丹念に探していくと値打ちのある初版本やめったに手に入らない珍本が見つかることもある。だいたいは一ドルか五〇セント、あるいはそれ以下のどうでもいいような本だったがね[1]」活字になったものなら必ずブック・ロウのどこかの店にあると言われ、一〇〇万冊以上がこの一帯に集められていた。

一九三〇年に穴だらけで未舗装の四番街の真ん中に立つと、この言葉を素直に信じられたはずだ。とにかく、どこも本だらけなのだ。書店の窓際には本が山積みにされ、日よけには本の絵が描かれ、空気には本の匂いが漂っていた。店の扉を開けるたびに埃っぽい古書の匂いが流れてくる。店の前の歩道にまで本がはみ出していた。ぐらぐらする台の上や、お買い得を謳《うた》った手描きの看板の下に積みあげられた廉価本は、ダービーハットやフォードのモデルAと同様、当時の四番街の風景の一部だった。小説家で書籍コレクターだったクリストファー・モーリーは、「寒風の吹く日でも、歩

四番街の古書店の特価台を物色する買い物客、モスク書店、1935年。ジョージ・ハーリック撮影。
(ニューヨーク市立博物館、フェデラル・アート・コレクション)

道に張り出した台に群がって、雑然と積まれた本のページを繰る人の姿があった」と語っている。[2]

ニューヨークの街には職探しをする男たちがあふれ、体面より食欲を優先して、無料の食料配給の列に並んだり、リンゴの荷車に群がったりしていた。四番街の人寄せは廉価本だ。地下鉄の利用客やワナメーカー百貨店の買い物客を大恐慌下の安値で引き寄せるために歩道の台に山積みにされた本は、書店主たちにとって店内の本に劣らず大切な商品だった。ブック・ロウの古書店主を主人公にしたモーリーの小説『幽霊書店』には、店主が朝いちばんに一〇セント本を外の台に並べる様子が描かれている。客を呼び込むには歩道に安い本を並べるのがなにより効果的で、特に悪天候で威力を発揮したと店主は言う。「雨の日には日よけを張り出しておくと、いい商売になる。必ず誰かが雨宿りして、ついでに本を漁っていく。大雨の日には、五、六〇セントになることも珍しくなかった。歩道のストックは週に一度替える……大半は駄本だが、ちゃんと目的を果たしてくれる」[3]言うまでもなく、店主の目的は、客を入口に引き寄せて窓から中をのぞかせたり（窓辺に積まれた「本のせいで見通せない」場合が多かったが）、店内に足を踏み入れさせたりすることだ。[4]

ただし、店内など眼中にない客も多かった。彼らにとって、ブック・ロウは安売り台のことで、店は単なる背景、日よけの支柱、あるいは、もうすぐ叩き売りされる本の中間貯蔵庫だったのだ。一九二九年の『ニューヨーカー』には、書店に入ろうとしても、入口は廉価本の台にふさがれていて「通行不能に近い」という記述がある。[5]一九三〇年代のWPAの『ニューヨークガイド』は七〇〇ページ以上あるが、ブック・ロウの説明はたった二行で、「特価本を積んだ店外の台には、一日中、立ち読み客が絶えない」とだけ書かれている。[6]

一九三〇年の立ち読み客は、まだ大半が男性で、糊のきいたカラーにチョッキ、帽子といういでたちだった。大恐慌で失業し、時間つぶしのためにブック・ロウをぶらついている男たちもいただろうが、もちろん、本を買うつもりで来た客もいたはずだ。だが、外見だけでは見分けがつかなかった。ヘンリー・ロスが一九三四年に発表した『それを眠りと呼ばしめよ』は、移民の子としてブック・ロウの近くで育った経験に基づいた小説だが、その中にこんな人物が登場する。「身に着けているのは、この時代の平均的なニューヨーカーらしいくすんだ地味な色ばかり。黒いダービーハットが、デスクワークについている男特有の血色の悪さをきわだたせている。痩せた長身にまとった上着はゆったりとしていて、喉元までV字形にボタンがかけてある。そのV字の上には固く結んだ黒いネクタイ」[7] いつブック・ロウに来ても、あたりにいるのはこういう男たちだった。

だが、少数ながら女性の姿もあった。大半は夫と連れ立っていたが、なかにはひとりで買い物に来た女性もいた。彼女たちもまだ好況期に流行した膝下丈の細身のドレスで盛装していた。「メイ・ウエストの豊かな曲線美は、まだ全米に影響をおよぼしていなかった」と、歴史家のフレデリック・ルイス・アレンは、一九三〇年代初めの流行について三九年に記している。ドレスはまだすっきりした細身でVネック、帽子はヘルメット型で、「一、二束の髪が頬にかかっていた」[8]。三〇年は、二〇年代の好況期と、近づきつつある一九三〇年代の厳しさとの端境期だったのである。

だが、どんな服装をしていようと、彼らは風景の一部であり、わずかな収入源にすぎなかった。ブック・ロウの個性は、店内に、つまり、客が品揃えをどう評価し、どこまで金を費やすかで運気が変わる書店主たちにあった。本のことを知り尽くしている店主も、そうでない店主もいたが、ほぼ例外なく、どの分野を扱うかについて誰もがはっきりした考えを持っていた。なかには、商売も含めて本以外のことを知らない店主もいて、立ち読み客を邪魔者扱いし、買い物客を著作権侵害者のように扱って、客の相手をするより、チャールズ・ディケンズの小説に出てくる掃き溜めのような部屋で読書にふけるのを好んだ。[9] その一方で、入口に立って通行人に話しかけ、店内に呼び込もうとする店主もいた。店の奥で蔵書を調べる姿を窓からのぞく客に見せつけようとする店主もいた。要するに、店の数と同じだけ個性豊かな書店主がいたわけである。ある店主はこう言っている。「ブック・ロウの店主や従業員なら、大学の教授会にすんなり納まっただろう。もっとも、仮釈放中の連中なら、教授会を抜け出して保護観察官のもとに出頭しなければならなかったろうが」[10]。そして、彼らに共通するのは、厳しい経済状況に打ちのめされながらも、劣悪な労働環境の工場に浸食されつつあるうらぶれた地域に囲まれたこの古い通りで懸命に生き残ろうとしていることだった。[11]

結局のところ、ブック・ロウの書店主たちの目標は同じだった。それでも、生き残りをかけている以上、時には他人を犠牲にしなければならなかった。要するに、協力しつつ競合し、取引もするが、相手を出し抜こうともする。他人を押しのけはしても恨みを引きずらず、ブック・ロウに店が増えるほどみんなの利益になるという共通の認識で結ばれていた。微妙なバランスを保っていたわけだ。「我々は愛憎相半ばする関係だった」と、店主のひとりハロルド・ブリッグスは語っている。「それでも、互いに離れられなかった[12]」

これは商売上の便宜以上のものだった。書店主が友達づきあいをしていたのは、共通するものが多かったからだろう。閉店後にはどこかの店に集まって、雑談や噂話をしながら指型のついた錫《すず》のカップからお茶を飲んだ。[13] 彼らの多くは同じ釜の飯を食った仲で、見習いとしてどこかの書店に入って仕事を覚えた。なかでもマディソン書店やドッド&ミードの稀書部門は、未来の書店主を何人も育てた。見習いは週給数ドルで掃除や窓拭きや使い走りなど、店主に命じられる仕事をする。こうして見よう見まねで商売を覚え、やがて発掘要員《スカウト》やセールスマンになっていく。

こういう徒弟制によって最後には書店主になったエイブ・シフリンは、修業時代を小説に描いている。主人公は「有給の店員」として入り、のちにその店の経営者になる。「怒りっぽいワンマンオーナーの一風変わった商売のやり方を研究し、咳払いしながら値段交渉して古書を売買している様子を観察し、そのやり方をまねたり、当惑顔を見てほくそえんだりしているうちに、書店主として成功するには、あらゆるテーマの本をできるだけ多くの言語でそろえ、できるだけ多く集めることに尽きるという結論に達した[14]」

だが、一筋縄ではいかない商売で、ある古書店主が言うには「いくつかの特徴が不可欠」だという。[15] そのひとつは他の書店との連帯感だろう。

そして、もうひとつの特徴は書店の集中だ。狭い地域に書店がひしめいているのは利点となる。特定の本を探しに来て一軒の店で見つからなくても、別の店で手に入る可能性があるからだ。グイード・ブルーノは一九二二年に出版された『アメリカの書店探検』の中でこう書いている。「ある古書店の在庫がどれだけ膨大で完璧でも、隣の店の在庫はまったく別である。そして、古書店の客はあちこち回るのが好きだ[16]」古書店が多くあればあるほど客は満足する。こうした状況が半世紀ほど続いた。本好きにとって——廉価本狙いから、立ち読み専門、そして、愛書家まで——ブック・

ロウは天国のような場所だった。だが、図書館にとっては地獄だったのである。

古書には入手先が必要だが、とびきりの安値で大量に入手できるのは、本を貸し出す公共機関だ。古書ディーラーで本泥棒でもある人物によると、「アメリカの図書館は汲めども尽きぬ泉、常にあふれるほど豊かな……永遠に湧き出る泉であり……周囲の壁にはひびが入っている」[17]。そして、一九三〇年ごろには、かつてこの泉にあったものが四番街の書店の棚にあたりまえのように並んでいた。

「古書ビジネスの世界には清廉潔白な人物はそれほどいなかった」と、ブック・ロウの店主だったウォルター・ゴールドウォーターは、六〇年経ってから婉曲な表現で回想している。実際、脛《すね》に傷持つディーラーはいくらでもいて、とりわけ大恐慌時代には多かった。店主たちは生き残るために、道義にもとる行為から明らかな犯罪行為まで、どんなことにも手を染めた。そして、大半が多少なりとも利益を上げていた。

かなり頻繁に行なわれていたのが、本の加工《ソフイスティケーティング》だ。不完全な初版本を解体し、重要な「ポイント」(ほかの本と異なる初版本の特徴)を保存状態のいい再版本に組み込む。こうすることで、うまくいけばクズ同然の本から高価値の本が生まれる。この違法行為に手を出す書店主は少なくなかったが、自分で行わないまでも他人にさせる書店主は多かった。一九三六年に出版されたキャロリン・ウェルズの小説『書店の殺人』の主人公は、こう説明している。「稀覯本ビジネスはもっぱら研究者や文学者を対象としているが、ほかの業種と同様、ごまかしが行なわれないわけではない。むしろ、稀覯本売買では簡単に詐欺が働ける。たいていの場合、購買者は教えられないかぎり細かい加工に気づかない」[18]言い換えれば、お金はあっても見る目のない購買者は、それなりのものしか手に入れられないわけだ。

ブック・ロウでいちばん有名なソフィスティケーターは、ホイットマン・ベネットだった（地元では加工された本はベネット版と呼ばれていた）。裕福なコレクターが新品同様の『トム・ソーヤーの冒険』の初版本を求めているなら、提供すべきだとベネットは考えた。そこで、保存状態のい第二版か第三版を手に入れて装丁をはずし、初版本の表紙をつけた。みごとな出来栄えだったので誰も加工したものとは気づかなかった。[19]

もっと手の込んだソフィスティケーションが行なわれたこともあった。対象になったのは、ロバート・ルイス・スティーブンソンと彼の義理の息子ロイド・オズボーンの共著『引き潮』だ。この小説は『マクルーア』誌に連載されたので、サミュエル・マクルーアが原稿を所有していたが、スティーブンソンの書いたものしか残っていなかった。そこで、ニューヨークの有名な古書ディーラー、ガブリエル・ウェルズは、この不完全な原稿を一五〇〇ドルで買い取り、まだ存命していたオズボーンと契約し、五〇〇ドルで彼が執筆した部分を手書きで書いてもらった。その両方の原稿を合わせ、完全版として一万ドルで売ったのである。[20]

言うまでもないが、ソフィスティケーションも、加工した本と知らずに法外な値段で購入するのも軽犯罪であり、とりわけ図書館におよぼす影響は甚大だった。だが、ブック・ロウで常習的に行なわれていた盗本売買は、それとはまた別の問題だった。そして、この問題について後年どう釈明したにせよ、ブック・ロウの大多数のディーラーは少なくともなんらかの形で盗本売買に関わっていた。図書館の本を盗んだ（あるいは盗ませた）のは少数だったとしても、間接的に関与していたディーラーは決して少なくなかった。質のいい古書を戸別訪問して集める発掘要員《スカウト》や、札付きのディーラーから捨て値で手に入れ、関係者全員が最終的に利益を得たのである。

そうした状況はブック・ロウ、あるいは、この時代に限った話ではなかった。古書や稀覯本を扱うディーラーで、数年以上の経験があれば、まず例外なく盗品を扱ったことがあるはずだ。古書売買に携わっている以上、選択の余地はなかった。[21] 大半のディーラーはロンダリングした本をほどほどの値段で入手するが――そして、そうすることで責任を免れるが――出所の怪しい良質の本を窃盗犯から直接安く買い入れるディーラーもいた。こうした中でも、一九二六年ごろから約五年間、北東部のすべての州にまたがって「ブック・ロウの窃盗団」が暗躍した時期は、アメリカの図書館窃盗史上で最悪の時代だった。

ブック・ロウの窃盗団は、各地の図書館で盗んだ本をニューヨークに持ち込んでいたが、確立された組織ではなく、構成メンバーも絶えず変わっていた。リーダー格は三人で、いずれも表向きはブック・ロウの真っ当な書店主だった。最年長のチャールズ・ロンムは、容貌も気性も暗黒街の帝王と呼ばれたギャングのアル・カポネそっくりのロシア系移民で、一九三〇年当時は四八歳、頑強なブルドックのような体躯《たいく》の持ち主だった。主としてアメリカで出版された初版本を扱って古書業界における地位を確立したが、その成功は単なる偶然でも勤勉の産物でもなかった。[22] ブック・ロウの書店主の例にもれず、ロンムも書店で働いたり、愛書家との交流から知識を得たりして古書売買を覚えた。「自分が通った大学、そして、今も通っている大学は、自分の知るかぎりの書棚である」と、彼は一九二〇年代に語っている。[23] ブック・ロウに本を供給する従来の窃盗犯を束ねて広範な窃盗団を組織したのは、この本の目利きのロンムだった。[24]
もうひとりの主犯格、ベン・ハリスはデンマーク系移民で、エロチカ（ニューヨーク州当局の表現ではポルノグラフィ）専門のディーラーだった。警察の手入れが入る分野のため、彼はもっぱら裏ルート取引に励んで法の執行を免れていた。盗本や模倣本売買に対する警察の締めつけが緩やかだった一九二〇年代や三〇年代でも、ニューヨーク悪徳弾圧協会の検閲は脅威だったのである。一部のディーラーは営業時間後にこっそりポルノを販売してこの厳しい時代を生き延びたが、「闇本屋」あるいは「四番街の海賊」と呼ばれたこうしたディーラーたちは、即時営業停止のリスクを覚悟で活動していた。[25] したがって、世渡りがうまく、向こう見ずでなければやっていけなかった。若さも武器になった。ハリスはこうした条件にぴったりだった。大胆不敵で非合法な行為も辞さないだけでなく、ヨーロッパにコネクションを持っていたから、本国市場との恰好の架け橋になった。
だが、第三のリーダー、ハリー・ゴールドこそ、窃盗団で最大の権力者だった。まだ若く、図書窃盗に関わるようになって日が浅かったにもかかわらず、度胸のあるゴールドは、発掘要員《スカウト》を見つけて養成するのがうまかった。[26] 彼は四番街をぶらつく人々を「本屋の冷やかし」や「裏町の浮浪者」と呼んだが、少年時代をすごした街にくらべれば、本番街はまさに天国だった。後年、本人が語ったところによると、ゴールドはロワー・イーストサイドの移民が多く住むスラム街の貧しい家に生まれ、高架幹線道路の揺れる影の下で育った[27]（この「不気味な構脚」はWPAガイドによると、ゴールドの住む一帯に何マイルにもわたって薄明かりを投げかけ、そこで暮らす人々に忘れられない跡を残したという）[28]。

二十世紀初頭のマンハッタンのロワー・イーストサイドは、子供にとって劣悪な環境だった。WPAガイドはその非人間的状況に触れ、「二マイル四方に密集した安アパートやごみごみした道路は、大都市での生活の問題と矛盾を拡大してみせ……雑踏、喧噪、あらゆる意味でのみすぼらしさは、ほかのどこよりもニューヨーク的だ」と記している[29]。ゴールドは現代風に言うとストリートチャイルド――本人によれば「街の浮浪児」として育った。いちおう家はあり、少なくとも母親がいたようだが、大半の時間を街ですごし、「セメントの荒野」の「ネズミが跋扈《ばっこ》する通り」で生きるすべを身につけた[30]。後年の本人の回想が誇張されたものだとしても（「時間にすら見捨てられたスラム街の地獄絵を遮る木々はほとんどなかった」など）、悲惨な少年時代を送ったのは確かだ。しかし、ゴールドは早くからこの悪夢から逃れる方法を見つけた。小説である。本を読むことで彼は教養を身につけ、想像力と野心を育てて、将来に希望を抱くことができた。だが、希望と野心だけでは自分のなりたいものになれないとわかったとき――彼は医者になりたかった――本はまた彼のために役立ってくれた。本を売って食いつなげると気づいたのである。

一九二二年五月号の『書籍および文具販売』誌で、ニューヨークの書籍ディーラー、ハリー・バートンは、担当するコラムの中で、最近、ニューヨークの出版界で、一種のサクセス・ストーリーが注目されていると書いた。バートンによれば、ある著名な不動産王は（名前はあげていない）、もともと古書ディーラーだったそうだ。世紀の変わり目のころ、この人物のポケットには一〇ドルしかなかったが、「本に対する鋭い勘」を持っていた。偶然、小規模なオークションで、彼は本の山に目をとめた。読書家だったので、そのうち数冊は初版本で、高い需要があることを知っていた。彼はその数冊を六ドル五〇セントで買った。そして、すぐに二二五ドルで売った。それがきっかけとなって古書ディーラーとなり、二五年後に事業を売却したときには、莫大な富のほかに自社ビルと数軒の家を所有するまでになったという。[31]

真偽のほどは定かではないが、一九二〇年代初めには、多少のノウハウとわずかな元手があれば、古書取引で成功できるという話が信じられていた。ハリー・ゴールドにとって、その話はきわめて魅力的だったにちがいない。こうしてゴールドは、バートンが記した人物のようなスタートを切ったあと、一九二五年にブック・ロウでの最初の店を四番街九五丁目に構え、アバディーン・ブック・カンパニーと名づけた。[32]内装も自ら手がけ、メイン州の材木で書棚をつくって、入手できるかぎりの本を並べた。特にめぼしい本はなかったが、ニッチ市場では「きわめて安価」で豊富な品ぞろえが必要だった。またゴールドはいち早くペーパーバックを扱い、ペーパーバックが主流になる前に大量に集中的に集めた。だが、書棚にずらりと並んだ雑多な本にまぎれるようにして、大きな利益をもたらす本が置いてあった。その一部、たとえば、ユージーン・フィールドの詩集、古い手紙や銀板写真は、合法的に入手したものだった。しかし、大部分はあちこちの公共図書館からブック・ロウに移動させた本で、それが重要な収入源だった。書店業界への参入が比較的簡単だった一九二〇年代でも、経営は楽ではなかったからだ。出版社は価格をつりあげ、競争は激しい。「客は値引きを要求する」とゴールドは嘆いている。こうした事情が重なって、盗本取引が不可欠になったのである。

腕のいい本泥棒を見つけるのは、大恐慌時代のブック・ロウでは難しいことではなかった。マンハッタンには職を求めて店から店を訪ねたり、あてもなく街をさまよったりする男たちがあふれていた。しかも、ゴールドは並みはずれて勘がよかった。この業界に巣くう目端がきいて手先の器用な本泥棒を、ネズミが乾物屋を襲うような正確さで探し当て、鷹のような鋭い目で観察した。[33]当時、こうした男たちは「人間消費財」と呼ばれていた。同時代のある作家によると、こういう「コソ泥」はニュージャージーの園芸家の悩みの種である害虫マメコガネのように書店主の悩みの種だった。[34]また、ボストンの伝説的な書店主チャールズ・グッドスピードは、本泥棒は「小麦畑を荒らすカラスのような存在だが、違うのは農場主には猟銃やカカシといった対抗手段があることだ」と言った。[35]そして、一八九三年に書店業界の新規参入者のために書いた手引きの中で、「ネズミ、ドブネズミ、その他の害虫」を駆除する方法に触れ、「二本足の害虫、すなわち本泥棒に対しては、常に警戒を怠らないようにするしか方法はない」と書いている。[36]

ゴールドは店の入り口のそばに置いた高い椅子に腰かけて、入ってくる客や外の特価台に群がる客をかたっぱしから値踏みした。[37]泥棒をつかまえて警察に突き出すためではなく、有望な男をスカウトするためだった。本に興味があって道徳観念が薄ければ、ゴールドの仕事にはうってつけだ。

ゴールドが集める男たちは入れ替わりが激しく、常に補充されて窃盗団の大きな戦力となっていた。「グリニッジ・ヴィレッジ出身で、因習打破に情熱を傾ける若者」とか「弁舌さわやかな若く知的な愛書家」といったように、年齢や特徴を示すさまざまな表現が使われたが、大半が道徳観念のない若者で、こざっぱりして身なりもよく、見た目は学生で通りそうだった。[38]これは大失業時代の一九三〇年代初めにはとりわけ大切だった。当時は、ゴールドの言葉を借りるなら、誰もが穴だらけの服を着ていたからだ。[39] もちろん、全員がグリニッジ・ヴィレッジ出身ではなかったし、研究者のように見えたわけでもなかった。実際には、大恐慌の前には、大半がニューヨークの公園などで浮浪生活をしていた連中だった。だが、市場が暴落してからは、候補者たちの顔ぶれは以前よりずっと多彩になった。

彼らは作戦を実施する歩兵だった。ゴールドのような男たちから訓練を受けるが、古書売買に関する知識はなく、価値のある本とそうでない本を見分けることもできなかった。「書籍発掘要員《ブック・スカウト》」と称されることが多かったが、本来、この名称はれっきとした職業名だ。本来のブック・スカウトは、当時も（そして、現在でも）古書や稀覯本ビジネスの世界で重要な役割を占めている。古書ディーラーのチャールズ・エベリットによると、彼らは「どこにでも出向く本のハンターで、他人の家の屋根裏部屋に入り込み、書店の一〇セント本カウンターを漁り」、辺鄙《へんぴ》な土地に出かけて埋もれた宝を探す。[40] 貧乏旅行をしながら、各地の本の販売会を訪ね――ガレージセールから慈善バザー、大邸宅からリサイクルショップまで――価値があるのに打ち捨てられている本を発掘する。一角のジャワサイのように数少なく、特殊な技能を持っているにもかかわらず、本探しのために好んで各地を回る生活を続けている。[41]

ロンム窃盗団のスカウトは、この小規模で困難な仕事を一風変わったものにしてしまった。彼らも宝探しに出向くが、漁るのは本の販売会や特価本コーナーではなく、図書館の書架だ。購入費用はかけず、自分で本の価値を見抜くことはできない。この新しいタイプのスカウトには、価値のある本のリストが手渡され、図書館のどの書架に行けば見つかるか、どのようにして手に入れるかが指示される。訓練を受けて有能と判断されたら、このリストを手にして「図書館窃盗ルート」を往復することになる、とボストンの窃盗団の主犯格だったハロルド・クラークは語っている。[42]小説（場合によってはノンフィクション）に描かれる本泥棒から想像されるような華やかさは彼らにはなかった。物腰が柔らかいわけでも愛想がいいわけでもなく、本が好きでたまらないからこの道に入ったわけでもなかった。

訓練を受けて経験を積んだスカウトなら、図書館の書架に並ぶ五〇冊から一〇〇冊の価値のある本を見抜けるようになり、慣れると、一日に三館の図書館から盗みを働くという荒仕事をやってのける。適性や才能はさほど必要がなく、クラークは彼らを「世知にたけた子供たち」と呼び、知能は関係がないと言っている。要するに、必要なのは度胸と自信、そして、ゆったりしたコートだ。[43]時には追跡者を振り切る脚力も必要となる。こうした条件を満たすと、彼らは世に送り出され、指示された本を求めて町から町へと移動する。「手を休めるのは図書館と図書館の間だけ。訓練を受けた若者たちは、帽子に手をやって挨拶しながら図書館に入り、彼らが市長の子息か、あるいは赤の他人かを司書が思い出せないうちに、くすねた本とともに出て行く。司書が不審に思って考えをめぐらすころには、とっくに逃げ出しているだけでなく、一〇マイル離れた別の図書館で、また丁寧に帽子を持ち上げているのだ[44]」中折れ帽のほかに本泥棒必携の衣類は大きめのコートで、一九三〇年代に作家のハリー・カーニッツはこう描写している。「ゆったりしたラグラン袖のコートには、実に巧妙にフックや吊り紐やポケットがついているので、チャールズ・ディケンズの大判特製本でもきちんとおさまって、膨らんで見えなかった」[45]
こういうことは秘密でもなんでもなかった。何年も前から書店主や図書館員は、警戒すべき対象をよく知っていた。泥棒たちはさまざまな工夫を凝らして衣服や畳んだ新聞の間に本を隠そうとする。代わりの本を持ってきてすり替えることもあった。包装紙と紐を持参して、小さな包みをつくり、まったく気づかれずに図書館から出ていくこともあった。[46]次にあげるのは、書籍業界で長年の経験を持つアドルフ・グロウォルが、十九世紀の書店主たちに向けた警告である。「手荷物を持っていたり、なにか握っていたり、衣装鞄など大きな袋を持っている人物、大きなポケットのついたマントやゆったりしたコートをはおった人物には要注意。礼儀上からも、客が店を出るまで、こういうかさばるものは預かるのが望ましい。そうすれば、偽の手荷物や衣装鞄に盗まれては困る本をつめこまれる心配がない。本物の客なら気を悪くしないだろうし、客を装っているだけなら、そんなやつの感情を考慮する必要などない」[47]公共図書館の利用者の大半は「手荷物を持った人物」だから、全員に注目するのは不可能だと反論しても、あまり意味がない。書店の場合、「手荷物を持った人物」は半数ぐらいだから、書店主はなんとか彼ら全員に目を配る方法を見つけたのだろう。
本泥棒の報酬は歩合給で、普通は一冊につき二ドル、本によっては最終的な売値の五パーセントまで上がる。また、新しい本なら歩合が上がる場合もある。だが、彼らにとって報酬はさほど問題ではなかった。報酬にこだわる余裕も、ほかの選択肢もなかったのである。図書館泥棒は金のための犯罪としては穏健な行動だったから、実質的には正業と見なされていた。
一八七五年には、北東部に二〇〇〇近い図書館があった。現代の基準からすると、大半が図書館とは呼べないような施設だったが、いちおう本や地図、資料、ポスター、葉書、切手、カタログといった印刷物が集められていた。マサチューセッツ州は特に図書館が多かった。十九世紀末には小規模な図書館が数百もあり、そのうち二〇〇以上が「公共図書館」で、一〇〇〇冊以上の蔵書が税金を使って保管されていた。全米の半数以上の州では、まだ公共図書館が五館以下だった時代のことである。[48] こうした図書館が蔵書を収集したのは、後年「アメリカーナ」と称されるものが盛んに出版されていた時期で、そのことが書籍ディーラーの強い関心の的だったからだ。アメリカーナ収集はその後も根強い人気があったが、一九二〇年代に人気が沸騰し、そうした需要を満たそうとするディーラーたちの熱意も高まった。

アメリカーナを早くから扱っていたチャールズ・エベリットによると、一九〇〇年ごろは「アメリカーナ」とはごく限られた珍本のことで、少数のエキセントリックなディーラーしか扱っていなかった。[49] だが、人気が高まるにつれて、建国の始祖たちがどんな理由から、どのように海を渡り、新大陸にたどり着いてからどんな生活をしていたか示すものならなんでもアメリカーナと呼ばれるようになった。ある有名なアメリカーナのコレクターは、「私が収集したのはストーリーだ」と語っている。[50] 要するに、アメリカーナとは、印刷物であれ手書きであれ、合衆国の建国、入植、探検に関する資料である。一九二七年に出版された『稀覯本売買』には、書籍ディーラーをめざす人間にとって、アメリカーナは見逃せない分野だと記されている。人気があり、数も多いからだ。そして、「次にあげる類のアメリカーナは、従来から需要が高かったが、それは今後も変わらないだろう」という。すなわち、建国初期の探検談、極西部への陸路の旅の記録、先住民との戦争や捕虜の話、建国時の偉人に関する資料、町や郡や州の歴史だ。[51] 人気が上がるにつれて、アメリカーナは多くの人にとってさまざまな意味を持つようになったが、北東部の図書館にとってはそれが悩みの種となった。

十九世紀の図書館の財源はさまざまで不安定だったから、寄付されるものはなんでも受け入れた。家族史、手書き原稿、ユニークな印刷物など、普通なら公共図書館が購入しないような資料も集まってきた。一九三〇年ごろ特に価値のあったアメリカーナは、この種のものだったのである。ロンム窃盗団がアメリカーナの宝庫であるボストンに進出したのも、三〇年代のことだった。実際にボストンで動くのは一種の独立請負人で、マサチューセッツ一帯の図書窃盗を指揮し、戦利品を集めてブック・ロウに送る。一九三〇年ごろ、こうした役割を果たしていたのは、ハロルド・ボーデン・クラークと通称ベビーフェイスことウィリアム・マホニーだった。二人は若い男たちを雇って訓練したうえで、バスや列車や徒歩でマサチューセッツ中を回らせた。[52] だが、彼ら自身もディーラーだったから、盗んだ本をニューヨーク以外の顧客に売っていた。他の仕事なら問題になりそうだが、図書窃盗は実入りがいいからか、争いの種になることはなかった。次にあげる窃盗事件は、ロンム窃盗団とクラークたちの協力関係をよく示している。

一九二九年二月末のある風の強い日、チャールズ・ロンムは、ハーバード大学の蔵書を下見するためにケンブリッジを訪れた。ロンムは後年さまざまな分野の書籍を扱ったが、当時はいち早くアメリカーナを専門にしていた。[53] ハーバード大学の図書館は、以前から本泥棒の恰好の標的だった。ワイドナー記念図書館の館長で、館長になる二〇年ほど前に大学で助手を務めたこともあるアルフレッド・ポッターは、この図書館の「蔵書の強みは十八世紀の作家であり、十九世紀初頭の詩人、小説家、劇作家の作品もそろっている。エイミー・ローウェル、ヘンリー・ロングフェロー、ラルフ・エマーソン、オリバー・ホームズといった作家の初版本も数多くある」と書いている。[54] 本泥棒にとってはまさに宝の山だが、その宝が一九二九年ほど輝いていた時期はなかった。

その日、ロンムは書架の間を歩いていった。選んだ本を指示する必要はなかった。書架の本を少し傾けておけば、クラークとマホニーにはそれとわかったのである（これは本泥棒の標準的テクニックだ。経験豊富な本泥棒は、コートに本を隠して出て行くことはまずない。単独で行動していても、たいていの場合「下見」か「取り入れ」のどちらかに専念した）。ロンムが立ち去ってから、クラークとマホニーは一〇〇冊ほど集めるという仕事にとりかかった。そして、ハーバードの敷地の外に出るとすぐ蔵書印をこすり落とし、ニューヨークに送る手配をした。

このとき盗まれた本の中に一七六三年に出版されたジョン・ロークの『アメリカの詳細図と砦』があった。実際に測量して縮小した地図集だ。古い地図集は例外なく価値があるが、これは（オールバニ、ニューヨークなど）二十世紀初頭に有名になった場所が入っているのでとりわけ値打ちがあった。ロークの本は数が少なく、重要なアメリカーナだから、マンハッタンで高値がつくのは当然予想できた。そこで、蔵書印を消した本がニューヨークに届くと、ロンムはこの貴重な本の代金として二ドル支払ってから、出所をわからなくするためにブック・ロウのディーラー、セオドア・シュルツに転売した。

シュルツは古書業界の黒幕的存在、いち早く四番街に店を開いた人物で、「ブック・ロウ」の名付け親でもあった。[55] 四番街八〇丁目にあった彼の店は伝説的な書店だ。ほかの店と同じように歩道に大きな特価台が出され、たった一セントで古風な装丁と活字の分厚い本を選べた。だが、ユニークなのは、「ニューヨーク最大の古書店」と謳った正面の窓の奥にある店内だ。広いフロアに天井の高いバルコニー、そして、穴倉のような地下室。品揃えも豊富だった。グイード・ブルーノの『アメリカの書店探検』によると、「店内の書棚には、前に手に取った客が適当に置いたせいで雑然と本が並んでいた」。[56] 店が広すぎて店員だけでは手が足りないので、買い物客は自分で裸電球をつけたり消したりしながら、アルコーブや迷路のような店内を進んだ。

この店舗は近くにあるグレース教会が所有しており、シュルツはこの教会の教区委員を務めていたので、彼の専門がアメリカーナではなく神学や宗教だったのは偶然ではないだろう。[57] だが、ある分野の蔵書が多いからといって、別の分野の本を買い入れないわけではなく、シュルツの店には平凡な恋愛小説、児童書、ハックスリーやモームの最新の小説、高価な限定版、探偵小説、専門書など、ありとあらゆる種類の本がそろっていた。[58] なかにはとても値打ちのある高価な本もあった。ロンムは『アメリカの詳細図と砦』をシュルツに持ち込み、一五〇〇ドルの価値があるが、三分の一で譲ると言った。書籍商連盟の会長を務めたこともあるシュルツは——ロックフェラー一族から、小さな公共図書館まで幅広い顧客をもつ評判のいいディーラーでもあった——この話に飛びついた。[59]

一九三七年にボストンの古書店主チャールズ・グッドスピードは、悔恨をこめてこう記している。「盗本と知りながら、あるいは、少なくとも、そうではないと確かめる手間をかけず、結局、知っていたのも同然で、購入するディーラーもいたことが知られている」[60] シュルツも確かめる手間をかけなかった。窃盗事件のことは知らなかっただろうが、少なくとも盗本ではないかと疑わなかったとは考えられない[61]。ディーラーたちはロンム窃盗団のことを知らなかったわけではない。その存在もメンバーも四番街のディーラーの間では公然の秘密だった。ディーラーのチャールズ・ハートマンは、一九三五年の『アメリカの書籍コレクター』の論説で、そうした状況を説明している。

当局に告発しようとした数少ない仲間も、悪弊を一掃するために真剣に努力したところで、控訴状に署名するのを拒み、告発に協力しないその他大勢に潰されるのがわかっていた。彼らは法廷で自分たちを被害者と認めるのを恥じたのだろうか……それとも、巧みな反対尋問によって不都合な事実が明るみに出るのを恐れたのだろうか?

さらに、ハートマンは「泥棒や贋作者や彼らの代理人」はどの書店にも行ったわけではないと書いている。立場をわきまえていたからだ。「ドレイク、ハーパー、エド・ウェルズ、ローゼンバックには行かないし、ブリック・ロウ書店にももう行かないだろう[62]」

その二年後、グッドスピードはこう書いている。「分別があれば、よく知らない相手と取引するときは用心に用心を重ねなくてはいけないのはわかっているはずだ。持ち込まれた本を調べて、蔵書印を消した跡がないか——蔵書票を剝がしたり、ゴム印を消したり、浮き彫り印を削ったりしていないか確かめるべきだ。詐欺師は抜け目がないし、図書館から本を盗んでくる連中は、こうした防御のための蔵書印の処理が実にうまい[63]」一九三〇年代には、こういうことは公正な書店主には旧聞に属する話だった。現に、アドルフ・グロウォルが同じことをその四〇年前に書いている。「素性のわからない相手から本を買うときは提供された本の値打ちがどうであれ、どのような経緯で手に入れたか明らかにしておくべきだ。多少の分別と相手を見抜く力が、こういう場合、書店主自身と書店業界を詐欺や窃盗から守ることになるだろう。言うまでもないが、公正な書店主なら、無責任な相手から一冊二ドルで、その五倍の値打ちがあるとわかっている本を買い取ろうと思うほど愚かではないはずだ[64]」。

そのことをニューヨークの書店主に指摘する必要があるだけでなく、文書にして貼っておかなければならないと知ったら、グロウォルはさぞ嘆いたことだろう。ブック・ロウにはロンム窃盗団が公然と出入りできる書店が何軒もあり、書店主たちは本の出所を訊くことも、当局に届け出ることもなかったのである。ジョン・ロークの『アメリカの詳細図と砦』を見せられたシュルツもそうだった。グイード・ブルーノによれば、シュルツの店は「もともと狭い通路が、行くたびに新たに買い入れた本やパンフレットのせいでますます狭くなっていた」。だが、この本は通路をふさぐことにはならなかった。入手した本の価値を知っていたシュルツは、在庫に加えなかったからだ。手に入れるとすぐニューヨーク歴史学会に持ち込んで八五〇ドルで売ったのだ。公表されることもなく、ごく少数の関係者の間で行なわれた取引だった。

この犯罪行為からは複数の受益者が生まれた。クラーク、マホニー、ロンム、シュルツ、そして、ニューヨーク歴史学会。被害者はハーバード大学だけだ。図書館にとって、ブック・ロウの窃盗団は大きな脅威だった。ごく普通のディーラーでも、財政的に逼迫して正規価格が支払えなくなったら、ロンム窃盗団のように、北東部の各地の図書館の書棚に並んだ何万冊もの本をイナゴのような貪欲さでむさぼらないともかぎらなかった。

　ロンム窃盗団の強みは、幅広い顧客だった。四番街、あるいはパーク街と五番街の間のミッドタウンには、ほかのどこよりも書店が密集している。ということは、スカウトたちが遠くの図書館で探す本や文献のリストには終わりがないわけだ。アメリカやイギリスの初版本だけでなく、図書館側が狙われると思ってもいない雑多な本もリストに載せられていた。窃盗団が暗躍した時期（一〇年ないし二〇年間）は、出版が盛んで、驚くほどの点数が世に送り出されていた。セオドア・ドライサー、クリストファー・モーリー、ジョン・ゴールズワージー、ジェイムズ・ブランチ・キャベルといった、司書にはなじみがあっても一般にはそれほど評価されていない作家の作品もあった。[65]窃盗団では、東海岸の図書館の蔵書や狙う本のリストを作っていたが、稀覯本に限らず幅広いジャンルの本が載せられていたので、訓練を受けたスカウトなら、初めて図書館に足を踏み入れてもなんらかの収穫があった。次にあげるのは、ボストンの本泥棒、ハロルド・クラークが作成したリストの一部である。

> 一八五〇年以前の古い雑誌。一八四〇年以前の新聞。西欧の探偵が登場する流血と暴力のスリラー。昔の着色本ならなんでも。エロチカならなんでも、たとえば『ファニー・ヒル』や『ドリー・モートン』など（見つけたら開いてみるといい。欲しがられる理由がすぐわかる）装丁の立派なもの、表紙のきれいなものならなんでも。手彫りの革表紙。サンゴルスキーや

リビエールといった有名製本工房のもの。ひとつのテーマに絞った本、テーマはピストル、武器、鯨、毒物、薬草、海賊、鉱山、鉄道、骨董、料理、裁判、宝石、子供、鳥、錬金術、ニューファンドランドの小さな入植地、ノバスコシア、ハドソン湾、等々。古い法学、系図、図書目録、劇、歌手、衣装、サーカス等々。

著名・無名を問わず画家の挿絵入りの本ならなんでも。レミントン、ホイスラー、ペネル、フロスト、ドーレ、ホガース、バクスター、クラックシャンク、リーチ等。イギリス、アメリカ、フランス等。初期のものなら古典、図版。凸版印刷の本（活字、紙のきれいなもの）、グロリエ、ダブ、ファルスタッフ、ケルムスコット、モッシャー等々。

このリストの大部分は、図書館から見れば、さほど価値がなく、安全なはずだった。たとえば、新聞はどんなに古く稀少でも、紙面が全部そろっていないかぎり再販価値はない。だが、元手がかからないのだから、リストに載せるだけなら損はない。それに、なにごとにも例外があり、新聞の再販もそうだったようだ。「稀覯本ビジネスでは、どんなことでもそうだが、規則もフランス語の不規則動詞のようなもので、ひとつのルールに何十もの例外がある」[66]

クラークのリストには作家名もあるが、特に順番があるわけではなく、思いついたそばからタイプしたようだ。彼が「第一候補」にあげるのは、ほかより盗みやすい本だったからだ。スコット、カーライル、コンラッド、キャクストン、ロセッティ、グレイ、ジョンストン、ジョンソン、ヴォルテール、ユーゴー、ドーテ、デュマ、ハイネ、トルストイ、メンケン、スティーヴンソン、バングズ、アンデルセン、グリム、バーネット、ストレイチー、コブ、ブロンテ、アルジャー、ヘンティ、テニソン、メースフィールド、ブリッジズ、デフォー、ルサージュ、ジェーン・オースティン、ヘンリー・アダムス、アルドリッチ、ビアス……と延々と約二五〇名の作家の名前をあげて、「以上は需要のある作家の約五パーセントにすぎない」と書いている。ハリー・ゴールドは『アメリカの本の現行価格』の最新版に載っている書名をタイプしてスカウトに渡していた。書店の目録を破って、めぼしい本に丸をつけて手渡すこともあった。

そういうめぼしい本の大半は、保存状態や価値に関係なく、図書館の開架式書架に並んでいた。当時のアメリカでは、稀覯本も、ましてや、出版後たかだか五〇年しか経っていない初版本も、特別に保管している図書館などなかったのだ（閉架式書架を採用している図書館でも、経験豊富なスカウトなら、時には司書の許可を得て、あっさり近づくことができた）。クラークによると、どの州に行っても、図書館には「四〇ドルから一〇〇〇ドルもする初版本が開架式書架にずらりと並んでいて……小さな図書館は、どこでも大きく門戸を開いていた」という。言ってみれば、手を伸ばせば届く果実であり、しかも、ほとんど例外なく、どこへ行こうと……メインからフロリダ、シアトルでも事情は同じだった。[67]「一人旅でもスカウトを連れての旅でも、国中どこに行っても、大都市だろうと小さな町だろうと、角を曲がり、階段をのぼり、書架を見つけると、必ずこういう本があった[68]」北東部の州だけでなく、マンハッタンの図書館も盗難に遭った。コロンビア大学、ニューヨーク市立大学ハンター校、ニューヨーク大学をはじめとして、図書館を持つニューヨークの複数の大学は、常習的に餌食にされていたが、とりわけ、旅が困難になる悪天候の時期に被害が多かった。もちろん、公共図書館も同じで、難を免れる図書館はほとんどなかった。

窃盗団幹部の主な仕事は、盗本を現金に換えることだった。普通ならそれほど問題はない。頻繁に本が入ってくるわけではないから、売る準備を整えて、正規のルートで入手した本といっしょに並べておけばいい。しかし、ロンム窃盗団の場合は大量の本が継続的に入ってくるから、その場しのぎのやり方は通用しなかった。

第一の難関は図書館の蔵書印だ。一般には、インク印、浮き出し印、打ち抜き印の三種類がある。だが、蔵書印が残っているからといって致命傷になるわけではなかった。図書館の蔵書印が押された本が（当時も現在も）、合法的に書店で売られている。図書館は新しい本を購入するために定期的に蔵書を一般の人やディーラーに売却する。この場合、蔵書印は処理されず、せいぜい「除籍」の印が押されるぐらいだ。だが、ロンム窃盗団は蔵書印を残すのを嫌った。ひとつには、彼らが扱う本は高価で図書館が売却する類のものではないから、疑惑を招くおそれがあったからだ。だが、最大の理由は高価本になんらかの印や跡——とりわけ蔵書印がついていると、価値が大幅に下がることだった。さらには、なんらかの印が残っていると、その本が雑に扱われたという印象を与えることになる。したがって、ブック・ロウに出す前に蔵書印を消す必要があったのである。

一般的な蔵書印はインク印だが、これは「ジャベール水」と呼ばれるさまざまな漂白剤で簡単に消すことができた。図書館回りをするスカウトたちは、煙草の絞り汁で代用するといった方法も使った。だが、薬品で印を消すには熟練が必要だ。下手をすると、ページに跡が残って蔵書印と同じぐらい目立ってしまう。ハリー・ゴールドは特にこうした失敗にうるさく、若いスカウトたちには一人前になるまで手を出させなかった。[69]

浮き出し印は焼き鏝《ごて》を丹念に当てると消すことができた。旅の途中で焼き鏝がない場合は、蠟燭《ろうそく》で熱したスプーンを使った。だが、この方法も目が利く相手には通用しないので、雑な処理ならしないほうがましだった。意外かもしれないが、打ち抜き印も消すことができた。丹念に穴をふさいでいくか、当て布のように紙を貼るのだ。この「気の利いたやり口」はとても難しいので、イギリスの専門家に託されることが多かったが、費用をかける値打ちはあまりなかった[70]（穴を埋めても簡単に見抜かれてしまうからだ。たとえば、本をある角度に曲げると、穴が浮き出てしまう）。高価な本を損なわずに蔵書印を消すのが不可能かきわめて困難な場合、あるいは、そこまで手間をかけたくない場合には、ページを除去して安い版からそのページを補充した。腕のいいソフィスティケーターは、このようにして盗本ビジネスを支えていたのである。

だが、どんな処理をするとしても、蔵書印を消すには時間がかかる。一、二冊なら書店主にも処理できただろうが、蔵書印の押された本が継続的に入ってくると、本業に支障が生じる。当然ながら、書店主はこういう本の処理に時間をかけたくないし、処理に使う道具を店に置きたくなかった。そこで、ロンム窃盗団は、原則的に処理をスカウト側に委ね、きれいになった本をブック・ロウに持ち込んだ。

持ち込まれる本の数も、大きな問題だった。最初のうちは、伝統的な方法で売買され、ディーラーたちは自分の店の目録やブック・ロウ共通の目録に盗本をつけ加えた。だが、やがてブック・ロウだけではさばききれないほど大量の本が流れ込むようになると、ロンム窃盗団は販路を広げた。

相変わらず四番街では質のいい稀覯本が売られていたが、高価本の落ち着き先は、マンハッタンのミッドタウンに移っていった。

歴史的に、ニューヨークの古書販売業者は、一般古書店と稀覯本専門店とに分かれている。大半の都市なら、この区別は店ごと、あるいは通りごとだが、ニューヨークの場合はもっとはっきりしている。四五の街区によって決まっているのだ。ブック・ロウには一般古書店が集中し（とりわけ、古書が簡単に手に入った一九三〇年代には）、高価な稀覯本を扱う店は、セントラルパークに近いミッドタウンの五八丁目あたりに集まっていて、ニューヨーク公共図書館（ＮＹＰＬ）も近くにあった。一九二〇年代には、ニューヨークは世界の金融の中心地になっていたから、これは自然ななりゆきと言えるだろう。なかでも産業はミッドタウンに集中し、一九二五年ごろには、ニューヨーク証券取引所に上場した企業の価値を反映する高層ビルが立ち並んでいた。[71]

ビルは高くなる一方で、一九三〇年夏にはクライスラービルが世界一高かったが、一〇月にはそれより高いエンパイア・ステートビルの建設が始まった。ミッドタウンは狂騒の経済がもたらすあらゆるものに満ちあふれていた。買い物客、車、光、財力を誇示するための消費を狙った多くの店。五番街北三四丁目は、高級店とそこで買い物をする人々でにぎわっていた。ロード＆テイラー、バーグドルフ・グッドマン、Ｂ・アルトマン、サックスといった百貨店の周囲には小規模な百貨店や宝石店がひしめき（ティファニーは五番街の三七丁目にあった）、専門店もそろっており（高級食材店パーク＆ティルフォードも五番街にあった）、街を行き交う人々は、誰もが金を落とす店を探していた。現在との大きな違いと言えば、車の型を別にすると、一九三〇年の五番街がまだ両方向通行だったことだろう。そのせいもあって、今よりもっと雑然とした街に見えた。

ミッドタウンの書店主の中には、ブック・ロウから移ってきた男たちも多かった。その代表格がアーゴシー書店主のルイス・コーエンだ。コーエンは五九丁目にある有名なマディソン書店で修業を積み、資金を貯めて、一九二五年にブック・ロウで自分の店を持った。そして、その数年後には、マディソン・スクエア・ガーデンのそばの北ミッドタウンに進出した。「四番街に飽き飽きしたんだ……品揃えもだんだんよくなったし、五九丁目に憧れた」と彼は語っている[72]（アーゴシー書店は今でもそこにある）。ブック・ロウで成功をおさめて五番街に移るのは、当時はそれほど珍しいことではなかったのだ。

その一方で、一般古書を扱うディーラーがブック・ロウに集まって、そこがマンハッタンの古書取引の中心となった。この一帯には、アーサー・スワン（マディソン街五九八番地、五七丁目と五八丁目の間）、トーマス・マディガン（五四丁目）、リター・ホプソン・ギャラリーズ（五七丁目）、ガブリエル・ウェルズ（五七丁目）といった多くの古書ディーラーが店を構えていた。二十世紀を代表する書店主A・S・W・ローゼンバックや、著名なディーラー、ハンス・P・クラウスの店もあった。二十世紀最大の本のオークションが開かれたアンダーソン・ギャラリーズがパーク街五九丁目にあったのも偶然ではないだろう（トランプ・パーク街は、この二つの通りがぶつかる一帯で、「ニューヨークでいちばん住みたい街」と言われている）[73]。

しかし、大恐慌が起こってから二度目の冬には、こうした古書店主たちも、五番街のほかの業種の経営者と同様、危機に陥っていた。「五桁の値のつく本を買う客も、そういう本自体も珍しくなった」と、一九三〇年代初めにジョージ・グッドスピードは書いている。[74] アーゴシー書店のレジーナ・コーエンの表現はさらに深刻だ。「自由に使える現金はブラッドストーンの赤い斑点より少なくなった」[75] これは驚くべきことではなかった。業界のある人物が言ったように、「稀覯本市場は上場株の変動にきわめて敏感で、主要産業の影響をもろに受け、好況期には書店主を喜ばせ、不況期には落胆させる」[76] 株の暴落には誰もが影響を受けたが、なかでも贅沢品を扱うディーラーには大きな打撃だった。しかも、一九二〇年代に相場の上昇が続いたせいで、高値で大量の本を――時には個人の蔵書をそっくり――買い入れていた。一九二三年の『ニューヨーク・タイムズ』の記事は、そうした状況を説明している。

著作物が世界市場で高騰した価格で取引されている。古書や古文書は、文学的・情緒的価値だけでなく、優良投資物件として提供される。金融恐慌に際しても、その価値は上がりつづけ、専門家によると、上限はまだ見えていないそうだ。現時点で途方もない高値に思えても、将来、話にならない安値と見なされる可能性もあり……需要を満たすために、旧世界でも新世界でも、屋根裏部屋、地下室、クローゼット、古いトランクといった忘れられた収納場所をくまなく探して、隠れた宝を見つけようとしている。[77]

だが、景気が後退すると、それが裏目に出た。大恐慌が始まってからおよそ二年後、『アメリカの書籍コレクター』は、可処分所得があるのは株の空売りをする人だけだが、そういう人は「一般に文化的素養がなく、文学作品や美術品にお金を使わない」と記した[78]（そこには書かれていないが、屋根裏部屋や地下室を探し回ったのは、もはや昔の話だった）。

当時の稀覯本ビジネスは、現在とはくらべものにならないほど規模が大きかった。今でこそ古書売買はニッチ産業であり、全米の読書人口のごく一部が対象になるだけだが、一九三〇年には、特にマンハッタンでは一大産業だった。マスコミで取り上げられることも多く、『ニューヨーク・タイムズ』の書評欄には「稀覯本に関する寸評」が掲載されていた。寸評といっても一五〇〇語ほどのコラムで、推薦図書、オークション情報、入手図書、業界や各書店の状況が記されていた（図書窃盗事件が頻発していた時期でも、このコラムは業界の暗黒面には触れず、実害をおよぼす贋作は別として、図書にまつわる犯罪を取り上げることはなかった）。また、この書評欄にはディスプレイ広告のほか、新たな入手図書を知らせる地元の書店の三行広告も毎回掲載された。『パブリッシャーズ・ウィークリー』も古書売買をよく取り上げたが、『ニューヨーク・タイムズ』の書評欄とは違って、業界の暗黒面にも触れた（『パブリッシャーズ・ウィークリー』の姉妹誌として『古書商』が一九四八年から発行された）。『アメリカの書籍コレクター』は、古書業界向けの月刊誌で、蔵書やコレクター情報を数多く提供した。『コロフォン』はコレクター向けの季刊誌で、一九二九年一九二九年に刊行が始まった。毎号デザインフォーマットが変わり、（シャーウッド・アンダーソン、H・L・メンケン、イーディス・ウォートン、クリストファー・モーリーなど）一流の作家による多彩な書評が特徴だった。

こうした報道のおかげで、稀書ディーラーの中には業界外でも有名になった人物がいた。その代表格はA・S・W・ローゼンバックだろう。商才と学才を兼ね備えた興味深い人物で――博士号を持っていることはよく知られていて、業界では「博士」と呼ばれていた――『サタデー・イブニング・ポスト』といった雑誌の定期的な寄稿者でもあった。さまざまな雑誌によく登場したが、なかでも『ニューヨーカー』は「街の話題」欄で頻繁に取り上げたので、彼のフィラデルフィアのオフィスに駐在員を置いているのではないかと言われたほどだ。ローゼンバックの暮らしぶり、派手な金遣い、豊富な人脈は、新聞や雑誌の読者だけでなく業界通の間でも有名だった。「名声や家柄や財産に関心のある人なら誰でもローゼンバックを知っていて、禁酒法時代のもぐり酒場のボーイ長は、どんなに混んでいても、彼のためにいつもテーブルを用意した」[79]

マンハッタンのもぐり酒場のボーイ長に限らず、数多くの人々が古書や稀覯本産業に経済的利害を持っており、実際、その多くが成功を手にした。不況が長引くにつれて、驚くような安値で価値のある本を手に入れることができたからだ。結局のところ、図書館から略奪した本が稀書市場を押し上げたのは、こうした需要があったからだった。

だが、ミッドタウンだけでは、定期的に送られてくる大量の盗本をさばき切れなかった。ロンム窃盗団と従来の窃盗団の違いは、規模や守備範囲にとどまらず、すべてが桁違いだったことである。従来の窃盗団(そして、彼らを雇うディーラー)は、売れるものを盗むよう指示する。需要と供給の法則に従って、なにを盗むかある程度決まっているのだ。しかし、ロンム窃盗団は実質的には企業だった。需要と関係なく商品は定期的に届けられる。したがって、商品を動かすまで保管しておかなければならない。一九三〇年には、ロンム窃盗団はそうした本を何百万冊も抱えていた。蔵書印を削除するといった処理がまだ終わっていないか、在庫が多すぎて市場のない本だ。図書館の警備が厳重になって本が入ってこなくなっても——その可能性はなかったが——一〇年は持ちそうな在庫があったのである。[80]

ミルウォーキーの書籍ディーラー、ハリー・シュワルツは、この大量の在庫を目撃している。ニューヨークに買い付けに行ったとき、旧友のチャールズ・ロンムと会ったときのことだ。二人はロンムがロワー・マンハッタンに小さな店を出していたころからの知り合いで、チェスの好敵手でもあった。一九三〇年にブック・ロウを訪れると、ロンムは昔よりずっと広い店に移っていた。そして、旧友との再会を喜んで、店の奥の部屋に案内してくれた。「そこはまさに宝庫だった」とシュワルツは回想している。「こんなすばらしい本を大量に仕入れる金がどこにあったんだと訊いたものだ。ロンムが部屋を出たあと、じっくり見て回った。当時のディーラーなら誰もが欲しがった初版本が、三冊も四冊もあった。初期のカベル、バーン、ハーン、ドライサー、モーリー、ジェイムズ、ロビンソン等々。三、四〇冊ほど選んで、明日まで取っておいてほしいとロンムに頼んだ。金の持ち合わせがなかったからだ。だが、店を出るとき、ふと思いついた。どうしてほかのディーラーはこのお宝に飛びつかないんだろう？　こんなに手頃な値段なのに、なぜ買わないんだろう？」[81]（シュワルツは二度と店を訪れなかった。偶然、別のディーラーに出会って、本の出所を教えられたからだ）。ロンムにとって、この「奥の部屋」はほんの手始めだった。その後、こういう倉庫があちこちに設けられた。最終的には、四番街のはずれにある大きな建物に何十万冊という本が収められていた。事情通によると、その総額は五〇〇万ドルを超えていたという。

ロンム窃盗団はあちこちに網を張ることで蔵書を増やしていった。どんな小規模な蔵書も見逃さなかった。公文書館から図書クラブ、地方の図書館から歴史資料館まで、丹念に探し、索引を作って盗み出した。[82] 従来の窃盗団は資力のある大きな図書館を狙ったが、ロンム窃盗団は北東部の州の――西はオハイオ州までの図書館に本物の宝があるのを知っていた。

しかし、彼らが一度も狙わなかった図書館が一館だけあった。ハリー・ゴールドの店のすぐそばにあるニューヨーク公共図書館（ＮＹＰＬ）である。言うまでもなく、ここには全米のどの図書館にも劣らないすばらしい蔵書があった。だが、ここから盗み出すのは（図書館の職員でないかぎり）不可能に近かった。しかも、他に類を見ない最高の蔵書は「保管庫」に収められていて、近づくのは月に着陸するようなものだった。[83] ＮＹＰＬはアメリカでは警備の厳重な数少ない図書館だったのである。図書館窃盗の長い歴史の中で、多大な犠牲を払いながら教訓として学んだのだ。だが、それでも万全ではなかった。

2章 蓄積した知恵

一八九九年当時、五番街の四〇丁目から四二丁目にまたがる建物はさながら要塞――敵を寄せつけない城郭都市だった。しかし、実際には、水を貯めておくために建てられたもので、この堅牢なクロトン配水池は、一〇〇〇年以上持ちこたえそうに見えた。だが、それから一年と経たずに消えてしまった。有力者たちがこの場所に目をつけて、地元住人にとって水より重要であろうものを建設しようと計画したからだ。ニューヨーク公共図書館（NYPL）である。

NYPLの前身であるアスター図書館も、クロトン配水池と同様、消えゆく運命にあった。だが、こちらは緩やかに消えていった。アスター図書館は、その五〇年前にジョン・ジェイコブ・アスターから四〇万ドルの遺贈を受けて、マンハッタンの中心、のちにブック・ロウと呼ばれる一帯に隣接する場所に建設された。金めっきのバルコニーのついた広々としたホールや高いアルコーブがあり、開館時ですでに八万冊以上の本が収められていた。[1] その多くが、政情不安が続いていた一八四〇年代にヨーロッパで購入されたものだった（一般に、混乱期は良書を安く買うのに最適な時期だ）。

建物が豪華なだけでなく、アスター図書館は開設時から五万冊以上の蔵書を有する全米六館のうちに入っていた（残る五館は、ハーバード大学図書館、イェール大学図書館、議会図書館、ボストン・アシニアム図書館、フィラデルフィア図書館会社。同様の使命を持つ大型図書館としてボストン公共図書館が開設されたのは、アスター図書館の数年後)。アスター図書館は、研究者の公共資源になるという使命を掲げて開設された。[2] しかし、現在の基準からすると、厳密には「公共」図書館ではなかった。開館時間は短く、閉架式書架で利用者は近づけず、司書は「つっけんどんでよそよそしい」という評判だった。[3] 開館直後の『ニューヨーク・タイムズ』の記事では、厳しい利用規則が話題になっている。「本を館外に持ち出すのはいっさい禁止。図書館員が付き添わないかぎり、書架から出すことも許されない」[4] 実際、公共図書館というより私立の博物館のようだった。

アスター図書館の司書ジョセフ・グリーン・コグズウェルは、「大衆が本に群がって、なにもかもめちゃくちゃにしたりしたら、発狂していただろう」と語った。[5] そういうわけで、閲覧室は開放されていたが、書架は閉架式で利用者は書架に立ち入れず、司書に頼んで本を出してもらわなければならなかった。まだ目録が整備されていなかったから、本を探すのも一苦労。無愛想なことで有名な司書に頼るしかなく、大半の利用者が一度でこりごりして、二度と来館しなかった。[6] ある研究者は、一度だけアスター図書館を訪れた経験を『ニューヨーク・タイムズ』に寄稿し、期待はずれで、不愉快で、同館の特徴を思い知らされたと語っている。そして、とりわけ女性は「アスター図書館の職員や雑役係に侮辱されるぐらいなら、付き添いを連れずにバワリー劇場に行くほうがまだしもだろう」と書いた。[7]

しかし、司書が無愛想で、書庫が閉架式でも(閉架式書庫は、現在でも鉄鎖に次ぐ有効かつ簡単な防犯対策だが)、アスター図書館は盗難と無縁だったわけではない。本泥棒はどんな障壁も乗り越えるものなのだ。

アスター図書館の司書フェデリック・サンダースがそのことを思い知ったのは、一八八一年四月初めだった。ジョン・ダガンというブリーカー・ストリートの書籍ディーラーから、ロバート・ベントリー著『薬用植物』の購入を持ちかけられた。約三〇〇ページの手書き図版を含む四巻本である。サンダースはすでに六〇ドルで購入した全巻がそろっているからと断った。ところが、ダガンが売ろうとしたのは、アスター図書館の蔵書だった本だったのだ。数日後にそれに気づいたサンダースはダガンから入手先を聞き出し、よくサンダースが図書館で見かける「アイルランド人」のサミュエル・ワットを突き止めた[8]（「アイルランド人」と強調したのは、当時、書籍関係者の間でアイルランド系の評判があまりよくなかったからだろう。一例をあげると、あるフィラデルフィアの書籍ディーラーは、ジョン・キャンベルという同業者を「いかにもアイルランド人らしく、考えるより先に行動する」と評している[9]）。サンダースが閲覧記録を調べると、ワットが最後にこの四巻本を閲覧したのは、ダガンが本を持ち込む少し前だった。

ワットが盗んだことが判明したあと、サンダースは彼がこれまでに閲覧した本を徹底的に調べた。そして、ワットが常習的に窃盗を繰り返していたと確信すると、同僚のカール・ビエルゴーとともにダガンの店を訪ねた。三〇代前半のビエルゴーはコペンハーゲン大学とデンマーク陸軍士官学校を卒業したエリートだが、政治的陰謀や諜報活動に関わったあと、デンマークを離れてアメリカ市民となった[10]。アスター図書館に勤めて二年と経っていなかったが、窃盗事件を扱うには適任であり、ニュ図書窃盗犯と闘った先駆者として伝説的な人物である。アスター図書館が統合されてからは、ニューヨーク公共図書館に移り、通算四〇年以上にわたって多くの窃盗犯に立ち向かった。一八八一年四月にサンダースとビエルゴーは、ダガンの店で、アスター図書館の蔵書印を削除した八冊の本を発見した。二人はダガンの協力を得てワットを告発し、のちには裁判で証言台にも立った。

アスター図書館にとって、この事件がほかの窃盗事件と異なるのは、窃盗犯が逮捕され収監された点だった。アスター図書館は次第に警備を強化し、職員も警戒を怠らなかったが、それでも定期的に盗難被害に遭った。全米の図書館と同様、盗難は避けようがなく、盗まれる本の数と頻度が問題になるだけだった。だが、それだけでなく、アスター図書館は、アメリカの図書館窃盗事件史上に悪名を轟《とどろ》かせた窃盗犯の標的となった。テオドルス・オリンサス・ダグラスである。

いろいろな点で桁外れだったダグラスは、十九世紀に、そして、現在でも広く信じられている考え、すなわち、本泥棒は自分のものにしたくて本を盗むという通念を嘘だと決めつけた。警察の取り調べでも、本を盗むのは「生活のため」と率直に認めた。[11]

長身で血色が悪く黒髪のこの若者は、一見熱心な研究者タイプで、毎日のようにアスター図書館や当時は四九丁目にあったコロンビア大学図書館に通っていた。彼の経歴に関しては、どこまでが真実で、どこからが作り話か判然としないが、ある新聞に掲載された記事によると「イギリス人の父とギリシャ人の母との間に生まれ、（のちに）篤志家のアメリカ人の養子となって教育を受けた」という。だが、すべてを語っていないのは確かだろう。[12] 彼の子供時代については複数の説があるが、基本的にはどれも同じだ。ギリシャ人女性と、アテネで建築家として働いていたイギリス人の父との間に生まれ、七歳で孤児になった。ダグラス本人によると、コーネリアス・ブリスというニュージャージー州のアメリカ人資産家が、ギリシャ旅行中に彼を拾ってアメリカに連れ帰ったそうだ。そして、これもダグラス本人の話だが、一二歳までブリス家ですごしたあと、養父が亡くなり、フィラデルフィアの親戚に引き取られた。その二、三年後には家出して、シカゴに行った。そこで靴製造業者のところで働き始めたが、その男に見込まれて、イェール大学に進学したという。[13]これは事実のようだ。一八九〇年代のイェール大学は、さながら本泥棒養成所だった。グッドスピードやローリアットといったボストンの複数の大物古書ディーラーから盗んで告発されたフレデリック・ブラードは、一八九三年度卒業生だ。[14]一八九四年度卒業生のジェームズ・ブリテイン・ミラーは、もっと大胆だった。卒業して四年後、彼は「プロの泥棒が着ているようなポケット付きのコート」に本を隠して捕まった。[15]その後、警察が彼の部屋を捜索したところ、数千冊の盗本が発見された。ハーバード大学、ブラウン大学、ペンシルベニア大学の卒業生にも本泥棒がいるが、なぜかイェール大学がいちばん多かった。

生い立ちはともかくとして、ダグラスはなかなか優雅な生活を送っていた。人好きのする性格が幸いして、ニュージャージー、ニューヨーク、ニューヘイブン、シカゴ、ワシントンでも多くの裕福な名士と親しくなった。イェール大学時代には稀覯本コレクション自慢で有名だったが、大半は大学図書館から盗み出したものだった。その後、ワシントン、さらにはニューヨークに移っても、書誌家としての評判は高まる一方だった。その結果、名声と富だけでなく貴重な副産物を手にした。稀書に近づくチャンスが増えたのである。コロンビア大学では、ジョン・ニューベリー教授に愛書家として将来を見込まれたおかげで、普通では見ることのできない貴重なコレクションに触れられた。教授から司書のジョージ・ベイカーと彼の息子を紹介され、すぐに二人と仲良くなって自由に書架に近づけるようになったからだ。こうして、頻繁に奥まった書架にひとりで出入りしては、欲しい本を選んでゆったりしたコートに隠して持ち出した。[16]

ダグラスは半年ほど連日コロンビア大学図書館かアスター図書館に通い続けた。ブロードウェイ二三丁目に住んでいたので、どちらに行くにも便利だった。当時のニューヨークの古書街にも近かった。一八五〇年代には、多くの古書店がアン・ストリートやナッソー・ストリートに密集していたのだ。一九二〇年代には大半の書店が四番街に移転したが、一八九〇年代は過渡期だったから、ロワー・マンハッタンの二三丁目あたりにもまだ多くの古書店があった。[17] これもダグラスが比較的容易に盗本を売りさばけた一因だった。図書館の蔵書印を消すと、そこから歩いていける店か、川を渡ったブルックリンの古書店に売ったのである。収入が増えるにつれて生活水準も上がり、その結果、本に関心を持つ人に近づくチャンスが増えた。[18]

ある意味で、ダグラスがほかの本泥棒と一線を画するのはこの点だ。ゆったりしたコートを着て学者のふりをするのは、図書館窃盗史上初期でも、珍しい手口ではなかったが、彼は次の難しい過程、つまり、盗本の売却がうまかったのだ。普通、窃盗犯は本を盗み出してしまうと、学生や学者を装うのをやめるが、ダグラスは売る際にも学者然とした態度を崩さず、しかも、知り合いに売った。コロンビア大学図書館の司書、ジョージ・ベイカーも彼から本を買っている。そのときのダグラスの手口はあっぱれというほかない。

コロンビア大学図書館に足繁く通ううちにダグラスはベイカーと親しくなった。そして、最初は稀覯本を数冊贈呈した。ベイカーはダグラスの蔵書と思い込んでいたが、もちろんアスター図書館から盗んだものだ。せっかく盗み出した貴重な本を無償で他人に譲るのは――それも司書に――不思議な話だが、ダグラスには長期的な計画があったのである。こうして、ダグラスを通して何度かコロンビア大学図書館に本を寄贈したあと、ダグラスはもっと寄付したいのだが、経済的事情から売却せざるを得ないと持ちかけた。そして、図書館のためにできるだけ値段を抑えるとも言った。実に巧みな口実である。書籍コレクターのふりをしながら、出所を明かせない本を安値で売るしかない本泥棒の弱みを逆手に取ったわけだ。案の定、ベイカーはこの説明を真に受けた。

その一方で、ダグラスは本を手っ取り早く金に換えていた。彼が持ち込む本は質がよく、どこの書店でも歓迎されたのだ。A・J・ボウデン、W・R・ベンジャミン、ドッド・ミード&カンパニー、リッチモンド&クロスアップといった十九世紀のニューヨークを代表する書店も彼の顧客だった。[19]アメリカーナを扱っていた有名なディーラー、チャールズ・L・ウッドワードにも売った。だが、ダグラスにとって不運なことに、明敏なウッドワードはダグラスの嘘を見抜いた。本人が言うような相続や購入による蔵書ではなく、盗本だと気づいたのである。だが、どこから盗んだかまではわからない。そこで、ウッドワードは二月初めの『パブリッシャーズ・ウィークリー』にこんな広告を載せた。

関与可能性のある各位へ。信用できず無責任とその後わかった男から、貴重書――スウェドバーグの『アメリカ・イルミナータ』、アウレリウスの原書、カンパニウス・ホルムの『ニュー・スウェーデン』、バッカスの『教会史』の一巻と三巻、ブリッケルの『カリフォルニア』、ビヴァリーの『バージニア』と、それほど価値のない本数冊を最近購入。異議申し立て者が存在するなら、大至急ご一報を。[20]

ディーラーがこんな広告を載せるのはきわめて異例だが、注目に値するのはウッドワードが本の購入後に広告を出した点だ。ダグラスの不正が発覚した場合、ウッドワードは真の持ち主に本を返さなければならない。つまり、広告費をかけたうえ、多額の購入費がふいになるわけだ。こうした経済的負担を覚悟で、ウッドワードは行動したのである。そして、その成果はあった。

この広告のおかげで、その後まもなく、地元図書館――とりわけアスター図書館とコロンビア大学図書館の職員たちは、ダグラスの犯行を知ることになった。それでも、ダグラスはすぐに逮捕されなかった。図書館の職員たち、なかでもコロンビア大学図書館のジョージ・ベイカーはダグラスを窃盗犯と認めようとしなかった。しかし、ダグラスの犯行を裏づける証拠が次々出てくると――ダグラスがベイカーの銀行口座から無断で預金を引き出していた事実も含めて――彼らも現実を認めないわけにはいかなかった。広告の掲載から約一ヵ月後、ダグラスはアスター図書館から二冊の本――一七六一年に出版された『北米航海記』と『フランス国王の命を受けて』を盗み、その直後に逮捕された。[21] そして、五〇〇〇ドルの保釈金を言い渡されたが、支払うことができず、重窃盗罪で起訴された。警察が彼の家を捜索したところ、アスター図書館の本が三〇冊、コロンビア大学図書館の本が一一三冊見つかった。その後、ダグラスは裁判にかけられたが、容疑は『ペルーの歴史』と『インド諸島の歴史』という総額一五〇ドルの二冊の本の窃盗だった。[22] ダグラスは第一級重窃盗罪の有罪判決を受けて、エルマイラ感化院で短期間服役した。[23]

一方、ダグラスから買った本を図書館に返還したチャールズ・ウッドワードは、本の購入費や『パブリッシャーズ・ウィークリー』の広告費の払い戻しを受けたわけでも、図書館から感謝状をもらったわけでもなかった。だが、彼にとってそれは想定内だった。「どちらの図書館もよく知っているから、盗み出さないかぎり、なにももらえないとわかっていた」からだ。[24] 実際、大きな図書館は書籍ディーラーの経済的損失に冷淡だったかもしれないが、この借りは次の一世紀間に何倍にもなって返されることになる。

テオドルス・オリンサス・ダグラスの標的にされたころには、比類のない図書館というアスター図書館の定評は揺らぎ始めていた。地元の出版関係者が中心になって、ニューヨーク市民のための統合的な公共図書館をつくろうという動きが出ていたのである。一八九二年には、政治家で弁護士であり、サミュエル・ティルデンの遺言執行人だったジョン・ビゲローが、こうした図書館を五番街と六番街の間に建設する計画を『スクリブナー』誌に発表した。[25] その計画では、土地と建物はニューヨーク市が提供し、レノックス図書館とアスター図書館の蔵書を収め、ティルデンの信託から二〇〇万ドルが寄付される（親族から異議申し立てがあって五〇〇万ドルから下がった）。ビゲローはこの計画を推奨する理由のひとつとして公益性をあげている。

［本に対する］欲求はなにを供されるかによって育つ。図書館は低俗な趣味や娯楽に取って代

わる。手を伸ばせば届くところに人類の知恵の蓄積があれば、我々は強い絆で結ばれ、それによって良き市民、円満な家庭人となり、ひいては国民性を高揚させることになる。充実した人生を送る手助けをしてくれる。酒場の誘惑に対する強力な対抗手段となり、正しい選挙が行われ、党派間の争いを鎮め、立派な政治家を世に送り出すことになるだろう。

一八九五年には統合協定が結ばれ、「ニューヨーク市に無料の公共図書館および読書施設を設立し維持する」ために「ニューヨーク公共図書館、アスター、レノックス、ティルデン財団」が発足した。[26] 一八九七年に用地が確保されると、建築設計のコンペが実施され、カレール＆ヘイスティングス社が同年十一月に設計を受注した。計画説明書にトマス・ヘイスティングスはこう書いている。「図書館建設に関わる全員の望みは、簡素で荘厳な設計、過度な装飾に頼らず、古典的原則にのっとりつつ近代的な趣を加えたルネッサンス様式だった[27]」

こうして、アスター図書館はやがてニューヨーク公共図書館の一部となるわけだが、相変わらず盗難被害にさらされていた。さらには、司法機関の気まぐれな判断にも悩まされた。その典型的な例が、統合協定が結ばれた年に起こった二件の図書窃盗事件を裁定した二人の判事である。

一八九五年、H・A・ブランは経験不足にもかかわらず、ウィリアム・ストロング市長にトゥームズ警察裁判所の判事に任命された。ブランは労働者にやさしく権力者に厳しく、を掲げて判事となり、被告に示す寛大な態度は伝説になっていた。裁判所判事として最初にブランが裁定したのは、酔っ払ってバワリー街で逮捕されたアルバート・スミスという男だった。スミスが一日の労働のあとで軽く飲んだだけだと訴えると、ブランは彼を釈放した。次にブランが裁いたトマス・シーアという男は、シーハン警察官が拘置所に連行中だった複数の男を解放しようとして逮捕された。シーハン警察官は、シーアが襲撃に失敗して逃亡したところを追跡して逮捕したと証言した。ブランはシーアも釈放した。[28]

こうした判決が世間の注目を集め、ブラン判事は貧しい者に寛大で、資産家に厳しいという評判が広まった。『パック』の編集長ヘンリー・L・ウィルソンは、ブランから軽犯罪の裁定を受けて一晩勾留されている（のちに冤罪と判明）。ブランは世間から尊敬されている裕福な人間を勾留したことを正当化し、「身なりがよく外見の立派な人間を釈放し、そうした有利な条件を持たない人間を勾留するのは」自分の義務ではないと言った。[29] 権力者を毛嫌いし、無力な人間に味方するブランの性癖は、ジェイコブ・フリードマンという偽名を使って図書館の本を盗んだ学生の事件でひときわ顕著になった。図書館も「無力な」存在だが、ブラン判事はそう考えなかった。おそらく、それがアスター図書館だったからだろう。

この学生が涙ながらに、その本がないと授業についていけないから盗んでしまった、両親は貧しくて本を買ってもらえないと訴えると、ブラン判事は司書のフェリス・ロックウッドに告訴を取り下げるよう強く勧めた。[30] ロックウッドが同意しないと、この青年は初犯で悪気はなかったと弁護し、「この事件のせいで一生を棒に振ることになる」と言った。

「あの学生はもう十分罰を受けたと思わないか？」とブラン判事は続けた。「アスター図書館ともあろうものが、ひとりの青年を破滅から救うために小さな妥協ができないというのか」[31] それでもロックウッドが告訴を取り下げず、これは個人の意思ではなく、図書館の執行委員会の意向なのだと説明すると、ブラン判事は「やはり、世間の言うとおりだ。法人は血も涙もない存在だ」と嘆いた。[32] そして、不承不承、最小限度の罰金刑を言い渡した。罰金は地元の篤志家ジェイコブ・シッフが支払った。[33]

真相は――図書窃盗事件ではたまにあることだが――その一週間ほどあとに判明した。その学生の逮捕は誤解によるものではなく、図書館の盗難防止策が功を奏したからだった。実は、数ヵ月前からアスター図書館では開架式書架からある種の本がなくなっているのに気づいていた。閉架式書架からも同種の本が消えていたが、手口は異なっていた。若い男が偽名で借り出して、それきり返しに来ないのだ。その男がフリードマンだった。逮捕された当初、彼は容疑を否認していたが、最終的には自白した。警察が彼の部屋を捜索すると、蔵書印を切り取られたアスター図書館の本が何冊も見つかった。だが、無論、ブラン判事はこの事実を突きつけられても動じなかった。

それに対して図書館側は、フリードマンは図書館の本を奪っただけでなく、勉学のために図書館を利用する権利を学生たちから奪ったと抗弁した。「学生たちに必要な本が持ち去られると、学生すべてから権利を奪ったことになる……重視すべきは、盗まれた本の価値ではなく、本を盗むことは多くの利用者から読む権利を奪うことだという事実である」[34]

この事件が有名になったのはブラン判事が熱弁をふるったせいだが、ひとつ利点があったとすれば、図書館執行委員会に警備を真剣に考える機会を与えたことだろう。フリードマン事件のあと、執行委員会は職員を増員して閲覧室のパトロールや警戒に当たらせた。一九〇一年に本のページが頻繁に切り取られるという事件が起こったときには、有益な情報提供者に報奨金を出すと通達した。さらに、従来のインク印を打ち抜き印に替えた[35]。その後の大半の図書館もそうだが、アスター図書館の場合も、行動を起こしたのは事件後だった。だが、ともかく、行動したのである。

図書窃盗犯に対するブラン判事の甘さは過去のものであり、現在ではこの種の犯罪に対する理解が深まっていると思いたいところだが、現実は逆だ。フリードマン事件のような判決は、むしろ現在のほうが頻繁に下されているのだ。当時の図書窃盗に対する態度は、現在よりはるかに否定的で、敵対的ですらあった。

一九〇七年に『ダラス・モーニング・ニューズ』の社説は、「図書窃盗犯」をこの地上に「神に生かされているもっとも卑劣な泥棒」と位置づけている。「正しい市民が公益のために支払った税金で維持されている蔵書を悪用し、善良な市民が必要とする本を盗む人間を見たら、堕天使ですら嘆くだろう」そして、さらにこう続けている。「神はなぜこんな人間が存在するのか、なにもかもお見通しだろうが、神以外には誰にもわからない。おそらく、こういう人間は——犬を毒殺する連中と同様——堕落した姿を周囲に見せることで、人間性を楽観視する傾向のある私たちに謙虚さを教えるためだけに存在するのだろう[36]」

一九〇四年四月には、『ニューヨーク・デイリー・トリビューン』も同様の記事を掲載して、図書窃盗犯に禁固刑を言い渡した判事の言葉を紹介している。「公共図書館から本を盗むのは言語道断であり、冥府の河の渡り賃として使者の目の上に置くコインを盗んだり、教会の献金箱から金を盗んだりするような行為である。私は喜んで法が規定した最大の刑罰を宣告する。もっと重い刑罰を与えられないのが残念だ」[37]同じ時期に『ボストン・グローブ』に転載された『ローウェル・シチズン』の社説には、「ボストン市民が怒りに燃えて立ち上がり、本泥棒を手近な柱に吊るさないのが不思議だ」と書かれている。「公共図書館から本を盗むのは、平均的なボストン人にとって、聖域の契約の箱舟に手をかけるようなものである」[38]

公共財を自分たちの手で守ろうとする姿勢は以前からあった。一八九一年には、『ニューズマン』（新聞雑誌販売者、出版業者、書籍ディーラーなどを対象とした定期刊行物）が、本泥棒を「地上を漂う人間の形をしたシラミ」と決めつけ、「こういう卑劣な悪党には、人間のあらゆる特徴が欠如している。どこかの果敢な書籍ディーラーが見せしめに本泥棒の耳を切り落とすなりして、その卑劣な裏切りを暴いてくれないものか？　世のディーラーたちは銃を買い、犯人を捕まえたら、その場で射殺すべきだ」と書いた。そして、こうした行動が、図書窃盗の根絶につながると社説は主張している。[39]

こういう姿勢は、アスター図書館の大規模な窃盗事件の裁判でも見られた。一八九五年一月、ニューヨークの刑事裁判官にジョン・W・ゴフが任命された。刑事裁判官は重職で、ゴフが任命された当時は、アメリカの司法制度の中で最も古い役職だった。アイルランド移民で元検察官だったゴフは、この地位を真摯に受け止めた。生真面目で率直な性格だった彼は、この地位が刑法に関するかぎり州でいちばん重要なことを意識していたのだ。彼の最大の目標は、「自分の義務を進んで果たし、精励刻苦して、なによりも誠実に法正義を実現することで先人の例に倣うこと」だった。[40]要するに、彼はブラン判事よりはるかに厳格な法執行者だったのである。

ゴフは弁が立つほうではなかったが、「口語表現の達人」だった。彼が担当する裁判で弁論したことのある弁護士によると、ゴフは「躊躇《ちゆうちよ》することなく、ゆっくりと、だが、だらけた感じではない話し方をし、陪審員に話しかけるときは声にも表情にも人を引きつけるものがあり、理論的な話し方をするが、説得しようとはしない。事実を述べるときは私見を交えることなく、ラテン語やノルマン起源の言葉ではなく、わかりやすいサクソン系の言葉を好んで使った」。[41]

刑事裁判官としての初日からゴフの仕事ぶりはブラン判事とは違っていた。窃盗罪で起訴されたエラ・ワシントンという女性に六ヵ月の禁固刑を言い渡したのである。[42] その後一二年間、彼はニューヨーク史上もっとも興味深い裁判をいくつか担当したあと、ニューヨーク最高裁判所の判事に就任した。その間に彼が扱った事件の中には、ブラン判事と同様、アスター図書館の窃盗事件もあった。

二八歳のレオン・ゴンバーグは、マンハッタンとブルックリン一帯を縄張りとする窃盗団を率いていたが、のちに四番街を拠点とした窃盗団のボスたちとは違って、自ら積極的に動くタイプだった。盗本を売りさばくだけでなく、図書館に下見に行って、これはと思う本があると借り出して、本の大きさや発行年、汚れなどを確かめた。

ゴンバーグ窃盗団は、さまざまな意味でロンム窃盗団の先駆的存在だった。規模はずっと小さかったが、このころは書籍売買ビジネス自体が小規模だったのだ。ゴンバーグ窃盗団は、ボストンの図書館からも高価な本を盗み出して、ニューヨークのディーラーに売っていた。

ゴンバーグ窃盗団がいちばん暗躍したのは一九〇三年だが、アスター図書館の司書カール・ビエ子』が盗まれたのだが、その本を借り出した（アスター図書館は外部への持ち出しを認めないから、閲覧室を利用した）利用者が貸出票に記した住所に手紙を出すと、宛先不明で戻ってきた。その後も、こんなふうにして稀覯本が紛失するようになり、ビエルゴーは稀覯本を借り出そうとした人物がいたら、すぐ知らせるように司書たちに指示した。

そのチャンスはすぐ訪れた。その数日後、「顎の突き出た、風貌も話し方もロシア人のような男」が受付に現れ、『アメリカの本の現行価格』の最新号を借りたいと申し出たのである。男には連れがあって、その男も稀覯本の一覧表や買い入れ先を記した刊行物を見たいと言った。不審に思ったビエルゴーは、陰からそっと観察して、二人の顔を記憶に焼き付けた。[43]

その二、三日後、レノックス図書館の司書、ビクター・ヒューゴ・パルトシッツもビエルゴーと同じ行動をとった（パルトシッツはポーの研究者で、レノックス図書館の蔵書の中に当時は存在が知られていなかったポーの原稿があることを発見した）。彼も最近、図書館の本が盗まれていることに気づいたのである。レノックス図書館は蔵書が少なく、すべて閉架式書庫に収められているため、盗難被害はそれまでほとんどなかった。本の閲覧を要求した男は、本をちゃんと返していた。ところが、なぜかそのあと、その本が消えているのだ。閲覧を要求したW・アガーと名乗る男に疑惑が向けられ、パルトシッツはその男が図書館を訪れるのを待った。そして、ビエルゴーのように、陰から観察したのだが、その際に男の顔をスケッチした。

一九〇四年四月、ゴンバーグはアスター図書館に行って、一八二三年に刊行されたジョージ・バンクロフトの『詩集』の閲覧を要求した。そして、いつものようにちゃんと返したが、その翌日には他の数冊とともにその本が消えていた（ゴンバーグは三〇ドルの価値のある『詩集』を盗んだ仲間から受け取ると、すぐブレンターノ書店に七ドル五〇セントで売った）。[44] そのあと、二人の司書はパルトシッツが描いたスケッチを地元の書店に配付した。

この努力が功を奏した。四月十八日、よく似た男が、アスター図書館から盗んだ四〇ドルの価値のあるホーソンの本を売りに来たという通報がニューヨークの古書店からあった。[45] ゴンバーグは近くの別の書店エヴェレット&フランシスで逮捕されたとき、書名と価格、AかLの評価をつけた本のリストを持っていた。[46] 彼は翌日ニューヨークの法廷で、地方検事のスマイスから一五〇〇ドルという多額の保釈金を要求されたが、支払えず勾留された。逮捕から三日後、大陪審は彼を窃盗罪で起訴した。

ゴンバーグは弁護に時間を費やさなかった。大半の窃盗犯は魔が差したとか、正常な判断力を失っていたと主張するが、彼は逮捕時に持っていた本や、その後発見されたアスター図書館とレノックス図書館から盗んだ本は、すべて売却するために友人から預かったのだと言った。[47] それによって、彼が図書館から盗んだ本を（しばしば事情を知ったうえで引き取る）古書店に売る組織の一員であることが明らかになった。一九〇四年五月、ゴンバーグは軽窃盗罪で罪を認め、その二日後にゴフが判決を言い渡した。情状酌量の嘆願を聞いたあと、ゴフはこう宣言した。「あなたは［ブルックリンとマンハッタンの図書館を狙う］窃盗団の統率者であり、市の公共図書館から継続的な窃盗を繰り返す組織を指揮した」。[48] そして、法で認められる最大限の量刑である一年の禁固刑を宣告した。[49]

この判決が画期的だったのは、厳罰を宣告しただけでなく、図書館の盗難事件を正しく認識した点にある。図書窃盗は組織犯罪であり、その活動範囲は広域にわたっている。本泥棒にとって、それは一種の職業なのだ。そして、彼らはミッドタウンに建設中のひときわ大きな建物を虎視眈々と狙っていた。

ニューヨーク公共図書館は、建設に一〇年以上を費やして、五番街の四〇丁目と四二丁目の間に完成した。開館式には、ウィリアム・ハワード・タフト大統領をはじめとして全米から多くの名士が集まった。『ハーパーズ・バザー』の記者デイビッド・グレイは、一九一一年三月号でこの記念すべき建物を紹介し、「商業ビルに囲まれ、多くの車の流れや喧噪のなかで、彫刻を施した長いファサード、どっしりした建物、大理石の白さが、ニューヨークの生活に新たな息吹をもたらしている」と書いた。[50]

だが、この壮麗な建物も図書館特有の難問と無縁ではなかった。一九一三年の春、NYPLのエドウィン・アンダーソン館長は、盗難事件の増加を運営委員会に報告している。報告書では、ここ一〇年の（NYPLは建設中だったから、主としてアスター図書館や分館での）盗難に触れ、損失を食い止める重要性が強調された。例によって、この報告書も問題がもはや無視できないほど深刻になってから提出された。小規模な防犯対策はほとんど効力がなく、かといって、次にあげるような大規模な対応は逆効果だったのである。

その三年前の一九一〇年、当時の館長ジョン・ショー・ビリングズは、図書窃盗の横行を憂慮して、ニューヨークの古書店主に回状を出した。「本泥棒」と題したこの回状は、「［我々の図書館の」分館のいずれかから本を盗んだ人物の逮捕ならびに有罪判決につながる証拠を提供した古書店主に」二五ドルの報奨金を約束していた。[51] さらに、七ページにわたって、NYPLの蔵書の見分け方――浮き出し印がアイロンで延ばされていないか、インク印が漂白されていないか、打ち出し印が埋められていないかを見分ける方法を古書店主に説明した。それも、きわめて具体的な情報とともに。

アスターおよびレノックスの分館では、蔵書の九九ページの下の余白にナンバー印が押してある。巡回図書館の本には、九七ページの余白の上か下にナンバー印が押されている。九七で終わるその他のページ、すなわち、一九七、二九七、三九七ページには、通常はゴム印が押してある。昔、インクでナンバーが書かれたり、印が押されたりして今も残っている場合があるページは、一七、九九、および一〇〇ページである。

こうして、NYPLの蔵書の秘密を書籍ディーラーに明かしたわけだ。ビリングズはディーラーを善意の塊と信じ（一〇〇パーセント信じていなかったのは、二五ドルの報奨金を出したことからうかがえるが）、盗本の購入を自粛すると思っていたのだろうか。それとも、正しい情報を与えれば、協力してくれると信じていたのだろうか。その点では世間知らずと言わざるをえないだろう。悪くすれば、被害を拡大することになり、少なくとも短期的な効果は上がらなかった。そこで、彼は七ヵ月後にまたナンバー印に関する情報を割愛した以前より短い回状を出した。そして、「扉あるいは九七ページまたは九九ページの抜けた本、こうしたページが破り取られたり同じ本の別の版から取ったページに替えられていたり、蔵書印がなかったりする本を購入しないよう強く警告する」とつけ加えた。

だが、結局、ビリングズの回状は功を奏さず、彼の後任のエドウィン・アンダーソンは、これまで試みた防衛策――パトロールの増強、蔵書印の改良、ディーラーへの協力要請はことごとく失敗に終わったと報告した。それどころか、アスター図書館と同様、閉架式書庫を採用しているにもかかわらず、事態は悪化しつつあり、「この三年間に、盗難事件の調査と紛失した本の回収のために、ある人物に勤務時間の大半を費やすよう要請する必要が出てきた」と書いている。「ある人物」の名は、盗難事件の関係者の間ではすでによく知られていた。[52]

エドウィン・ホワイト・ゲイラードは、数年前から、図書館の警備強化を提唱し、盗難防止のための法令の制定を州議会に働きかけてきた。一九一〇年にビリングズが出した回状にも彼の名前が記されている。盗本を見つけたら、ゲイラードに連絡するようにというのだ。一九一三年には、彼の仕事はもっぱら図書館の本を守ることになっていたが、アンダーソンはこれを正式な職務にしようと考えた。

「この仕事に専念する有能な職員を確保することは、必ずや図書館の利益につながるであろう。盗難被害だけでなく、盗本が古書ディーラーを通して売買されている現状、利用者が返却しない本が増えている現状を鑑みても、綿密な調査を必要とする事件が着実に増加しているのは事実である。こうした事件の根気強い追及は、盗難による経済的損失を軽減するだけでなく、道義的効力を発揮するだろう[53]」

その翌月に新たに設けられた特別捜査員という役職には一定の資格が必要だった。「幅広い経験と詳細な情報を持つ司書、（捜査を専門とする）警察官、刑法のエキスパート、そして、人道主義者、以上すべてを兼ね備えていること」。エドウィン・ホワイト・ゲイラードはまさに適任だった。著名な内科医の息子で、地位の高いユグノー派を先祖に持ち、長年司書として働きながら、さまざまな改革運動を推進してきた[54]。そのひとつが館外貸し出し、とりわけ移民の多い地域で、利用者に本を貸し出すことだった。学校図書館の充実にも尽力した。その一方で、盗難防止にも力を注いだ。短期間でもゲイラードと働いたことのある職員は、彼がどれほど執拗に窃盗犯を追ったか、そして、ある記者が書いたように、図書窃盗ビジネスに携わる「悪党を捕まえる独特の才能とスキルの示し方」を知っていた[55]。それでも、彼は特別捜査員に就任するのをためらった。自信がなかったわけではないが、司書として図書や利用者に接する機会を失いたくなかったからだ[56]。

ゲイラードが初めて図書館の盗難事件に関わったのは、大半の司書と同様、被害者側としてだった。一九〇四年、マンハッタンのアッパーイーストにある福祉コミュニティセンター図書館で司書として働いていたときのことだ。社会的にも経済的にも立場の異なる住民の融和を目的とした福祉コミュニティセンター図書館では、フランシス・マーシュの『英語類語辞典』の購入を決め、彼は地元紙に広告を出した。すると、この辞典を盗まれたという図書館の司書から連絡があった。売りたいという申し出があったら、図書館の登録番号のあるページを確認してほしいというのである。「特定のページに登録番号が記されていたら、その本はうちの図書館の蔵書です[57]」数週間のうちに

『英語類語辞典』が数冊持ち込まれ、ゲイラードはそのつど問題のページを調べたが、登録番号のついた本はなかった。最終的に買い入れたのは、カナダでその辞典を買って仕事に利用していたという若い男からだった。その男が言うところでは、金が必要になったので、ほかの辞書で間に合わせるということだった。ゲイラードは問題なく購入できたことに満足した。

それから一週間ほどたった日の午後、また同じ男が図書館を訪ねてきて、偶然もっと保存状態のいい『「英語類語辞典』を見つけたと言った。ゲイラードは悪くない話だと思ったが、もう一冊購入する余裕はないと告げた。きっと気に入ると男に食い下がられ、むげに断るのも悪いという思いと好奇心に駆られて、警戒心と一抹の不信を感じながら、とにかく見ることにした。すると、数週間前に指摘されたページに登録番号が記されていた。ゲイラードは同僚に男を引きとめさせておいて、警官を呼びに行った。そして、記録によると、「その礼儀正しく、感じのいい、利口そうな男を警察に引き渡した」[58]。

盗本所持だけでは告訴できないが――男は本が盗まれたものだとは知らなかったと主張した――治安判事は証拠収集のために四八時間の拘束を認めた。二日間、精力的に調査した結果、ゲイラードはその本を所蔵していた図書館の数人の司書から話を聞くことができた。そして、少なくとも三人の男がチームを組んで、ひとりが下見し、別の男が本を盗み、もうひとりが本を売るという仕組みになっていることに気づいた。チームの守備範囲はボストンからワシントンDC、おそらく、さらに広範にわたっていると思われた。しかも、盗み出したあと、蔵書印を消したり、蔵書印のあるページを除去したりという加工を施し、可能な場合はカード式索引も持ち去っていた。要するに、誰も思いつかなかったような効率のいい窃盗組織が存在したわけである。

「捜査の結果、本の価値や図書館の仕組みを熟知し、本の改造技術があり、公共もしくは半公共図書館を狙う組織が存在すると確信するに至った」とゲイラードは書いている。[59] 同じ時期にゴンバーグ窃盗事件を裁定したゴフ裁判官や、アスター図書館のカール・ビエルゴー、レノックス図書館のビクター・パルトシッツと同じ結論に達したのである。この事件をきっかけに、警備強化は図書館にとって最優先事項となり、ゲイラードにとっては生涯をかけた仕事となった。

NYPLの特別捜査員に就任した直後に、ゲイラードは「特別巡回警察官」としてニューヨーク市警察に所属した。単なる名誉職ではなく、二三番管区の警察官として月間報告書を提出することを義務づけられた私服警官としてである。[60] 宣誓就任後、彼は二人のベテラン刑事とチームを組み、捜査の流れ、逮捕の方法、法廷での行動を現場で学んだ。ゲイラードはこの種の知識の重要性にすぐ気づいた。「刑法、逮捕の手順、刑事訴訟法に精通することは絶対不可欠だ」と彼は書いている。こうした作業が司書としての仕事に加わったのである。それについて彼はこう書いている。「司書仲間といるときは司書でいなければならなかったが、警察官といるときには、刑事裁判所の殺伐とした雰囲気に慣れ、時には逮捕のために肉体的苦痛に耐え、容疑者を連行し、同僚の警察官と無駄話をし、囚人護送車に同乗し、常軌を逸した容疑者から話を聞き、裁判所で被告を見張らなければならなかった」[61] 覚えなければならないことはいくらでもあった。最初からわかっていたら、引き受けなかっただろう。課せられた職務を遂行するための訓練に二年近くかかったが、ゲイラードはやり遂げた。アメリカ史上最悪の図書盗難事件が続発した時代――警察署には窃盗事件のファイルが山積みになり、容疑者の似顔絵が壁一面に貼られていた――にゲイラードはアメリカのもっとも貴重なコレクションを守ったのである。[62] その最大の方法は、間接的とはいえ、窃盗犯を常に有罪に持ち込んだことだった。

ある図書館の幹部職員はのちにこう記している。「ゲイラード氏は図書館に関する法令や裁判手続きに関する正確で豊富な知識を持っていた。彼が図書館の利益に関わる事件を法廷に持ち出すと、

五番街に面したNYPLの入口、正面玄関には制服の警備員が常駐している。壮麗な外観やかつてはアスター・ホールだった広々としたロビーを見ると、階段を駆け下りる足音が、遠くから聞こえてくるような気がする。

裁判所は、彼の主張を支持しうる十分な証拠が提出されたと理解した。ゲイラード氏が提訴した事件で、被告が有罪にならなかったことは一度もない[63]」だが、ゲイラード自身は、後年、逮捕した犯人全員が有罪判決を受けたわけではないと不本意ながら認めている。「公判日程表に名前が載った直後に自殺した男がいた。保釈金を払って失踪した男もいた」さらには、およそ一割がベルビュー病院の精神病棟などの施設に送られた。[64]ゲイラードの功績は偶然の産物ではなかった。本人が言うように、窃盗事件で有罪に持ち込むためには、裁判手続きや法律、証拠の吟味などを理解しなければならなかった。[65]そして、彼が一貫してやってきたように、時には手段を選ばず強行する必要もあった。

たとえば、就任直後に、ゲイラードはある利用者が何冊も本を借りたまま、図書館のファイルに記載された住所から姿を消したことに気づいた。写真付きIDカードが採用される前は、偽の住所はよく使われる手で、全米の図書館員の悩みの種だった（ゲイラードの後任者は、ついに貸出カードに「偽名や偽の住所を使った場合には当図書館の利用ができなくなる場合があります」という一文を入れた）。[66]普通なら、こういう場合、紛失物として処理されるが、ゲイラードは諦めなかった。この男の場合は貸出カードに書いた住所は本物だったが、本を返却しないまま引っ越してしまったのだ。新住所を突き止めるために、ゲイラードは男が住んでいたニュージャージー州の町の郵便局に電話して、転居先を教えてほしいと言った。だが、教えることはできないと断られて、ある計略を立てた。男の旧住所に書留郵便を送り、封筒の中にカーボン紙を入れておいたのだ。ニュージャージー州の町の郵便局に着いたら、新住所に転送されるはずだ。

封筒に新住所が記載されたあとで、まだ転送されないうちに回収しようという作戦だった。新住所が消されたとしても、カーボン紙が入っているから複写されている。だが、計画どおりにはいかなかった。郵便局は新住所を記載せず、結局、男の転居先を突き止めることはできなかった。しかし、この出来事はゲイラードがいかに仕事熱心で、窃盗犯をつかまえるために創意工夫をしたかを物語っている。[67]

ゲイラードは特別捜査員としての役割を精力的に果たしたが、少なくとも書架主任のキース・メトカーフの目には、やりすぎと映ることもあった。少しでも疑いがあると図書館員を告発し、手荒な扱いをするときもあった（ゲイラードのためにつけ加えると、メトカーフは自分でも認めているように、内部犯には甘かった。「雑用係」が本を盗んだことが何度かあったが、告発せず解雇しただけだった。「盗んだ冊子を返して、教会で告解すると約束するなら告発しない」と言ったこともあった。[68] 雑用係を採用したのはメトカーフだったから思い入れもあっただろうし、寛大な対応が一番だと思ったのだろう。それはそれで立派だが、特別捜査員は務まらない）。ゲイラードはアメリカを代表する図書館――NYPLは彼の在任中に議会図書館に次ぐ全米第二の規模を誇るようになった――の警備主任の仕事に徹することが自分の務めだと思っていた。[69] 人間が過ちを犯すことを理解しており、図書館の利用者は、たとえ上流階級の人間でも、ある論説の表現を借りるなら、「人間につきものの弱さを持つ生身の人間にほかならない」と知っていた。[70]

徹底した捜査によって有罪を立証しようとしても、司法機関の恣意的な判断に落胆させられる場合があることも知っていた。それを理解したうえで、準備と追跡調査を根気よく続けるしかないことも。それでも、就任直後に、彼は館長のエドウィン・アンダーソンにやり場のない憤懣《ふんまん》を訴えている。ある裁判で、ウォレン・フォスター判事が罪状を認めた窃盗犯にこう言ったという。「欲するものを手に入れるのは自由であり、利用したあと返す意図があったことを陪審団に証明できるなら、窃盗罪には当たらず……上訴裁判所は、利用したあと返す意図を持って手に入れるのは窃盗罪ではないと裁定している」ゲイラードはアンダーソン館長に宛てて「裁判官の言葉を引用したのは、窃盗罪として告訴する際に直面する難しさを知っていただきたいからです」と書いている。[71]逮捕されたのが資産家だったために問題が大きくなった事件もあった。ジョセフ・バーンスタインは、治安紊乱《びんらん》行為と図書の破壊ならびに「館外貸出部における複数の違反行為」の容疑で告発された。「この事件を彼の家族はきわめて深刻に受け止めた」とゲイラードは報告している。「弁護士を二人雇い、裁判のために多額の費用を投入した」[72]オーストリアにいた父親が事後処理のためにニューヨークに呼び戻されるありさまだった。

だが、なにより司法機関に落胆させられたのは、イタリアの新聞社の特派員、フランコ・フルッティの事件で、後年、ゲイラードは在職中に関わった最悪の事件だったと語っている。一九二四年のクリスマスの直前、東二二番街二七丁目にあるイタリア領事館の守衛が、ドメニコ・マリーノのオフィスから他の荷物といっしょに運びだされた数冊の本に目をとめた。そして、NYPLの蔵書印のある本が交じっているのに気づいて、そのうちの二冊を近くの警察署に届けた。[73]警察から連絡を受けたゲイラードは、マリーノに面会し、本はオフィスに間借りしていたフルッティのものだと聞かされた。フルッティは逮捕され、ほかにも大量の本を東一六番街一〇一丁目にある建物の地下室に隠していることを自白した。だが、いずれもNYPLの蔵書印が押されているにもかかわらず、盗んだのではなく、約一二年前に図書館員から買ったと主張した。

たしかに、あり得ない話ではないが、ゲイラードは信じなかった。案の定、記録を調べてみると、そのうちの何冊かは一〇年ほど前まで図書館にあった。ゲイラードに追及されて、フルッティは同じ図書館員から買い入れた本がまだ一八一丁目の自宅にもあると言った。実際、彼の自宅から車三台分――四〇七冊が見つかり、そのすべてをゲイラードは回収した。[74] それでも、フルッティはどれも盗んだものではないと言い続けた。

問題はそこだった。フルッティが図書館の本を所有していても――そして、盗んだことを認めたとしても――四年以内に盗まれたと証明できないかぎり起訴できないと地方検事から言い渡されたのである。このままではフルッティが罪を免れるおそれがあった。そこでゲイラードは彼が持っていた大量の本を丹念に調べて、いつまで図書館にあったかを確認した。すると、少なくとも三冊は四年前まで図書館にあったことが判明した。ゲイラードはまたマリーノのオフィスでフルッティを問い詰め――記録には「二時間の談話」とされている――ついにそのうち二冊を盗んだことを認めさせた。

裁判の罪状認否で、フルッティは一冊盗んだことは認めるが、それには条件があり、名誉を守るために、フランコ・フルッティではなくジョセフ・ヴェスティグリアという名前を使いたいと言った（この事件を報じた『ニューヨーク・タイムズ』の記事では、ジョセフ・ヴェスティグリアという名前が使われ、フルッティの名誉は守られた）。判決は数年の禁固刑だったが、三年間罪過がないかぎりという条件で執行猶予がついた。[75] 刑が確定したあと、フルッティがひそかにゲイラードに打ち明けたところでは、彼は手元にある本を全部盗んだだけでなく、ボストン公共図書館からも盗んだことがあるというのだ。しかし、いずれの罪でも収監されることはなかった。

裁判の一年後の一九二五年、ゲイラードはこの事件を「ＮＹＰＬの盗難事件史上最悪の事件」と呼んでいるが、実は、それ以上に甚大な被害をおよぼした事件がその一〇年以上前に起こっていた。

ゲイラードがチャールズ・Ｐ・コックスと出会ったとき、コックスは書籍ディーラーとしてすでに三〇年以上の経験があった。三番街四二丁目にあったコックスの最初の店は、文学愛好家のたまり場として有名だったが、火事で全焼してしまった（その後、彼の自宅も火事に遭った。飼い犬がランタンを蹴とばしたのが原因とされたが、真相はわからない。だが、世論が厳しくなった一九八〇年代に、テキサス州オースティンの伝説的なディーラー、ジョン・ジェンキンスが同じように店舗と自宅を火事で失ったときには、彼の不正を多くの人が確信した）。一九一四年には、コックスは八番街一二五丁目に移転して新しい店を構えていたが、そこからコロンビア大学は目と鼻の先にあった。[76] そして、そのころには彼の息子も盗本売買に関わっていた。

チャールズ・コックスが警察の注意を引いたのは、息子キャロルがまだ幼かった一九〇二年。ブレンターノ書店のフレッド・エバンスという店員が、店から二〇〇〇ドル相当の本を盗んで、古書ディーラーに売ったときのことだった。警察がチャールズ・コックスの店を調べると、盗本がほかにもたくさんあった。エバンスが市価より安く持ち込んできたので、つい買ってしまったとコックスは釈明した。[77] エバンスとの取引は少なくとも八ヵ月前から続いており、ほかにも彼から盗本を買ったディーラーもいたが、コックスは誰よりも前から大量に仕入れていたようだった。事情を知らずに過ちを犯しただけで、こちらは被害者なのだとコックスは訴え、ほかに証拠がないことから、警察は彼を起訴しなかった。[78] しかし、その一四年後、ゲイラードは当時の警察ほどあっさり騙されなかった。このころになると、コックスは長年の経験から、図書館から本を盗んでも誰も気にしないと思い込んでいた。誰にも目をつけられていないと過信していたのである。

だが、一九一六年、コックスに目をつけた人間がいた。その年の一月、図書館から盗まれた本を売っている書店を捜査している間に、ゲイラードは「この街の古書売買のある一面にかつてないほど深く深く触れることになった」。[79] その結果、古書ディーラーが図書窃盗に組織的に関与をしていることを突き止めた。そして、長年窃盗事件に関わってきたにもかかわらず、この事実に衝撃を受けた。ゴンバーグ窃盗団事件を経験しており、NYPLのビリングズ館長が古書ディーラーに回状を出してから数年経っていた。特別捜査員となって丸三年、図書館利用者は善意の人間ばかりでないことはとっくに悟っていたはずだ。それでも、コックス事件はゲイラードの目を開かせたようだ。

捜査中、ゲイラードはのちに有名になったディーラー、チャールズ・ハートマンから、古書ビジネスは「故買抜きには成り立たない」と聞かされた。そして、捜査を進めるにつれて、古書ディーラーにとって合法的な商売をするのはきわめて困難だと確信した。それ以上に当惑したのは、原因の一部が図書館側にあることだった。少なからぬ数の図書館員が――大半が書架係――ひそかに古書ディーラーに本を売っていたのだ。「彼らが担当する本を売る率は限りなく高く、発覚する率は限りなく低い」と、彼はアンダーソン館長に報告している。なかでも、ウィリアム・ガフという図書館員は、ハリー・バートンというディーラーに頻繁に本を売っていた。ゲイラードはこう続けている。「当図書館員が卑劣な売買に携わり、受注して本を密売している事実は、甚だ遺憾であり、図書館員倫理に反している」

ゲイラードは着実に証拠を集めて、古書ディーラー間に組織的なつながりがあり、その首謀者がコックスであることを証明した。しかし、それでなにかが変わったわけではなかった。この経験からゲイラードが得たのは、書籍販売に関する知識といっそう強くなった決意だけだった。

だが、紆余曲折はあっても、ゲイラードは最終的にNYPLに窃盗を許さない文化を築き上げることに成功した。彼の指揮下で防犯に当たる職員とは別に、警備員を採用し――大半が元警官だった――館内の巡回や出入口での警備に当たらせた。また、司書にも不審な行動を見抜く力をつけさせた。[80] こうした努力が功を奏したのは、一九二〇年七月中旬の金曜日のことだった。

その日、二人の書庫係が五番街に面した入口で警備に当たっていると、妙に膨らんだコートを着た男が出て行った。二人の書庫係、ルドルフ・ベイドとアーヴィング・ニューマークは男を尾行した。男は五番街を二ブロック南に歩くと、立ち止まってコートの下から本を二冊取り出した。そして、一冊の本の内表紙から本の索引カードケースと返却期日票を破り取ってゴミ箱に捨てると、また南に歩き出した。次の角にさしかかると、彼はもう一冊の本にも同じことをした。二度とも、捨てられた紙は二人が回収した。男は歩きながら、図書館の蔵書印と分類番号の記されたページを噛み切った。[81]

三五丁目に着くと、男は高級衣料品店のベスト&カンパニーに入った。ニューマークは男を追って店に入り、ベイドは警官を呼びに行った。警官は現行犯ではないから逮捕できないが、二人が男を捕まえるのに協力すると言ってくれた。そこで二人で男を——ジュリアス・サンドバーグという男だった——捕まえ、警官に付き添われて店内にサンドバーグが借りていたロッカーに行くと、そこに問題の二冊の本が入っていた。サンドバーグは警察署に留置された。

ゲイラードは警察署に駆けつけて、サンドバーグを追及したが、彼は本を盗んだのはこれが初めてで、借り出せないとわかったから持ち出しただけだと主張した。もちろん、ゲイラードはそんな嘘は信じなかった。図書館の蔵書印を除去しているのだから目的は一目瞭然だ。ゲイラードはサンドバーグの自宅に向かい、そこで四六冊の図書館の本を見つけた。最終的には、サンドバーグは罪を認めた。

ゲイラードは裁判にはできるかぎり出廷するようにしていた。特に量刑手続きには好んで参加した。サンドバーグ事件では、それが判決を変えることになった。保護観察官の証言を聞いて、裁判官は二五ドルの罰金刑ですませる方向に傾いていたが、ゲイラードが証言台に立って反論した。その結果、禁固一年の有罪判決が下されたのである。[82]

言うまでもないが、ゲイラードのこうした努力によって蔵書の安全が確保できたわけではなかった。NYPLは規模も大きく利用者も多い。彼の第一の仕事は利用者にマナーを守らせることだった。たとえば、一九一四年十二月に彼はエドウィン・アンダーソン館長にこんな報告書を送っている。「一四九名が館外退出を求められた（一ヵ月前なら『追い出された』が、その間に警備員たちは言葉づかいと礼儀について重点的に指導を受けた）[83]。館外退出を求められた理由はさまざまだった。ボクシングをしていたのが二人、治安紊乱行為が一二人、飲酒が七人、悪質ないたずらが、子供も含めて四人、七四人は睡眠をとっていて、三人は喫煙、五人は唾を吐いたせいで、二〇人が「戦争論議」、そして、二〇人以上が居場所のない「浮浪者」だった（一九一四年秋には、第一次世界大戦がニューヨークにも大きな影を落としていた。十一月十九日には、オットー・リッポルトが新聞閲覧室にあった『マンチェスター・ガーディアン』からヴィルヘルム皇帝の風刺画を切り取ったとして逮捕された。リッポルトは否認しなかったが、その風刺画はドイツに対する侮辱であり、「祖国の利益を守るのはドイツ人としての務め」だと言った）[84]。館外退出を求められる利用者が増えたのは、ゲイラードが警備員に一時間ごとに館内を巡回させるようになってからだった。

おそらく、ゲイラードの最大の遺産は、図書窃盗を未然に防ごうとする熱意だろう。彼はさまざまな集会に進んで出席し、自分の仕事について語った。一九二一年には、長年の経験をまとめて、『ライブラリー・ジャーナル』に「図書窃盗に関する問題」と題した二部から成る論説を掲載している。そして、一九二八年に第二部を書き上げた直後に亡くなった。こうして広く世に訴えるだけでなく、支援を求める図書館にも支援の手を差し伸べた[85]。ゲイラードと彼の後継者であるNYPL特別捜査員は、他館の司書や書店主に盗難対策を指導したり、盗難事件の解決に協力したりした。

特別捜査員の職務に精力的かつ真剣に取り組んだゲイラードのおかげで、彼の在任中にNYPLは入口で守衛が来館者の手荷物を検査し、稀覯本は一ヵ所に集めて保管するといった防犯対策に力を入れた。すべての蔵書を守るのは不可能としても、ゲイラードが亡くなった一九二八年ごろには、NYPLは望みうるかぎり安全な図書館になっていた。他館で奔流のように本が流出していたとすればＮＹＰＬでは滴がしたたり落ちる程度で、しかも、盗まれるのはそれほど価値のない本だった。

ゲイラードの最大の貢献は、ＮＹＰＬの蔵書には近づけないというイメージを定着させたことだろう。警備を強化し、場合によっては起訴も辞さないという姿勢を世間に公表することで、窃盗犯を寄せつけなかったのである。防犯対策が手薄い、あるいは防犯対策に無頓着な図書館はいくらでもあったから、本泥棒はそういう図書館を狙うことが多かった。といっても、例外がなかったわけではない。近づけないと思うと、なおさら近づきたくなる人間もいる。一部の人間にとって、図書館の書架は、言ってみれば書籍ビジネスのための収納棚だった。そして、五番街四〇丁目と四二丁目の間にある大きな建物がほかの図書館と違うとは考えなかったようだ。

3章 盗まれたポー

サミュエル・レイナー・デュプリは、グリニッジ・ヴィレッジ出身でも、マンハッタン生まれでもなかった。マンハッタンのダウンタウンとなにもかも正反対の場所をあげるとしたら、彼が生まれたノース・カロライナ州のプリンストンだろう。一九二五年の九月、一〇代だったデュプリはこの小さな町で鬱々と暮らしていた。父親とはそりが合わず、田舎町には仕事も娯楽もほとんどなかった。やがて、彼はいくらでもチャンスがあるというアメリカ北部の大都市フィラデルフィアに出ることにした。しかし、こういう若者の例にもれず、すぐ現実に気づかされた。仕事にはありついたものの、フィラデルフィアの冬は南部出身の彼には耐えられないほど寒く、十二月になると故郷に舞い戻った。その翌年、今度はニューヨークに出て、外食産業の店を転々とし、一時はオライリーズ・コーヒー・ポットでウエーターとして働いていた。だが、冬が来ると、また暖かい南部に帰った。[1]こんなふうに南部と北部を行ったり来たりしたあげく、一九三〇年の夏にはニューヨークに腰を落ち着けた。

作家のスティーブン・クレインは、『ニューヨーク・プレス』紙で、当時ニューヨークをさまよっていた若者を描写している。「ズボンのポケットに手を突っ込んで、無表情にのろのろ歩きまわり、安宿のあるダウンタウンに向かう。くたびれた古いスーツ、山高帽にはびっくりするほど埃がたまり縁は折れている。浮浪者のように食べ物を漁り、ホームレスのように眠る」[2]デュプリはまさにこんな若者だった。あちこちの公園で寝泊まりするうちに、彼は自分と同じような男たちと出会った。職を求めてニューヨークに来たが、夢破れた移民たちだ。当時はアメリカ中がそうだったが、特にニューヨークは大混乱だった。市内には八〇箇所以上の食料無料配給所があり、何万人もの人々が家賃を払えなくなって住む場所を失った。[3]その一部はセントラルパークに住みつき、ベッドや椅子を備えた煙突つきの掘立小屋が見慣れた風景になっていた。職が得られるどころか、ニューヨークは失業者の吹き溜まりだったのである。だが、デュプリは必ずしも地道な定職につきたいわけではなかった。仲間とサイコロ博打をしていると、まとまった金を簡単に稼げる仕事があると聞くことがよくあったし、まんざら嘘でもなさそうな話もあったのだ。

そんな話をしていたのが、ポールとスウィードと名乗る男たちだった。デュプリはニューヨークとノース・カロライナを往復していたころから二人と顔見知りだったが、定住してからは、しょっちゅう焚火を囲んで賭け事をしながら、たわいのない雑談を交わす仲になった。二人の話を信じる気になったのは、身なりがよく、金を持っていたからだ。札束は話の信憑性を高め、デュプリは進んで二人に接近した。二人の「仕事」は公然の秘密だったのである。それを知られても二人は全く動じなかった。

図書館や書店、普通の家など、二人はチャンスさえあればどこからでも本を盗んで、マンハッタンで売っていた。ブック・ロウには定期的に買い入れてくれる古書店が何軒かあったが、高級な書店でも買い取ってくれた。顧客のひとり、ヤッシャ・ギラーという長い髭《ひげ》を生やした小男は、五九丁目に「知的に選んだ最高の本を魅力的に陳列し、丁寧な応対をする書店」を構えていた。[4] ポールの話では、その近くにあるブリック・ロウ書店から盗んだ『緋文字』の初版本を一五〇ドルでギラーに売ったという。デュプリには信じられなかった。そんなとんでもない大金になる本が簡単に盗めるわけがない。彼が納得しないので、ポールとスウィードは現場を見せるしかないと判断した。そして数週間、あちこち連れ回した。自分の目で見れば、盗本が金になるのがわかるはずだからだ。

　案の定、デュプリは悪い仕事ではないと思った。盗みは褒められたことではないが、うさんくさそうな書店主たちは金払いがよく、警察に捕まる心配もなさそうだった。二人について回ったあと、デュプリは安い本をあちこちでくすねて二人に渡した。そんな生活でも、彼は一生の仕事が見つかったと思った。しかし、急に生活が安定しても――大恐慌下では夢のような話で、少なくとも彼のまわりにそんな人間はひとりもいなかったが――寒い冬がまためぐってきた。デュプリには魔の季節だ。空腹や野宿には耐えられても、寒さはいつまで経っても苦手だったのだ。暖かいねぐらが確保できたとしても、外で働かなければならないのなら同じことだ。だが、彼は妥協することにした。ニューヨークで冬をすごす。ただし、暖かいコートを手に入れる。そんなコートがあれば、泥棒としての腕も上がるだろう。

　しかし、あいにく、泥棒としての彼の手腕は、本以外のものには通用しなかった。コートを盗もうとして逮捕され、ようやく彼はそのことに気づいた。[5] 今では考えられないことだが、当時のニューヨークでは、コートの盗難が頻発していた。実際、NYPLのエドウィン・ホワイト・ゲイラードが特別捜査員在任中、いちばん手を焼いたのがコート泥棒だった。閲覧室で椅子に置いてあったコートを盗もうとしてゲイラードに捕まった男は数知れなかった。図書館員は、守衛から参考図書の司書に至るまで、コートを盗みそうな人間に注意するよう指示されていた。一九一四年二月にゲイラードが捕まえた男は、図書館で盗んですでに質入れしたコート五着の質札をポケットに入れていた。結局、ゲイラードは図書館でコートを盗まれたと届け出ていた二三人に五着のコートの特徴を書いた手紙を出すはめになった。[6] その九ヵ月後には、自分のコートを使っておとり捜査もしている。そのとき捕まった四〇歳のウエーターは、コートを盗むために図書館に来たことを認めた。[7]

デュプリもコート泥棒の仲間入りをしようとしたわけだ。軽窃盗罪で召喚され誓約書を書いて釈放されると、ポールとスウィードから、住所不定にしておけば裁判に出なくてすむと教えられた。彼はその忠告に従い、十二月にはまた安宿暮らしになった。コートを手に入れないまま冬が来た。そして、本人は気づいていなかったが、彼の人生は悪い方向に向かいつつあった。

一九三〇年、クリスマス休暇を前に市場が活況を呈し始めたころ、ポールとスウィードはデュプリをある男に紹介した。この仕事を教えてくれた恩人で、今では最大の得意先だという。ハリー・ゴールドである(「街で故買屋に会わせてやる」とスウィードは言った)。[8]

当時、ゴールドは古書だけでなく新本も扱っていた。新本のほうが手に入りやすいし、足がつきにくいからだ。そもそも、高価な稀覯本はマサチューセッツから大量に入手できたので、ゴールドにとって、ポールとスウィードは新本専門だった。二人はウォムラース、ダブルデイ・ドーラン、ゴッサム・ブックマートといった書店から本を盗むと、その足でゴールドに売りに行った。ゴールドは金払いもよく、信頼できる顧客だった。デュプリを連れて行った日、スウィードは四、五冊の新刊書で数ドル、ポールはたった一冊で――西四〇丁目のドレイク書店から盗んだ詩集だった――七ドル支払われた。ゴールドがその詩集を調べている間、ポールはその本を手に入れようとして捕まりかけたと面白おかしく話し出した。コートのポケットに滑り込ませた瞬間、店主と目が合ってしまい、追いかけてくる店主を振り切って逃げたという。[9] あんな危ない目に遭ったのは初めてだと彼は言った。

ゴールドは二人に金を渡しながら、デュプリがその様子をじっと見ているのに気づくと、「おまえもなにか持ってきたのか?」と声をかけた。デュプリは今日のところはなにもないが、次は持ってくると答えた。今後は本腰を入れようと決めていた。

ゴールドはこの新入りをそばに呼んだ。本気でやるなら、なにを持ってくればいいか教えたほうがいいと思ったのだ。俺と組んだら、大金を稼げるとデュプリに言った。そして、ミッドタウンの書店主が作った目録を見せ、ジョン・ゴールズワージーの『資産家』を指して、こういうのが金になるんだと教えた。ほかにも買い取る用意のある本を数冊指示してから、目録をデュプリに渡した。これを参考にしながらミッドタウンの書店を回るといい、ダットンとブリック・ロウ書店にはとりわけいい本がそろっているとゴールドは言った。さらにこれまでの経験から、ほかにも狙えそうなのは、ドレイク、チョーサー・ヘッド、マディソン、セント・マークスといった書店だろうとつけ加えた。

ゴールドはデュプリに二ドル渡すと、ミッドタウンでなにか手に入れたら、ブック・ロウまで歩いたり、地下鉄に乗ったりせず、必ずタクシーを使うようにと言い渡した。金持ちを気取るわけではなく、そのほうが安全だからだ。禁酒法時代の真っただ中だったが、アルコール飲料の製造・販売を禁止した憲法修正第一八条が批准される前にくらべると、ニューヨークの酒場は倍近くまで増えていた。五九丁目とブック・ロウとの間には誘惑がいくらでもあったのである。もぐり酒場はミッドタウンに密集していて、フレデリック・ルイス・アレンによると、そのあたりでは「身なりのいい男女が、とある赤色砂岩の建物の地下室におりていくのをよく見かける。彼らは食事に来たのではなく、もぐり酒場に入るにはこれが決まりなのだ。扉の前で辛抱強く待っていると、なかにいるトニーだかミーノだかが、格子のはまった小窓からのぞいて相手を確認してから扉を開けてくれる」。[10]ゴールドは発掘要員《スカウト》がお宝をポケットにしのばせたまま、一杯ひっかけるのを好まなかった。下手をすると、ミッドタウンの酒場に近いよその書店主に横取りされないともかぎらないからだ。

デュプリは盗んだものは全部ゴールドのところに持ってくると約束し、目録をもらって帰った。そして、五番街に向かいながら、きっと近いうちにこの四番街の店に来ることになると思った。

一九一七年に行われたエドガー・アラン・ポーの作品調査では、所在が確認された『アル・アーラーフ、タマレーン、および小詩集』はわずか一〇冊だった。ニューヨーク公共図書館に一冊、ボルティモアのピーボディ研究所に一冊、残る八冊は個人蔵で、ニューヨークに五冊、シカゴに一冊、ワシントンに一冊、ピッツバーグに一冊あった。[11]NYPLが所蔵している『アル・アーラーフ』は、ほかの九冊と同じような保存状態だった。縦八インチ、横五インチ、青みがかった緑色の表紙のついた七一ページの薄い本は、セピア色に変色し、ところどころシミがあり、皺《しわ》が寄ったページもあった。だが、この本が現存するほかの本と違うのは、扉に印刷された表題のうち「タマレーン」が、青インクで囲まれていることだ。一八七〇年代にポーの友人だったエバート・ダイキンクがレノックス図書館に寄贈したときに蔵書印が押され、一九三一年にはインクが表ににじんでいたのである。

しかし、蔵書印は必ずしも本の保護にはならない。蔵書印があるからといって――レノックス図書館の場合はとりわけ――その図書館が所蔵している証拠にはならないからだ。図書館の蔵書印のある多くの本は常に市場に出回っており、大半が合法的なものだった。当時の『アメリカの本の現行価格』（ABPC）を見ると、適正な取引だったことがよくわかる。毎年、何十冊もの本が、保存状態や蔵書印の有無を記載してリストに載せられていた。図書館名が記載される場合もあるが（ABPCの一九〇六年秋号の目録には、一八六四年に出版されたエドワード・ボイントンの『陸軍士官学校《ウエストポイント》の歴史』があり、「扉の裏ページにレノックス図書館の蔵書印あり」という説明がある）、「蔵書印あり」としか書かれていないこともあった。書籍ディーラーの目録も似たようなものだった。ほとんどの場合、図書館が複数買い入れた本を売却したものだが、売却に当たって蔵書印を消す手間はかけなかった。レノックス図書館も他館と同様、多くの本を売却した。さらには、本の売買関係者ならレノックス図書館がNYPLに統合されたことは知っているから、現存しない図書館の蔵書印などなんの意味もないと考えたとしても不思議はないだろう。

著名なディーラーであるA・S・W・ローゼンバックは、九歳だった一八八五年に、やはり書籍商だった伯父のモーゼスから、ポーの作品は没後五〇年でアメリカ人作家の初版本市場で最高の値がつくだろうと聞かされた[12]。ポーが亡くなったのは一八九四年、そして、世紀の変わり目を境に、

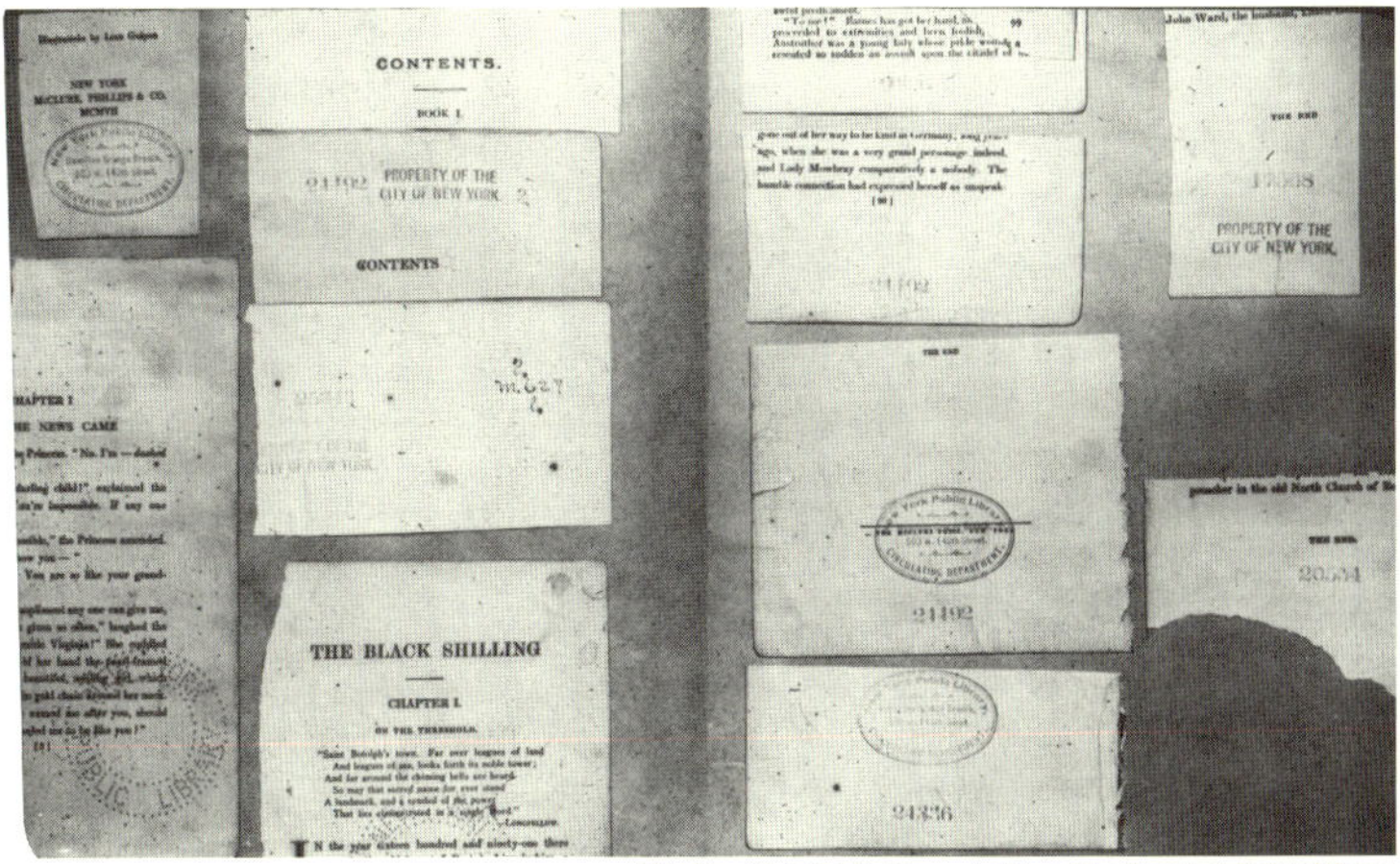

特別捜査員のオフィスに貼られていた図書館の蔵書印の例。NYPLが使っていた登録番号やさまざまなタイプの蔵書印は、本泥棒への警告、ディーラーに提供する情報と考えられていた。

個人蔵の『アル・アーラーフ』はニューヨークの市場に出すと、高値で売れるようになった。ほんの一〇年ほど前まではポーの作品はさほど人気がなかったのに、まさにモーゼスの予言どおりになったのである。当時の急騰ぶりは、ローゼンバックとアメリカ最大の書籍商という栄誉を競い合ったジョージ・D・スミスの経験を見ればわかるだろう。そのころスミスは『モルグ街の殺人』を六〇セントで手に入れた。そして、一八九〇年代にあるディーラーに六〇ドルという当時としては順当な値段で売却したが、そのディーラーは一八九六年にフレデリック・フレンチに九〇ドルで売った。その五年後、その本はフレンチの蔵書のオークションで一〇〇〇ドルで落札されたのである。[13]

『アル・アーラーフ』も同じ道をたどった。一八九四年にはオークションで一五〇ドルの値がついた。[14] 一九〇〇年には一一〇〇ドル、一九〇一年には一三〇〇ドルまで落札価格が上がり、その二年後には署名入りの本が一八二五ドルで売却された。さらに、一九〇六年には、一五〇〇ドルというそのシーズンの最高落札額を記録している。[15] ジョージ・スミスは一九〇九年に『アル・アーラーフ』を一四六〇ドルで手に入れ、四年後にニューヨークで売ったときには二〇〇〇ドルを手にした。[16] また別の『アル・アーラーフ』も――この本も最終的にはNYPLに寄贈されるのだが――この作品の価格がいかに短期間に高騰したかをよく示している。ジョージ・ヘンリー・ムーアが所蔵していたこの本は、一八九四年に七五ドルで落札され、九年後にはウィリアム・ネルソンが一八二五ドルで売却。そのわずか六年後の一九〇九年には、スティーブン・ウェイクマンが二九〇〇ドルで購入した。[17] 一五年で約十倍近くになったのである。

ポーの作品、なかでも『アル・アーラーフ』は天井知らずの価格高騰が続いた。一九〇九年、『ワシントン・ポスト』は、ポー作品は需要が高く、「残っている本が極端に少ないので、オークションに出品されただけでも書誌学上の出来事である」と書いた。[18] あまりにも人気が出てしまったので、高騰を維持するには市場に出すのを控えるしかなかったのだろう。実際、ウェイクマンが買ったあと『アル・アーラーフ』が市場に出回ることはなかった。[19] そうした状態が長く続いたせいで、一九三二年ごろ『アメリカの書籍コレクター』（ABC）の編集長でディーラーでもあったチャールズ・ハートマンは、『アル・アーラーフ』はポー作品の中でいちばん入手しにくいと断言した。彼によると、ポーが名前を出さずに出版した処女作『タマレーン、その他の詩集』ですら、『アル・アーラーフ』よりは市場に出ており、『『モルグ街の殺人』もこの五年間に新たに三冊見つかった」という。[20] その一方で、『アル・アーラーフ』はどこを探しても見つからない。ハートマンは、『ABC』で四回にわたってポーの全作品の初版本に関する徹底的な調査を実施している。

この『アル・アーラーフ』旋風のおかげで、二十世紀初頭にはアメリカーナの価格が爆発的に上がった。[21] 一九三一年には、『アル・アーラーフ』がいくらで売買されるか知らなくても、たいていの人が値打ちのある本だと知っていた。正確な価値を知っていたローゼンバックは、ポーがいとこに贈った献呈本を相対売買で一九二八年に一万ドルで購入し、その翌年に三万三〇〇〇ドルで売っている。[22] 言うまでもなく、これは一九二〇年代でも異例の取引だったし、大恐慌が始まったあとの一九三一年には、経済状況を反映したものではなかっただろう。それでも、一九三一年九月、ボストンの書店主であるチャールズ・グッドスピードは『アル・アーラーフ』に五〇〇〇ドル出す用意があり、「保存状態がよければ、それ以上でもいい」と言った。[23] コレクターがいくら出す用意があるかはともかくとして、ブック・ロウの古書ディーラーが、売却価格こそ、ポーの初期作品の価値だと考えたとしても無理はないだろう。*

だが、売却価値を別にしても、初期のポーの作品には、好奇心をそそらずにおかない魅力があっ

---

*現存することが知られている一八冊の『アル・アーラーフ』の現行価格は正確にはわからない。一冊をのぞいてすべて公共図書館が所蔵しており、市場に出ることがないからだ。それでも、急騰が続いているのは事実である。個人所蔵で、その後シカゴ大学に寄贈された一冊は、一九七四年にオークションに出品され四万ドルで落札された。[24] 唯一の個人蔵であるこの『アル・アーラーフ』は、その一八年後に一二万ドルで目録に載せられている。それ以来オークションに出品されることはないが、その後も高騰しているのは間違いない。ちなみに、いまだに急騰しつづけている『タマレーン』は、一九九〇年のオークションでは一六万五〇〇〇ドルで落札され、[25] 二〇年と経たないうちに六六万二五〇〇ドルの値がついた。[26] 四〇〇パーセント増である。近い将来『アル・アーラーフ』が市場に出るとしたら、五〇万ドル近い値がつくだろう。

た。ガラクタの中にまぎれていたところを目利きのディーラーに見出され、驚くような高値で売れることが多かった。言い換えると、出所がはっきりしなくても不自然ではないわけで、盗本を扱うディーラーには好都合だった。こうした現象を引き起こしたのは、一九二五年に『サタデー・イブニング・ポスト』のヴィンセント・スターレットが書いた「お宅の屋根裏部屋に『タマレーン』がありませんか？」と題した記事だった。それがきっかけとなって、数冊の『タマレーン』が発見された。そのなかでも有名なのが、マサチューセッツ州ウスターに住むエイダ・ドッドの場合だろう。二部屋しかない粗末な家に姉と住んでいたドッドは、その記事を読んだあと自宅の屋根裏を探して、『タマレーン』を見つけたのだ。[27] 地元の司書に勧められて、ドッドはチャールズ・グッドスピードに「とても珍しい本だそうです。お売りしたいと思います」と手紙を書いた。ドッドを訪ねて、本物と確かめたグッドスピードは、最終的にこの本をオーウェン・D・ヤングに売った。ヤングはもともと公益事業に関わる弁護士だったが、当時はゼネラル・エレクトリック（GE）会長で、GEから分離したRCAの創設者でもあった。資産家であるだけでなく、ポーのコレクターとしても有名だった。グッドスピードはこの取引でおよそ一万四〇〇〇ドルを手に入れた。

しかし、ポー作品の発見のすべてが、スターレットの記事によるものだったわけではない。たとえば、オーウェン・ヤングが入手した小冊子は、屋根裏部屋からではなく、まとめ買いがもたらした幸運によるものだった。五番街六六丁目にあるドーバー&パイン書店は、あちこちのオークションで本や小冊子の「雑多な束」を買い入れていた。「オークションで本や小冊子のコレクションが出品されると、一つひとつ調べるようにしていた」と、店主のサム・ドーバーは語っている。「まとめて括《くく》られていたり、大きな箱に入っていたりして調べられないときには、もっぱら勘に頼った[28]」彼の店にはこういうコレクションが積み上げられていた。一九二六年、ドーバーは一年ほど放置していたコレクションを偶然ひっくり返してしまった。そして、一瞥《いちべつ》しただけで、宝を見つけたと悟った。[29] 表紙のない小冊子は、『グラハム』誌に初めて掲載された『モルグ街の殺人』の別刷りだったのである。彼はすぐオーウェン・ヤングに二万五〇〇〇ドルで売った。その「ガラクタ」をオークションで売った二番街のディーラーは、運に見放されたのを苦にして自殺した[30]（ヤングはのちにポーのコレクションをNYPLに寄贈している）。

一九一三年に小冊子が見つかったのはワシントンDCで、ポーの墓のあるボルティモアに近いことから、ポーをめぐる逸話がついていた。『ワシントン・ポスト』によると、「財務省から三ブロック離れたある家の屋根裏部屋で貧窮した生活を送っていた老婦人」が、偶然『アル・アーラーフ』が発見されたことで救われたという。[31] その女性は地元の書店主ジョン・ルーミスに値打ちのありそうな古本が何冊かあるから、売って食費に当てたいと申し出た。ルーミスは見に行ったが、駄本ばかりだった。帰りぎわに彼はキャスターが取れた整理ダンスを支えるために挟んであった薄い本につまずいた。その女性の説明では、ボルティモアに住んでいたアデラインとエルヴィナという姉妹のところにポーが訪ねてきて直接もらったそうだが、人気のない作品のようだったから、誰も気にとめていなかった。その後、姉妹の親戚から女性の母親に譲られたという。女性は五ドルで売ると言ったが、ルーミスは本の価値に見合った値段で買うと申し出て、正規の委託料しか受け取らなかった。

ポー作品の発見にまつわる逸話には、共通した要素がある。貧しい未亡人、埃だらけの屋根裏部屋、偶然の発見、書籍ディーラー、そして、裕福な実業家。だが、一九〇九年に『ニューヨーク・タイムズ』で報じられた話にはこうした要素のほかに、詐欺の要素が加わっていた。片田舎で発見された冊子は最終的にはオークションに出品されて、J・ピアポント・モルガンが三八〇〇ドルで落札している。『ニューヨーク・タイムズ』に「抜け目のない地方回りのセールスマン」と紹介されたルイス・B・コールという発掘要員《スカウト》は、ニューヨーク州ダッチェス郡を回って古本や小冊子を安値で買い取っていたが、一九〇六年にある村で年配の女性からまとめて二五セントで買った古本の中にポーの有名な推理小説が掲載された冊子が交じっているのを発見した。すぐにコールは二三丁目のディーラーに利益は折半という条件で冊子を送った。ディーラーは二〇ドルと見積もって半額をコールに送ってきた。

ところが、ニューヨークに戻ったコールは、そのディーラーが五六丁目の別のディーラーに九五〇ドルで転売したことを知った。コールは銃を持ち出し、警官まで動員して賠償を求め、結局、四七五ドル手に入れた。だが、不運なのは持ち主だった未亡人だ。ニューヨークに出てきて不当な扱いを受けたと訴えたが、主張も涙も効果がないとわかると、以前より裕福にはならなくても賢明になって帰っていった。[32]

こうした発見物語は、業界の人間なら誰でも知っていて、複数の話が混じり合って尾ひれがつき、虚実ないまぜになって、一種の都市伝説となっていた。実際、一九三〇年代には、ブック・ロウにはこの種の伝説が流布しており、誰もが自分が経験したことでなくても、発見に関わったディーラーを知っていた。

そのなかでも、ハリー・ゴールドが語った発見物語は、偶然の発見と大金という要素だけでなく、悲劇的な被害者がいる点が興味深い。ただし、被害者は貧しい未亡人ではなく、シュワルツという三番街の古書店主だ。そして、「悪党役」は五番街の某ディーラー。ゴールドによると、シュワルツがブルックリンハイツに住む老婦人から見せられた古本の中に、日付も作家名もなく、ただ「一ボストン人」とだけ書かれた本が交じっていたという。『タマレーン』である。どうせ偽物か複写だろうと思って、シュワルツは端金で買い取った。本を持ち帰ると、若い従業員に店番を任せて、念のためにＮＹＰＬに調べに行った。本物とわかってあわてて店に帰ったときには、五番街のディーラーが買ってしまっていた。気落ちしたシュワルツは、その心痛のせいで亡くなったという。[33]

一九三八年に出版されたハリー・カーニッツ（別名マルコ・ペイジ）の『古書殺人事件』は、ポーの発見物語を題材にしている。このハードボイルドミステリーは、腹黒い稀覯本ディーラーの殺害をめぐる物語だ。この腹黒いディーラー（エイブ・セリグ）の死を誰も悼まない理由を別のディーラーが、故人の美しい秘書にこう語っている。

> エイブはまだ若かったが、なかなかのやり手で、商売や取引に目端がきくという評判だった。ちょうどそのころ、ブルックリンに――ハイツかどこかに――セリグと親しくしている書籍ディーラーがいた。その男は学校のそばに住んでいて、もっぱら中古の教科書を扱っていたから、稀覯本のことはあまり知らなかった。食うや食わずの暮らしで、女房と小さな子供、それに、

もうひとり生まれるというとき、何冊か本を持ってきてエイブの意見を聞いた。そういうことがよくあって、エイブが本を引き取って二、三ドル渡すこともあった。そのとき彼が持ってきたのは、ブルックリンの古い家から買い取ったという本で、そのうちの一冊を抜き出して、これなら家賃ぐらいになるんじゃないかと言って預けていった。エイブは鼻で笑って、時間を無駄にするだけだと言うと、五ドルか一〇ドル渡した。当時エイブの店で働いていたドック・ドーランから、この話を聞いたんだがね。そのうちの一冊は完全な保存状態の『モルグ街の殺人』の初版本で、ポーが手書きで献辞を入れていた。見たことがないようなすばらしい本だった。エイブは公益事業会社の大物に三万ドルくらいで売って、すっかり有名になったよ。[34]

本を持ち込んだディーラーは騙されたと知って、ピストル自殺した。臨月だった妻は、そのショックで死んでしまったと物語は続く。「セリグが殺されても私が平然としている理由がわかったかな?」語り手のディーラーはこう話を締めくくっている（そして、そのあとで「さあ、一杯ごちそうしてください。話をして喉が渇いた」と言っている）。

こういう逸話はニューヨークの古書業界で語り継がれていた。発見のいきさつは美化されたが、誰を信用すべきかには注意が払われた。話によって細部は異なっていても、大筋は同じだった。そのために、世に知られていなかったポーの作品をある日突然どこかのディーラーが見つけても怪しまれなかった。他の作家の稀覯本なら詮索されたはずだが、ポーの作品なら、少なくとも表向きには突然日の目を見ても、季節の移り変わりのように自然な現象と受け止められたのである。そうした状況で、それなら自分もと思ったディーラーがいたとしても不思議はないだろう。そして、誰よりそれを願っていたのがハリー・ゴールドだった。しかも、彼はどこに行けば新たな「発見」ができるかよく知っていた。

ＮＹＰＬは最上階の南側の四室を保管庫として使っていた。ここに収められた稀覯本や資料の大半は、当初は「アメリカ史部門」として整理されており、開館時からウィバーフォース・イームズが管理していた。イームズはレノックス図書館から移ってきた司書で、多数の蔵書を持つコレクターであり作家でもあった。『ニューヨーク・タイムズ』は彼を「現存するアメリカ最大の図書研究家」と称している。[35] 著名なディーラーのローゼンバックも彼を「おそらく図書研究ならびに収集史の中で最高の人物」と評し、「ひっそりとニューヨークで暮らし、世界中のコレクターや研究者から崇拝されながら、世間一般には知られていない人間、それがウィバーフォース・イームズだ」と書いている。[36] ＮＹＰＬ館長のハリー・ライデンバーグの評価はもっと簡潔だ。「彼の知識は包括的かつ正確で決定的である」。[37]

イームズの知識と評判も一因となって、ＮＹＰＬの保管庫には世界中のどの図書館よりも多くの稀覯本が収められていた。その大半が、一八九五年の統合協定によって二つの図書館からもたらされたものだった。とりわけレノックス図書館には、他のどこにもない貴重な本が何万冊もあった。きわめて貴重な初期の聖書から（グーテンベルク聖書だけでなく、一四六二年に印刷された聖書もあった）、ドイツ、フランス、イタリア、オランダ、イギリスで最初の印刷機で印刷した珍本まで、世界最高の印刷物が収集されていた。一〇〇〇冊におよぶシェイクスピアのコレクションには、初期の四つ折り判が数冊、最初の二つ折り判が二冊と二番目の二つ折り判が七冊含まれていた。ジョン・ミルトンのコレクションには、彼の作品はもちろんのこと、余白に書き込みのある彼の蔵書もあった。要するに、レノックス図書館の蔵書は、稀覯本コレクションとして望みうるかぎり最高のものだったのである。だが、なによりすばらしいのは包括的なアメリカーナのコレクション――十九世紀の文人たちが収集する必要を見出さなかった分野だ。ウィバーフォース・イームズは、こう語っている。「[レノックス図書館は]このテーマと時代に関する重要な本を残らず入手しただけでなく、すべての重要な本のすべての版をそろえているので、現存する資料の一〇分の九は我々の書架にあると断言していいだろう」[38]

それでも、NYPLは現存のコレクションに甘んじていたわけではない。創設以来、貴重な資料をかなりの割合で増やし続けていた。寄付金で購入した本もあるが、それ以上が寄贈された本だった。イームズの考えでは、図書館の評価が上がれば、寄贈者が増え、購買力だけで収集するより質の高いコレクションを所蔵できるという(これはNYPLの方針でもあった。評議会のルイス・キャス・レッドヤード会長は、募金運動を禁止し、一般から募るより大口の寄付に頼るほうが多くの資金が得られるだろうと予測した。そして、一九二〇年代には、その予測が正しかったことが実証された)[39]。

その一方でNYPLは、貴重なコレクションを狙う人間には不運なことだが、警備体制を重視した。これは当時としては珍しいことで、特別捜査員エドウィン・ホワイト・ゲイラードの努力の賜物だった。ゲイラードは蔵書の安全を確保するための決まりを作って書架の本を保護していたので、稀覯本には、多くのディーラーが認めるように、近づくのも難しかった（地元のディーラーは、書籍研究のためにNYPLを利用していたから、図書館の仕組みもよく知っていた）。稀覯本は何重にも守られていた。たとえば、保管庫のドアは金属製で、開館時にも施錠されていた。[40] 利用者は書庫に近づくことはできず、本館の貸出デスクか、保管庫の司書に本をリクエストする。保管庫には司書が二人常駐しており、ひとりが保管庫の本を取りに行っている間、もうひとりが利用者に気を配れるようにしていた。当時は（現在もそうだが）窃盗を防ぐには、用心深い司書を配置することがもっとも有効な手段だったのだ。NYPLの保管庫には専属の司書が二人いた。

　こうした状況では、ゆったりしたコートに本を忍ばせるという手口は通用しない。ゴールドのスカウトたちがよく使ったもうひとつの方法、全力疾走も無理だ。他の図書館では、本をつかんで出口に向かって走るのは有効な方法だった。大半の図書館は狭いうえに、書架など隠れる場所があるから、その間を縫って進むのはそれほど大変ではなかった。出口が見えたら、あとは猛ダッシュすればいい。出口に守衛がいない図書館なら、急ぎ足で出て行くだけでいい。しかし、NYPLの三階から逃げるとなると、話はまったく違った。全力疾走というより障害物競走をするようなもので、成功するには入念な計画と確かな実行力が必要だ。運や、やる気だけでは無理だった。

　まずは三階の保管庫の前から大急ぎで東に向かい、本館通路まで三〇ヤード走らなければならない。通路にカーペットは敷いていないから、靴底がすりへっていると、なかなか大変だ。そこまでたどりついても、まだサッカー場の半分ぐらいの距離を走らなければならない。通路はまっすぐだが、入館者が多いときは、人をよけるのが一苦労だ。なんとか走り通しても、その先に階段がある。

逃走者にはありがたいことに、これから先は下りだ。三階から二階までおりれば、正面玄関はすぐ目と鼻の先。だが、三階と二階の間の階段は狭くなっているから、入館者が少なくても、どうしてもスピードが落ちてしまう。階段が滑りやすいうえ、硬い大理石の床や広々とした空間は、音を遠くまで伝えるという建築上の問題もあった。逃走する足音や追跡者の叫び声が、周囲の注意を引くことになる。しかも、あわてていると周囲が見えなくなる。逃走者はただでさえ注意を引きやすいのに、追跡者がいたらなおさらだろう。盗難を防ぐために警備についている守衛たちに気づかれないはずがない。正面玄関に常駐している守衛たちには、逃走者が二階の踊り場にたどり着く前から、その姿が見える。保管庫の司書が直通電話で非常事態を知らせなかったとしても、守衛たちはそれと気づくはずだ。

ゴールドはすべて心得ていた。不可能とは言わないまでも相当手ごわい挑戦だ。だから、誰も手を出さない。ＮＹＰＬから盗み出せるとしたら、一般書架か、館内閲覧用の参考図書、せいぜい部門別図書くらいだ。だが、ゴールドは保管庫の本にこそ挑戦する価値があると思った。しかも、直接手を汚さないですむのだから。

南部人のデュプリは使いやすい男で、数ドルのために喜んでどんなことでもする。だが、使い捨てたところでどうということはなかった。数年前なら、スカウトを一人前にするには時間も金もかかったが、一九三〇年代後半には、客と同じぐらいの数のスカウト志望が店にやってくるようになっていたから、特に優秀でもない男をひとり失っても、補充はいくらでもきいた。もしデュプリが捕まって、ゴールドの名を出したとしても、それでおおごとになるとは思えない。ゴールドが図書館の窃盗に関わっているのは公然の秘密だ。当局は手を出せないだろう。

デュプリを初めて見たときから、ゴールドはこの計画を温めていた。そして、成功させる確率を上げるために、彼にきちんとした身なりをさせ、必要なテクニックやり方を教えた。不自然にならないように本を借り出すだけではだめで、現場を下見して出口を確かめ、図書館員の行動をまえもって調べておく必要があった。一九三〇年の初冬、ゴールドは熟練したスカウトなら知っておくべき「本の発行日、出版社、色、表紙、紙質」などの特徴を教え込んだ。[41] そのうえで、このやる気満々の若者に、ぜったいに図書館の蔵書印を自分で消そうとするなと釘をさした。

決行する時期も慎重を期した。十二月下旬、ゴールドはようやく準備が整ったと判断した。詳細な計画を立てたといっても、デュプリはある程度は自分の裁量で動かなければならない。言ってみれば、前線の兵士のようなもので、顔を知られ、危険を冒し、下手をすると逮捕される役回りだが、彼ひとりにさせるわけにはいかなかった。信用していないわけではないが、デュプリにそこまで度胸があるとは思えなかった。何人もスカウトを使ってきたゴールドは、地方の図書館で盗みを続けられる男とNYPLの厳重な警備の裏をかける男の違いを知っていた。デュプリに後者はつとまらないと判断して、スウィードとポールを加えることにした。この二人なら、表紙を破り捨て、相手を殴り倒し、いざとなったら窓から逃げるだろう。といっても、そんな荒っぽいまねが必要になるとは思えなかった。少しでも不審な動きをしたら、デュプリは追い払われるか捕まるだろう。いずれにしても、経験豊富な先輩がいっしょなら心強いはずだ。

十二月下旬の雪の降る日、ゴールドは三人を店の近くの喫茶店に呼んだ。一回限りの仕事だから、抜かりなくやってほしいと彼は言った。ＮＹＰＬの図書目録には閲覧者のために稀覯本カードに印がつけてある。そういう本が「お宝」だ。印のついている本ならどれでもいいわけだが、ゴールドは盗む本を決めていた。狙うのは三冊。そのうち二冊は、レノックス図書館にあったエバート・ダイキンクのコレクションだ。『アル・アーラーフ、タマレーンおよび小詩集』――ＮＹＰＬは『タマレーン、その他の詩集』は所蔵していないから、ここではこれが最古のポーの作品となる――そして、一八五〇年に出版されたナサニエル・ホーソンの『緋文字』の初版本。出版業者で作家でもあったダイキンクは、ホーソンと親交があり、ホーソンの小説をハーマン・メルヴィルに紹介したのも彼だったという。[42]ダイキンクのコレクションは、彼がアメリカの大作家と親交があったことで付加価値がついていた。ゴールドが指定した残る一冊は、ハーマン・メルヴィルの『白鯨』で、メルヴィル作品のコレクターとして有名なフランクリン・ハンフォード提督が図書館に寄贈したものだった。これも初版本で、濃い黄緑の布張りで、六ページにわたる出版社の広告がついていた。三冊とも需要が高いが、とりわけポーの本はめったに手に入らない。ゴールドは三人に念を押すと、おおまかな計画を説明した。

　ちなみに、ポーは現在ＮＹＰＬが建っている場所の近くを訪れたことがあった。もちろん、将来ここに立派な図書館ができて、自分の本が収められるなどとは夢にも知らなかったが。一八四〇年代にそこにあったクロトン配水池の四一フィートの壁は、ニューヨーク市民にとって、市街を一望する恰好の場所だった。『ブロードウェイ・ジャーナル』にポーはこんな文章を寄せている。「ゴッサム（ニューヨーク市のこと）を訪れたら、五番街、できれば配水池まで足を延ばしてみるといい……配水池のまわりの遊歩道から眺める景色はとりわけ美しい。この高台からは、ヨークヴィルの北貯水池やバッテリーまで市街の全貌が望め、港もよく見えるし、長い帯のようなハドソン川とイースト川も眺められる[43]」

ゴールドから話を聞いて、デュプリは張り切った。そのころの彼は、ゴールドの店で暇つぶしをしているか、さもなければ、スウィードやポールといっしょにミッドタウンの書店で盗みを働いていた。そういう暮らしにすっかり慣れていたから、NYPLを標的にすると聞いても驚かなかった。堂々とした建物や正面玄関の石造りのライオンを見ただけで、普通ならためらうところだが、デュプリには若者らしい根拠のない自信があったうえ、ニューヨークの寒い冬を生き抜くのに金が必要だったのだ。打ち合わせのあと、彼はせっせとNYPLに通った。盗み方を研究し、出口を確かめるだけでなく、司書と顔見知りになるようにした。アメリカの図書館史上、数えきれないほど発生した盗難事件で、司書と親しくなるという一見小さなことが、きわめて大きな効果を生んでいる。デュプリもこの常套手段を使った。保管庫のある三階で何時間もすごし、周囲の状況を把握して弱点を探すと同時に、司書の信頼を得るように努めた（この常套手段は、デュプリの時代から八〇年経った今でも、多くの図書館や公文書館の盗難事件で使われている。一例をあげると、アメリカ公文書館から何千という資料を盗んで二〇一二年に有罪判決を受けた著名な歴史家、バリー・ランダウは、司書たちに菓子を差し入れたり、コレクションを褒めたりして、取り入ったという）。

一月に入ると、デュプリは連日NYPLですごし、さまざまな稀覯本のリクエストを出しては、貸出カードにロイド・ホフマンと書いた。リクエストした本の多くはアメリカの作家の初版本で、そのごく一部を盗むつもりだった。こうして、その分野の研究をしている学生のふりをして、図書館の様子をうかがった。そして、興味深いことに気づいた。本のリクエストは二つの場所で行えるのだ。図書目録はオーク材のテーブルが並び、押し殺したざわめきが聞こえる大閲覧室の壁ぎわにあり、稀覯本のリクエストカードはそこで書く。だが、本が見られるのは保管庫の中だ。[44]だが、いったん保管庫に入って、そこで別の本をリクエストすると、司書のひとりが本を取りに行くために部屋を出る。紙と鉛筆を用意して、興味のあるふりをしながら、彼は毎日「勉強」した。本の内容以外のあらゆるものにしっかりと目を配ったのである。[45]誰がいつ、どこにいるかだけでなく、どんな入館者がいるかにも注意した。

書庫の配置はすぐわかった。格子のあるブロンズ扉の奥に書架と狭い閲覧室がある。[46]弱点を見抜くには少し時間がかかった。書庫には常に二人の司書がいて、昼休みには別の部署から司書が来る。[47]リクエストした本を司書の監視なく読むことはできず、書架にはぜったいに近づけない。

ただし、例外があった。土曜日の昼休みだ。週末は図書館員が不足するので、常駐の二人の司書のひとりが休憩している午後一時から一時半の間、保管庫には司書がひとりしかいなくなる。この好機を狙わない手はない。しかし、ひとつ問題があった。土曜日の午後はふだんより入館者が多く、したがって、逃げるのが大変になる。だが、土曜日に勤務につく司書のひとりは、ジョン・エリオットという恰幅のいい年配の男だった。長年レノックス図書館に勤めていた優秀な司書だが、追跡には向いていなかった。そして、一九三一年一月十日の土曜日、その三〇分間に勤務についていたのは、このエリオットだった。

その日はいろいろな意味で、古書の盗難に縁の深い日だった。二十世紀初期最大の古書販売会となったカーン・コレクションのオークションが開かれたのは、二年前の一月十日。「オールマン・リバー」や「今宵の君は」といった数々のスタンダードナンバーを世に送りだした作曲家、ジェローム・カーンが、膨大なコレクションを売却することにしたのは、盗難が一因だった。カーンは一五年ほど前から古書を収集していたが、本は見られないなら持っている意味がないと言って、金庫室に保管しようとしなかった。しかし、一九二八年ごろには、コレクションの価値があまりにも高くなったために、「虎視眈々と狙っているブロンクスビルの愛書家たち」の攻撃に耐えられなくなった。[48] しかも、カーンは稀覯本を所有するより発見することに喜びを感じるコレクターだった。そこで、アンダーソン・ギャラリーズのミッチェル・ケナリーに相談して、オークションにかけることにした。[49] 時期もよかった。

そのころにはカーンのようなコレクターの多くが図書館や大学に蔵書を寄贈するようになり、この種のオークションは消滅しつつあった。そのために、最後の優良オークションと見なされた。蔵書は膨大な数だったので、オークションは一九二九年一月十日から二週間かけて一〇回に分けて実施された。「目録は二部あり、フルーツケーキの中のレーズンのように超一級品がずらりと並び、目録は一度でも配付されたところにはもれなく送られた」と稀書ディーラーのローゼンバックの伝記作家は書いている。[50] だが、事前の派手な宣伝や出席者の華やかな顔ぶれにもかかわらず、誰ひとり落札価格があれほど上がるとは予想していなかった。

劇文学の博士号を持ち、入札中も学者然とふるまったA・S・W・ローゼンバックは例外として、稀覯本のオークションは、微妙な動きによって進行していく。上着の襟の折り返しに指を当てる、耳を軽く掻くといった小さな動きやしぐさが、入札を希望するという合図になるのだ。あるオークションでジェームズ・ドレイクは、友人であるシカゴのディーラー、ウォルター・ヒルの隣に座って、ヒルの椅子の背もたれに腕をのせていた。激しい競り合いの末にドレイクが落札すると、ヒルはびっくりした。ドレイクが入札に参加していたことすら知らなかったからだ。ドレイクはヒルの耳のすぐそばで右手の親指を上げるだけで入札の合図をしていたのである。[51] 二十世紀初期のコレクター、ヘンリー・ハンティントンも、こういう親指の動きのおかげで稀覯本の世界で有名になった。ただし、彼の場合、自分の指ではなくディーラーのジョージ・D・スミスの親指を使った。一九一一年春に開かれたロバート・ホーのオークションで、スミスはかろうじて見えるくらいの親指の動きで、ハンティントンの代理として価値のある古書を次々と落札した。[52]

カーンのオークションは穏やかな雰囲気で始まったが、入札そのものは白熱した。ケナリーは事前に落札総額の希望をカーンに聞いた。六五万ドルから七〇万ドルという答えだった。だが、カタログのGの項目までで、その金額を超えた。

思いがけないほどの高値がついたのは、いくつかの出来事が重なったからだろう。当時、株式市場は天井知らずの上昇を続けていた（たとえば、オーウェン・ヤングのRCA株は、購入価格が一・五〇ドルから四二〇ドルに上がった）。古書を捨て値で買って大儲けした人の話が毎日のように新聞に載った。カーンのオークションが開かれたころ、『ニューヨーク・タイムズ』は「おそらく近い将来、書籍および原稿取引所が誕生し、そこの席は現在の株式取引所の席と同じくらいの値段になるだろう」という社説を掲載している。[53] こういう事情を踏まえて、ケナリーは分割払いの期間を通常より長く、二年まで延ばすようカーンに勧めた。本の価格は確実に上がり続けるから、リスクはないはずだった。[54] 一九二〇年代特有の楽観的な風潮の中で、いろいろな意味で空前の記録をつくるという思いがあったのだろうが、ディーラーたちの意地の張り合いも落札価格をつりあげた原因だった。ジョージ・D・スミスが一〇年ほど前に亡くなったあと、最高の書籍ディーラーの地位はローゼンバックに引き継がれたが、この栄誉を狙うライバルは何人もいた。その最大の候補がガブリエル・ウェルズで、彼は何度もオークションでローゼンバックに敗れていた（オークションの実績は別として、ウェルズは同業者の間で人気があった。ディーラーのデイビッド・ランドールは、「G・W［ウェルズ］には寛大なところがあった。［ローゼンバック］博士には決してない性格上の欠点だった」と語っている）。[55] 二人は何度もオークションで競り合い、一九二八年にも大規模なオークションで二度競り合った結果、空前の落札価格を記録した。二度ともローゼンバックが勝って、七万五〇〇〇ドルを少し上回る値段で『地下の国のアリス』と、「アメリカ独立宣言」に二番目に署名したバトン・グインネットの、めったに出回ることのない認印つきの署名を五万一〇〇〇ドルで手に入れている。[56] カーンのオークションは、関係者にとって資金力を誇示するまたとないチャンスだったのである。

入札は最初から激戦だった。途中退出したある参加者はこう語っている。「ゴールドスミスの『ビーダズ・サッキスあるいはチェッス』の入札が一万ドルから始まり、私たちは帰ろうとしたが、手袋を見つけるまでに二万五〇〇〇ドルに上がっていた」[57] 初日の入札終了後、カーンは「いったいどうなっているんだ」とケナリーに電報を打っている。[58] 短期間で入札価格がそこまで上がるのは異例だった。出品された一八四二点のうちの八四点が、その後の流れを決めた。カーンが一九二四年にエリザベス・バレット（ブラウニング）の『マラトンの戦い』を手に入れたとき、落札価格は一六五〇ドルだったが、このオークション初日にローゼンバックの手に渡ったときには一万七五〇〇ドルになっていた。希望落札価格は四〇〇〇ドルから七〇〇〇ドルだったが、ここまでつりあがったのは誤解があったからだ。ローゼンバックも彼に敗れたバーネット・ベイヤーも、オーウェン・ヤングの代理を務めていると思い込んでいたのである。だが、勘違いとわかっても、後戻りすることはできず、価格はどんどん上がっていった。カーンが三五〇〇ドルで手に入れた『トム・ジョーンズ』の豪華本は、ローゼンバックが二万九〇〇〇ドルで落札した。カーンが三五〇〇ドルで買ったチャールズ・ディケンズの『ピクウィック・ペーパーズ』は二万八〇〇〇ドルで売れた。カーンが一九一四年に四七・五〇ドルで買った『日陰者ジュード』は、バーネット・ベイヤーが四一〇〇ドルで落札した。

もちろん、高値がついたのは本だけではなかった。ジョン・キーツの詩『私は爪先立って小丘にのぼった』の二二行の断片は、一五年ほど前にカーンがジョージ・D・スミスから五〇〇ドルで買ったものだが、（ベイヤーに競り勝って）ローゼンバックが一万七〇〇〇ドルで手に入れた。『大鴉』を称賛したエリザベス・バーネット・ブラウニングの文章を引用した署名入りの四枚のポーの手紙は、一万九〇〇〇ドルの値がついた。ある昔のアメリカ人作家の書簡は、カーンがガブリエル・ウェルズから一二五〇ドルで買ったものだった。[59] サミュエル・ジョンソンの『英語辞典』の草稿一枚が白熱した競りの対象となり、ヤングの代理で競りに加わっていたローゼンバックは、最終的に一万一〇〇〇ドルをつけたフィラデルフィアの同業者に勝ちを譲った（ローゼンバックがのちにヤングに説明したところでは、この草稿は一年ほど前に自分が一七五〇ドルで売ったものなので、それ以上の値をつけるのは良心が許さなかったそうだ。だが、彼を知る人間によると、こういうことに対する彼の良心は、普通は〝かなり融通がきく〟そうだ）。

競りが進むにつれ、オークションが回を重ねるにつれて、価格はどんどん上がっていった。しかし、なにより参加者の度肝を抜いたのは、最終回のオークションに出品されたパーシー・ビッシュ・シェリーの『マブ女王』の改訂版だった。一八一三年に発表されたこの長詩は現存するのは二冊だけで、カーンは一九二〇年に九五〇〇ドルで入手した。一九二九年のオークションでは、ウェルズとローゼンバックが激しい入札競争を繰り広げた。『ニューヨーカー』は、ウェルズが「ライバルを出し抜きたいという明白な理由で競り合ったのではないか」と書いたが、ウェルズはミッチエル・ケナリーにのせられたのだという意見もあった。[60] 真相はともかく、彼はシェリーの作品を六万八〇〇〇ドルで手に入れている。

結局、ジェームズ・ドレイクは一二万五〇〇〇ドル、ウェルズは一八万五〇〇〇ドル、ベイヤーは二三万ドル、ローゼンバックは四一万ドルをこのオークションに費やした。一点当たりの平均価格は史上最高で、その記録はその後五〇年以上破られなかった。だが、そのおかげで、多くのディーラーが消えることになった。多額の負債を抱えることになったからだ（たとえば、ウェルズは『マブ女王』を売りさばくことができなかった。カーンのオークションで最高値をつけたこの本は、ウェルズの死後、一九五一年に八〇〇〇〇ドルで売られている)。

生き残ったディーラーにも、このオークションは大きな意味を持っていた。値上がりを見越して、一部の在庫の値段を付け替える口実ができたのである(たとえば、ローゼンバックはあるコレクターに「一日で一〇〇万ドル儲けた」と言った。「どの株で?」とコレクターが訊くと、ローゼンバックは「私の株で」と答えたという)。[61] また、オークションのことが新聞や雑誌で取り上げられたおかげで、本の価値が広く知られる結果になった。しかし、カーンのオークションが開かれた時期は、古書ビジネスの絶頂期だった。その直後の景気後退とともに衰退し、その状態が大恐慌から第一次世界大戦中、その後の朝鮮戦争の時代まで続いたのである。[62] 一九三〇年代にはもはやかつての高値は期待できなかったが、カーンのオークションに出品されたような本を手に入れたいというミッドタウンのディーラーたちの夢は消えなかった。そういう意味では、このオークションは、その二年後の同じ日にNYPLを狙ったデュプリにもなんらかの影響をおよぼしているといえるかもしれない。

だが、もちろん、彼はそんなことは夢にも知らなかった。

五番街から正面玄関に向かい、石造りの二頭のライオン像が両側にある御影石の階段をのぼりながら、彼が気づいたのは、その日が盗みを働くには理想的だということだけだった。ゆったりしたコートを着ていても不自然ではないほど寒く、逃亡の邪魔になる雪も降っておらず、路面が凍ってもいなかったからだ。[63]

一九六二年に『ハーパー』誌で、マリオン・サンダースは大英図書館を利用したければ、「ホテルや宿泊先の主人以外の信頼できる人」の推薦状を提出しなければならないと書いている。[64] 世界最大級の蔵書を誇るアメリカ議会図書館とオックスフォード大学のボドリアン図書館でも、同様の規定を設けている。だが、ニューヨーク公共図書館の四〇〇万冊の蔵書を堪能するには成年に達してさえいればいい。一九三一年一月十日の一二時三〇分、ハリー・ゴールドの三人のスカウトはこの条件を満たして、活気あふれる中央貸出デスクの前に立った。

予想どおり、図書館は混み合っていた。[65] 一九二〇年の報告書には、入館者数はNYPLの悩みの種で、特に閲覧室は収容数以上の人であふれることが多かった。一九二〇年の報告書には、「サービスに影響する深刻な問題として、正当な理由なく入館する人々に閲覧室が利用される頻度が増えていることがあげられる」と記されている。[66] 歯学部や医学部をはじめとする学生たちに加えて、ただ暖を求めてやってくる人たちのせいで他の利用者が締め出された。とりわけ他の図書館が休館する週末はそうだった。冬季の土曜日と日曜日には、中央閲覧室の座席数より何百人も多くの利用者がつめかける時間帯が何時間もあった。こうした状況が、ゲイラードが指摘したように、本の安全確保を困難にしていた。

混雑しているのは閲覧室だけではなかった。ホールにも部門別図書室にも展示スペースにも人があふれていた。図書館では、定期的にコレクションを展示しており（後援者のコレクションが加わることもあった）、新規購入など記念行事で、他の図書館から借り受けたコレクションが披露されることもあった。六年前にモルガン図書館から借りた草稿コレクションが展示されたときには、会期中に一八万人がホールに詰めかけた。[67]

一九三一年一月には、それぞれ観客を想定した四つの展示が行われていた。一階ではロシアの聖画像、これはニューヨークに数多く住む移民に向けた催しだったが、それ以外の観客も多かった。三階では木版画の本が展示され、「初期から今日までの木版芸術と技術の進歩を示すこと」を目的としていた。[68] やはり三階の、階段を上がってすぐの大きな部屋では、ヴァーノン・ハウ・ベイリーのリトグラフが展示されていて、五〇年前のニューヨークの街並みを見ることができた。いちばん人気があったのは常設展で、クーリエ&アイヴズの版画が三〇点ほどケースや額に入れて館内のあちこちに展示され、優雅な雰囲気を醸し出すとともに混雑の一因となっていた。こうした混雑のおかげで三人は不審を抱かれることなく入館できたが、それは逃亡を妨げる要因にもなった。

デュプリは中央貸出デスクで貸出カードを三枚書いた。いずれも稀覯本で、エドガー・アラン・ポーの『アル・アーラーフ、タマレーン、および小詩集』、ナサニエル・ホーソンの『緋文字』の初版本、そして、ハーマン・メルヴィルの『白鯨』の初版本だった。[69] いずれももとはレノックス図書館の蔵書だった(アスター図書館には、ポーの作品よりもポーに関する資料のほうが多かった)。貸出カードは司書のジョン・エリオットに回され、デュプリは二人と離れて三階に上がった。数分後に格子の入った保管庫の扉の前についたときには、ポールとスウィードが少し離れたところにいた。保管庫に入ると、デュプリは高いデスクのそばで、エリオットが本を取ってくるのを待った。待っている間、今ならまだやめられると思ったかもしれない。ここまでは何十回もやってきたことだ。デスクの反対側に電話機があった。当時のニューヨークでは珍しくはないが、ノース・カロライナ州の田舎町から出てきた若者には電話はまだ目新しかった。正面玄関で警戒に当たっている守衛と直接つながっているとこのとき知っていたら逃げ出しただろうが、そんなことは思いつきもしなかった。

エリオットが本を持って戻ってくると、デュプリは礼を言ってから、申し訳なさそうにポケットから貸出カードを二枚取り出した。昨日のうちに書いておいたその二枚のカードを渡しながら、うっかりして貸出デスクに出すのを忘れたと言った。これはエリオットを部屋から追い出すためにスウィードが考えた策略だったが、エリオットはもうひとり司書が休憩をとっていて自分ひとりしかいないためにその場を離れるのをためらった。だが、結局、応じてくれた。最近、このホフマンという若者はよく来ていたし、真面目な学生だと思っていたからだ。それに、保管庫に入っても様子をうかがうことはできるだろう。こうして、エリオットはデュプリをその場で待たせて保管庫に入った。

計画では即座に逃げることになっていたのに、デュプリは根が生えたように動かなかった。廊下で待っていたスウィードとポールは焦った。デュプリはこんなにあっさり成功したのが信じられなくて、心臓が飛び出しそうだった。だが、ベテランの二人は驚かなかった。エリオットがいなくなると、スウィードは部屋をのぞきこんで、本を持って逃げるように小声で何度も促した。それでも、デュプリは動かなかった。人目を引いてはいけないとわかっていたが、スウィードは声を張り上げた。ぐずぐずしている暇はない。数秒がむなしくすぎると、スウィードは部屋に入って、デュプリの腕をつかみ、いちばん上にあった本——『アル・アーラーフ』をひったくってドアに向かった。デュプリは夢からさめたようにはっとして残りの二冊をつかむと、スウィードのあとを追った。

廊下に出ると、ポールがデュプリから本を一冊ひったくった。『白鯨』だった。ポールは数週間前に五五番地のイングリッシュ書店からメルヴィルの本を盗んでいたので、この本のことを知っていたのだ。三人は廊下を走り、左に曲がって、階段に向かった。二人が本をコートに隠しているのに気づいて、デュプリもそれに倣った。案の定、おおぜいの入館者に行く手を阻まれたが、追われているとしたら、人混みにまぎれられそうだ。デュプリはおそるおそる振り返った。誰も追って来なかった。逃げられるかもしれないと思った瞬間、スウィードとポールの姿が茶色い帽子とコートの波に呑まれた。デュプリが二人に再会したのは、それから一年半後だった。

デュプリは先を急いだ。ひとりになって動転していたが、なんとか階段までたどりついた。一段抜きで駆けおりるたびに、出口で警戒している守衛が近づいてくる。そのころにはエリオットも行動を起こしていた。デュプリにしてやられたとわかると、あとを追いたいという衝動を抑えた。追いつけないのはわかっていた。それに、保管庫を無人にするわけにいかない。それよりもっと確実な方法があった。エリオットは二つの出口の守衛に直通電話をかけた。[70] あいにく、両方とも話し中だった。その瞬間、すべてがＮＹＰＬの誇る警備体制にとって不利に働き、ハリー・ゴールドに運が向いてきた。

エリオットはあせったが、まだ方法があった。キース・メトカーフのオフィスに電話して、事の次第を伝えたのである。メトカーフならなにか手を打てるかもしれない。一九三一年当時、メトカーフのＮＹＰＬ勤務は二〇年に及んでいた。一九一一年にハーバード大学を中退してメアリー・ライト・プラマーの下で学び、一九一三年には当時の館長ハリー・ライデンバーグから書架主任に任命された。彼は膨大な蔵書だけでなく図書館全般に精通しており、弱点もよく知っていた。土曜日には必ずしもオフィスにいるとはかぎらず、フットボール・シーズンは出勤しなかった。だが、シーズン最後の試合、ローズボウルが九日前に終わったので、その日はオフィスにいた。エリオットから電話を受けると、彼は正面玄関に走った。日ごろは穏やかなメトカーフが血相を変えているのを見て、守衛はびっくりした。だが、遅かった。駆けつけたときには、泥棒たちは五番街に向かっていた。メトカーフの目に入ったのは、コートの裾を蹴り上げながらブック・ロウに走り去るデュプリの後ろ姿だった。

ニューヨークのユニークさをE・B・ホワイトはこう称えた。「この街は人を破滅させるか、夢をかなえさせるかのどちらかで、それは運次第だ。幸運な人間になる覚悟がなければニューヨークに来るべきではない」[71]一九三一年の一月、この街が自分にほほえみかけてくれたとデュプリは信じたかもしれない。だが、それは錯覚だった。

逃亡して一時間後、彼はフォルティス・フィッシャーというレストランでゴールドと落ち合った。ゴールドはデュプリの無事を喜び、事の首尾を聞いていっそう喜んだ。ポールとスウィードからはまだ連絡がないが、そのうち店に来るはずだと彼は言った。興奮がおさまると、デュプリは後ろめたさを感じるようになった。ゴールドといると、その思いはいっそう強くなり、自分は利用されただけだと感じた。司書のジョン・エリオットにも悪いことをしたと思った。一方、ゴールドは上機嫌だった。二五ドル渡してデュプリから『緋文字』を受け取ると、よくやったと労をねぎらった（その後、彼はポールとスウィードに一〇〇ドルずつ払って二人から本を受け取っている）。ゴールドは意気軒昂だった。高値で売れるすばらしい本を手に入れた。すぐ現金に換えられるだろう。近い将来、もっといい本が手に入るかもしれない。それも、盗み出すのは不可能に近いと言われる図書館から手に入れたのだ。図書館窃盗で頂点を極めたとは言わないまでも、なんらかの基準に達したのは間違いない。

デュプリの態度が微妙に変わったのに気づいたとしても、ゴールドは意に介さなかった。また頼むと言って『アメリカの本の現行価格』からタイプライターで写し取ったリストをテーブル越しに差し出すと、椅子を引いて立ち上がった。そして、テーブルに硬貨を数枚置いて、なにか手に入ったらいつでも店に来てほしいと言うとレストランを出た。

そのころ、ＮＹＰＬでは、エリオットが意気消沈していた。責められるべき人間がいるとすれば、自分以外の誰でもない。短時間でも目を離すべきではなかった。しかし、メトカーフはエリオットから盗難に遭った本や事件の経緯の説明を受けて考え込んだ。こうして本が盗まれるからには、図書館になにか問題があるにちがいない。今回はなにもかも裏目に出たのだ。司書ひとりの責任ではない。

メトカーフは図書館の対応を真剣に考えた。警察には届けないことにした（この点で彼はキャロリン・ウェルズが一九三六年に発表した小説に登場する古書ディーラーと同じだ。「警察は殺人事件や大半の犯罪には役立つが、稀覯本、特にこの本は、警察の専門外だ」）[72]。警察に通報しても短期的な解決にはつながらないだろう。それに、図書館員には警察官もいる。誰の力を借りるかは自分が決めることだ。メトカーフは受話器を取り上げると、コネチカットに電話した。ニューヨーク公共図書館の二代目特別捜査員の自宅だった。

4章 学識と研究

キース・メトカーフが電話をかけたニューヨーク公共図書館（NYPL）の特別捜査員G・ウィリアム・バーグキストは、その時点ではまだ「稀覯本の伝説」ではなかった。だが、伝説的な経歴の持ち主だった。

父親の再婚相手と折り合いが悪く、一四歳のときコネチカット州グロトンの家を出た。それから二〇年間、できる仕事はなんでもやって生きてきた。操車場や材木置き場、厩舎や鋳造所で働き、カウボーイ、コック、馬の世話係、調教師と、どんな仕事でも厭《いと》わずに働いた。第一次世界大戦が勃発すると、三三歳になっていたバーグキストは陸軍に入隊し、フランスに送られた。[1] 第一〇八工兵隊に所属してヨーロッパに渡ったのは一九一八年初めだったが、六月には交戦地帯にいて、彼の部隊にもエンフィールド銃とガスマスクが支給された。[2] 工兵隊といっても、敵軍の攻撃を受けることもあり、交戦地帯で敵軍のフェンスを破り、塹壕《ざんごう》を補修し、要請があれば戦闘にも加わった。前線やその周辺で橋や道路の建設に当たることもあり、そういう場合には連続砲撃だけでなく、機関銃や狙撃兵の射撃の対象になった。

戦争が終わると、コネチカット州スタンフォードに戻って結婚。増えつづける家族を養うためにさまざまな販売業についた。こうした一見共通点のない雑多な体験が彼の中で融合し、独特の人生観をつくりあげたのだろう。彼は人間の卑劣な本能に対しては現実的だが、人間の更生力に対しては楽観的だった（バーグキストは何人もの図書窃盗犯に出直すチャンスを与え、そのたびに自分の甘さを思い知らされた。それでも、彼は人間の更生力を信じ続けた）。

スタンフォードに落ち着いてしばらく経ったころ、人生の転機が訪れた。バーグキストが読書好きなことを知った司書から、図書館で働いてはどうかと勧められたのだ。バーグキストはその言葉に力を得て、ニューヨークに出ると、五番街にある公共図書館を訪ねた。当時、キース・メトカーフは参考図書部の主任だったが、ある日オフィスに四〇歳そこそこの男が訪ねてきた。身長はメトカーフより一、二インチ低いが、体重は一〇〇ポンド近く多そうだった。「バーグキストと申します」と男は言った。「司書になりたいんです[3]」

あっけにとられたメトカーフは口ごもりながら、「学校はどこを出たんですか？」と訊いた。

「コネチカット州のグロトンでハイスクールに一年通いました、父が管理人をしていた関係で」そう言うと、バーグキストはその後いろいろな職業についたと話した。メトカーフは口をはさむきっかけをつかめないまま聞いていたが、除隊後はシカゴで食品店経営、巡回セールスマンなどを経て、現在はスタンフォードで生活協同組合の小売店を経営しているとわかった。きわめて多彩な経歴だが、司書に向いているとは思えなかった。

それでも、突っぱねる気にはなれなかった。バーグキストは経験豊富で、頭も切れそうだし、粘り強く努力するタイプのようだ。そういう資質は司書には必要だ。そこで、彼を待たせてエドウィン・アンダーソン館長に相談に行った。アンダーソンはバーグキストに会って話を聞いたあと、彼ならNYPLが提携している図書館学校で学ぶ資格があると判断した。

「バーグキスト氏に図書館学校の試験を受けさせてみてはどうだろう」とアンダーソンはメトカーフに言った。[4]

NYPLでは開館直後に図書館学校を開設していた。一九一一年当時、その種の学校はアメリカでも数少なく、教育の必要性も認識されていなかった。それまでは見習い制度を通して司書になるのが普通で、正規の教育を必要とする専門職と見なされるようになったのはまだ最近のことだったのだ。[5]アンドリュー・カーネギーがNYPL図書館学校の開設資金を一万五〇〇〇ドル供与したが、彼はすでにクリーブランドのウェスタン・リザーブ大学やピッツバーグのカーネギー図書館にも図書館学校のための資金を提供していた。

優れた図書館学校長として有名だったプラット・インスティテュートのメアリー・ライト・プラマーが、NYPL図書館学校の初代学校長に就任することになった。ニューヨークに図書館学校があり、NYPLがその運営に当たるのは当然と考える人は多かったようだ。一九二二年の『ライブラリー・ジャーナル』に寄稿した論説で、図書館学校長アーネスト・J・リースは、ニューヨークの中心部に図書館学校をつくることで「多くの利点を統合するという目的を全米のどこより果たすことができた」と説明している。

図書館は研究や調査に関与し、経済、テクノロジー、東洋美術、アメリカ史、希少本および参考図書部の多くの部署がそのために資料を提供すると同時に、分館での活動、移動図書館、クラブ活動、コミュニティ全般へのサービスといった無料の公共図書館ならではのさまざまな活動に関与している。ニューヨーク市内およびその周辺には、ニューヨーク公共図書館のほかにも、学校、大学、福祉施設、教育および調査財団、銀行、保険会社、製造工場、輸出商社、さらには、工学、法律、医学、植物学、歴史、地理、貨幣、特定の言語の文献を研究する団体と提携した図書館、並びに郡図書館がある。また、ニューヨークは重要な私立図書館を数多く有している。アメリカの書籍出版の中心地であり、講演会や音楽・演劇の催しが頻繁に開かれ、多種多様な市民活動やコミュニティ活動が活発に行なわれている。ニューヨーク公共図書館の図書館学校は、戦略的立地にあることを忘れず、こうした利点を最大限に活用するように努めてきた。ニューヨーク公共図書館で働く司書を養成する優れた学校を維持することは、ニューヨークに医科大学を、コロラドやミシガンに鉱業学校を設立するのと同じぐらい重要である。[6]

バーグキストが受けた試験は、メトカーフ自身、図書館学校入学のために受験していた。大学卒業資格は必須要項ではなかった。大学に通わなくても司書として優秀な人材はいるからだ。[7]だが、受験者には幅広い知識が求められた。履歴書で判断するのではなく、歴史、文学、一般常識、フランス語、ドイツ語の五つの試験の成績で合否が決められた。バーグキストは正規の教育をほとんど受けておらず、受験勉強もしていなかったが、五科目すべてに合格した。そして、すぐに書架係として採用されて司書の研修を受けることになり、コネチカットの自宅からＮＹＰＬに通勤した。

それから数年のうちにバーグキストは着実に昇進して常勤司書になった。だが、その直後の一九二六年に一度退職している。在郷軍人としてカリフォルニア州サンディエゴにある海軍基地で教官を務めないかという誘いがあり、家族を連れて西海岸に移ることにしたからだった。一九二九年初め、教官として三年経ち、多彩な経歴にまた新しい体験を加えたころ、ニューヨークから一通の手紙が届いた。差出人はメトカーフで、エドウィン・ホワイト・ゲイラードが亡くなったことを告げ、彼の後任になってもらいたいという要請だった。肉付きがよく、温厚で、白髪のバーグキストは、東海岸に戻ることに決めた。

一九二八年十月に死去したゲイラードは、図書館の特別捜査員という仕事を確立した人物だ。献身的な仕事ぶりだけではなく、著述や講演活動を通して、図書館の盗難事件と闘う特別捜査員という存在を広く世に知らしめた。だが、後任のバーグキストとくらべると、ルー・ゲーリックを世に送り出すきっかけをつくったウォーリー・ピップ役と言っていいだろう。[8]

図書館から本を盗む連中は勇気があるわけではなく、大半の図書館は警備が緩やかで、捕まったとしても軽い処罰ですむからだ。だから、ハリー・ゴールドを勇敢な男と呼ぶのは言い過ぎだが、肝の据わった男だったのは間違いない。デュプリたちに本を盗ませた翌々日の月曜日、キース・メトカーフのオフィスに現れたのである。[9] 最近この図書館では『白鯨』を紛失したそうだが、とゴールドは切り出した。実は、手元に一冊ある。何年も前にNYPLから買った初版本だが、何箇所か第二版で加工されている。この本を持っているからといって、最近の盗難事件に関与していると誤解しないでほしいと彼は言った。

しかし、メトカーフはゴールドの関与を確信しており、バーグキストも同じ意見だった。その日、ゴールドがずうずうしく姿を見せる前に、二人は二階のバーグキストのオフィスで状況を確認し、犯人の目星をつけていたのである。[10]他のディーラーを信用していたわけではないが——図書館からタクシーを飛ばせばすぐ着く範囲内にある店のディーラーなら、チャンスさえあれば稀覯本を狙う可能性はあったが——転売できないような本を危険を冒してまで盗む大胆不敵なディーラーは他に思いつかなかった。おそらく、ゴールドは事件が世間に知られる前にかたをつけに来たのだろう。

　エドガー・アラン・ポーの小説『盗まれた手紙』の中で、名探偵オーギュスト・デュパンは手紙を盗んだ犯人についてこう語る。「盗んだ人物はわかっている。そして、彼がまだそれを持っていることも。……その文書の性質からしても、それを手放したとたんに起こるはずのなんらかの結果が出ていないことからしても、つまり、最終的に利用するつもりでいることからしても、そう推理して間違いない」[11]その手紙と同様、盗まれたポーの本はNYPL最大の資産だから、ニューヨークで売ろうとすれば騒ぎにならずにはすまないだろう。だが、メトカーフとバーグキストはそれを逆手に取れば、取り戻すチャンスはなくはないと判断した。ホーソンやメルヴィルの本も貴重な稀覯本であることに変わりはなく、ぜひとも取り戻したいが、そのどちらかがニューヨークで売りに出されてもそれほど注目を集めないだろう。[12]鍵となるのは『アル・アーラーフ』だ。いくら犯人が抜け目なく立ち回っても、これを売りに出したら噂になる。出所を知りながら、大金を出す人間はいないはずだ。それが二人の回収計画の要だった。

　といっても、綿密な計画を立てたわけではない。「計画」というより、ディーラーの協力を得て取り戻すことができればという希望のようなものだった。挫折する可能性はいくらでもあった。すでにニューヨークから持ち出されて、西海岸かヨーロッパに送られた可能性もある。だが、鍵をなくした人が明るいからというだけの理由で街灯の下を捜すように、少なくとも協力者がいるというだけの理由で、二人はニューヨークに的を絞った。

しかし、ディーラーに公表するのは賢明な方法ではなかった。ディーラー間の情報網を活用できたとしても、迅速な対応は期待できず、成功はおぼつかなかった（このことは数年後に実証された。偽造した署名入りの本や手紙を何年にもわたって売りさばいていた男が逮捕されたのだ。迅速に機能する情報網があれば、数週間のうちに食い止められていたはずだった）[13]。さらには、事件にディーラーが関わっている可能性があれば、公表しても役立たないだけでなく、初代特別捜査員のゲイラードがかつて思い知らされたように逆効果になるおそれもあった。したがって、信頼できるディーラーを見きわめることが先決だった。

写真：ニューヨーク公共図書館、視聴覚資料、草稿、および古文書部、ニューヨーク公共図書館、アスター、レノックスおよびティルデン財団所蔵

NYPLの職員写真のG・ウィリアム・バーグキスト。さまざまな人が彼をさまざまに語るが、その大半が彼の穏やかな性格と人当たりのよさを口にする。

バーグキストはその人柄から、相手を疑うということを知らなかった。特別捜査員になって二年間、彼は書籍業界に友人をつくるために多くの時間を費やした。四番街の書店を訪ね歩いて顔つなぎをし、書店主と昼食を共にし、「教養の感じられる穏やかな話しぶりとやさしい青い目」で信頼を勝ち取った。[14] 書店主たちから見れば、ゲイラードがつくりあげた特別捜査員に対するイメージを挽回しようとしていると思えたかもしれないが、バーグキストは意識的に努力していたわけではなく、自分らしく行動していただけだった。しかし、メトカーフはバーグキストよりは慎重だった。事件の直後に彼はボストンのチャールズ・ローリアットとローゼンバック、そして、フィラデルフィアのウィリアム・キャンベルに電話して協力を求めた。[15] ニューヨーク以外の場所で『アル・アーラーフ』を目にするディーラーがいるとすれば、この三人だと思ったのだ。だが、ニューヨークのディーラーとなると、話は複雑だった。目にする可能性のある人物はたくさんいたが、問題は誰を信用するかだ。バーグキストと話し合ったあとで、メトカーフは受話器を取り上げて、業界の長老アーサー・スワンに電話した。スワンはアメリカ人作家の初版本を扱っていたから、『アル・アーラーフ』が売りに出たら知らないはずがないからだ。[16]

アーサー・スワンは二十世紀初頭にイギリスから渡米し、アンダーソン・オークション・ハウスで一九一三年まで働いたあと、アメリカ芸術協会（AAA）に移って古書部門を開設した。[17] 彼の在職中、AAAの書籍部門の売上は急増し、一九一三年の三万六〇〇〇ドルから一九二七年には一〇〇万ドルに達している。[18] こうした実績と古書に対する知識のおかげで、スワンはNYPLから盗まれた本の権威となると同時に責任の一端を担うようになったのである。稀覯本売買が盛んになったのはスワンの力によるところが大きく、そのきっかけとなったのが一九二四年にAAAが鳴り物入りで開催した故スティーブン・ウェイクマンの蔵書のオークションだった（スワンはこのオークシヨンに直接関わったわけではなく、競売人はバーネットとパークの二人だった）。[19]後年『ニューヨーク・タイムズ』はこのオークションを「従来のどのオークションよりも、また単一の要因としてはなによりも、十九世紀のアメリカ文学作品の豊かな可能性に無関心だった大衆の関心を刺激した」と書いている。[20]

一九二八年にスワンはＡＡＡを辞め——新しい所長コートランド・ビショップや友人のミッチェル・ケナリーとの対立が原因と言われている——独立して稀覯本ディーラーになった。一流のディーラーが集まるマディソン街の五八丁目と五七丁目との間に店を構え、主にアメリカとイギリスの初版本を扱った。一九二〇年代終わりには近くにＡＡＡも移転してきて、その一帯がニューヨークの稀覯本と美術品売買の中心となった。[21]

バーグキストとメトカーフは、『アル・アーラーフ』がニューヨークで売りに出されるとすればこの一帯で、おそらく、スワンが関わることになると予想した。最善の策は——他に方法はなさそうだったが——本が出てくるのを待つことだ。ゴールドは目的があって本を盗ませたにちがいないが、手元に置きたいからでないのは確かだった。いつかは売りに出すはずだ。メトカーフとバーグキストは、アーサー・スワンからの情報に頼るしかなかった、だが、長く待つ必要はなかった。

五九丁目にあるアカデミー書店の店主エイブ・シフリンは、かつてはマディソン書店で働いていたが、その後独立してアメリカの初版本ディーラーとして成功をおさめた（同じような経歴の持ち主には、アーゴシー書店主のルイス・コーエンがいる）。やがて、シフリンは本の売買より本を書くことに情熱を傾けるようになる。書籍業界にはこういう人間が少なくない。多くのディーラーが小説や戯曲を書いており、なかには業界の内幕を暴露した作品もあった。シフリンには文才があったようで、一九三一年二月には詩集が『ニューヨーク・タイムズ』で紹介されている。その数年後には『ミスター・パイレート：ロマンス』という小説が同紙で、「稀に見る巧みさで描かれ、沈黙の美をまとった小説」と評された。[22] その一五年ほどあとで『質屋の天使』という戯曲がブロードウェイで短期間上演されたこともある。夫が泥棒で殺人犯と知った若い女性が、気難しいが心やさしい書店主に救われるというストーリーだ[23]（批評家には不評で、『ニューヨーク・タイムズ』は「感傷的な空想物語で、陳腐もしくは受け売りの内容にセリフをだいなしにするという才能が加わっている」と酷評し、[24] 別の書評では「驚くべき気まぐれの寄せ集め」と評された[25]）。

だが、一九三一年当時、シフリンはまだ古書売買に力を入れていた。生き残りを懸ける多くのミッドタウンのディーラーの例にもれず、定期的にブック・ロウのあちこちの店をのぞいて掘り出し物を探すのが仕事のひとつだった。「稀覯本の世界では、古書店にぶらりと入って店主に新しい本は入っていないかと尋ねるのが、いちばん楽しい。たいていは入っていないという応えが返ってくるが、腰をおろして、ゆっくり時間をすごす。だが、その間も視線は書棚をさまよっている」と、アメリカーナ専門のディーラー、チャールズ・エベリットは書いている。[26] シフリンにとって、三月下旬は古書店めぐりにはうってつけだった。この時期のミッドタウンにはそれほど人出はない。しかも、その日は急に気温が上がって雪が霧雨に変わった。彼は義父に店番を任せて、バーゲン客でにぎわう濡れた歩道を五番街まで歩いた。そして、街角でタクシーをつかまえると、ハリー・ゴールドの店の番地を告げた。

多くの書店主と同様、シフリンがこの仕事を始めたのは本が好きだったからだ。なかでも、古書店めぐりがなにより好きだった。初めて古書店に入った時の経験を彼はこう書いている。「紙やインクや糊や布や革や埃のにおいを心地よいと感じるか、不快に感じるかは、どこまで古書を愛しているかによって決まる。猟書家の高貴な血が一滴でも流れていれば、戸口から一二インチと進まないうちに手近にある本に手を伸ばしているだろう」[27] まさにその距離を進んだとき、ゴールドが彼に気づいた。

ハリー・ゴールドも本好きだったが、それ以上に本の売買に熱心だった。生来社交的な性格で、同業者とのつきあいはまったく苦にならなかった。閉店後の彼の店にはよく仲間が集まってきたし、グリニッジ・ヴィレッジの酒場や近くの玉突き場で、ブック・ロウのディーラーやコレクターたちと本の話をしてすごすこともあった。[28] その日、ゴールドはエイブ・シフリンが入ってくるのに気づくと、高いスツールからおりて、いそいそと出迎えた。いい相手を見つけたと思ったのだ。そのときゴールドは『アル・アーラーフ』を二ヵ月近く手元に置いていた。安全そうな買い手が見つからなかったからだが、そろそろ重荷をおろしたかった。シフリンならおあつらえ向きだ。

シフリンはゴールドに声をかけられたくなかった。それよりも、ひとりで本を見て回りたかった。狭いところにごたごた詰め込まれた本の中から好みの本を探すには、落ち着いて時間をかけるしかない。せめてゴールドにつかまる前に少しでも見ておきたかった。

だが、ゴールドはおかまいなしにシフリンに歩み寄って手を握った。そして、そばに引き寄せて、「とびきりの出物があるんだが」と切り出した。[29] シフリンは断って店を出ようと思った。短期間でもマンハッタンで古書売買に携わった人間なら、ゴールドの評判を知っている。盗品だけでなく禁書に指定された好色本も大量に扱っている。危ない取引に応じるのは、よほどせっぱつまっているか、さもなければ、その方面にコネのある人間だけだろう。[30] だが、この店も最近はいいものを扱うようになったと聞いている。つい興味をそそられて、シフリンは訊いてしまった。「とびきりの出物って？」

書名を聞いて、シフリンの顔色が変わった。たしかに、とびきりの出物だが、ゴールドの店にあるとは思わなかった。シフリンも高価な稀覯本を扱った経験はあるが、『アル・アーラーフ』は見たこともなかった。それがどうしてここにあるのだろう。もちろん、シフリンもポー作品の発見話は聞いていた。そうだとしたら、この千載一遇のチャンスを逃す手はないと思って、いくらで譲る気かと訊いた。

二〇〇〇ドルと聞いたとたん熱が冷めた。『アル・アーラーフ』は価値のある本だが、この不況のさなかにすぐに転売できるとは思えない。それに、二〇〇〇ドルで買ったら、利益はほとんど出ないだろう。シフリンは興味がないと言った。[31]

だが、ゴールドは強引だった。シフリンが買い取らなくても、仲介役になってくれればいい。ディーラーは本の所有者とバイヤーとの仲介をするが、別のディーラーとの間の仲立ちをする場合もあった。特に、ニューヨークの古書市場では、ゴールドのようなディーラーはミッドタウンの大物ディーラーには近づけない。シフリンを間に立てるのは、ゴールドにとって賢明なやり方だった。そのほうが疑惑を招く確率が低くなるからだ。ゴールドには故買人としての知恵があった。

シフリンはまだ本を見ていなかったが――ゴールドが店に置いていないというので――ハリー・ストーンに声をかけてみると答えた。ただし、一〇〇〇ドルにしかならないだろうと言った。ストーンは有名な古株ディーラーで、初版本だけでなく各種の印刷物やリトグラフも扱って成功をおさめた。五番街に店舗だけでなく、数ブロック離れたところに屋敷も構えている。[32] 昔はブック・ロウに店を出していたが、古書店がごたごた並んだ四番街から四〇ブロック北に移って、平穏と趣味のよさに浸りきった画廊が立ち並ぶ閑静な一郭に移ったのだ。[33] その三月の雨の日、シフリンはタクシーを飛ばして、その一郭に向かった。

突然訪ねてきたシフリンを見てもストーンは驚かなかった。友人というわけではないが、二人とも同じような商品を扱っているから顔はよく知っていたのだ。そして、ポーの本を持ち込まれても驚かなかった。それまでにストーンは何度かポーの初版本を扱ったことがあり、大恐慌のさなかでも「希望品リスト」に高価な初版本を載せていたからだ。[34] ストーンはあからさまに不正を働くわけではないが――同業者のデイビッド・ランドールによれば「少なくとも頻繁にではないが」――必要とあらば事実を曲げることも厭わなかった。一例をあげると、ポーの婚約者だったセアラ・ヘレン・ホイットマンの『ポーと彼の批評家たち』をポー作品を収集していたJ・K・リリーに売ったとき、「ポーの妻のクレム夫人が、ポーが亡くなる前に婚約していたアニー・E・ジョンソンに贈った献呈本」と説明した。[35] リリーがそんなはずはないと指摘すると、ストーンは五〇〇ドル値下げして、どこかのアニーと勘違いしていたと釈明した。その時点で、リリーはクレム夫人が署名したはずがないと気づいていたので、その本を「ひそかに葬る」ようストーンに勧めた。その後にまたポーの作品をめぐって嘘をつかれたので、リリーはストーンと取引するのをやめたという。

つまり、シフリンは相手を心得ていたわけだ。ストーンなら、出所がわかっていても、ほどほどの値段で引き取るだろう。そして、二〇〇〇ドルと値をつけた。これで話がまとまれば、儲けは一〇〇〇ドルだ。ストーンはその倍の価値があると見込んだが、シフリンに教えるつもりはなかった。そもそも、この不況下で値引き交渉しない手はない。そこで、二〇〇〇ドルは高すぎるし、出所を証明できないならなおさらだろうと反論した。いずれにしても、見てからのことだ。気に入ったら、一五〇〇ドル出してもいいと言った。

取引は成立した。

シフリンはストーンの店を出て、ゴールドから本を受け取りに行った。車の往来の激しい五番街を二度も往復して半日つぶれそうだったが、うまくいったら、手間をかけた以上の利益を手にできる。予想どおり、ゴールドは一〇〇〇ドルで本を売ることに同意した。だが、本を取ってくるのに時間がかかるから、しばらくその辺を歩いてきてくれないかと言った。実際は店の奥の金庫から取り出すだけだが、シフリンに本を店に置いていないと言った手前、そう言わざるをえなかったのだ。

シフリンはまた霧雨の降る街に出た。目の前に一ブロック全部を占めているワナメーカー百貨店が見える。近くの書店が歩道に並べた台に近づいて、ぼんやり本のページを繰った。今日は古書店めぐりをするつもりだったが、大金が転がり込んでくると思うと、端金で買える本には興味がわかなかった。一五分ほど経つと、ゴールドが戸口に現れて店に招き入れた。そして、シフリンに本を見せるとすぐ無造作に包んだ。肩の荷をおろした様子だ。ゴールドの懐にはまだ一セントも入ってきていないが、シフリンが本を鞄に入れて出ていけば、決着がついたも同然だ。

シフリンは本を濡らさないように気をつけながら、また五番街に向かった。まっすぐストーンの店に行って、本を手渡し、小切手ではなく領収書を受け取った。一時間ほど調べてから、正式に買い取るというのだ。シフリンとしてもこの商慣習に異議は唱えられないから、自分の店に戻ることにした。五〇〇ドル手に入るか、ゼロかだ。どちらにしても、疲れて体も冷え切っていたので、なにか温かいものを食べることにした。

一方、ストーンは本を丹念に調べた。何箇所か漂白して消した跡があった。扉の裏ページには青い楕円が残っていて、レノックス図書館の蔵書だったことは歴然としている。これはまずいとストーンは思った。安全性が確認できない本に大金は出せない。[36]だが、出してもいいという人間に心当たりがあった。

ストーンが用心深くなかったら――この本を即座に買い取って金庫にしまい、しかるべき客を待つか、目録に載せていたら、NYPL関係者はもっと早く本を回収できたはずだった。古書業界でなかったら、そうなったとしても不思議はなかった。当然ながら、古書ディーラーは扱う本に愛着を持たないようにしているが、めったに手に入らない稀覯本を手元に置いておきたくなるのは人情だろう。もともと本好きが高じてディーラーになった人間が多いから、『アル・アーラーフ』のような本を束の間でも所有することに喜びを感じるのだ（A・S・W・ローゼンバックやH・P・クラウスにとって、値打ちのある稀覯本を所有し売却することはディーラーとしての勲章であり、回想録に誇らしげに記している）。[37]別の理由から、しばらく手元で寝かせておくディーラーもいた。

『アル・アーラーフ』のような本なら、時とともに評価は高まる一方だから、売り時を待っていても損はないからだ。しかし、この『アル・アーラーフ』に限っては、長く関わりたいというディーラーはいなかった。ストーンは盗本ではないかと疑った。あるいは、彼が後に語ったところでは、「本に残っている蔵書印のせいで……有利な投資にならない」と感じた。そこで、彼はゴールドやシフリンの例に倣った。次の人間に手渡したのである。[38]彼が選んだ相手は、二ブロックほど離れたところに店を構えている長年の友人、アーサー・スワンだった。

その日は早く閉店する店が多かった。雨は上がって群青色の空が広がっていたが、日が落ちると、歩道を照らすのは店頭の灯りと街灯だけだった。しかも、気温が急激に下がってきたせいで客足が落ち、遅くまで店を開けてもしかたがなかったのだ。それでも、午後四時三〇分ごろ、ストーンがわけありげな顔で入ってきたとき、スワンは店にいた。天候と関係なく勤務時間が決まっているメトカーフも、その数分後に電話がかかってきたときにはオフィスにいた。スワンはストーンから本を受け取るとすぐ扉の裏ページの蔵書印に気づいた。蔵書印に気づいたディーラーはスワンが最初ではなかったが、ここで取引を打ち切ったのは彼が最初だった。ストーンから本を見せられた瞬間、ＮＹＰＬの蔵書ではないかとぴんときたが、完全に消すことのできなかった蔵書印が決定的証拠となった。

その時点でスワンがなにを考えていたのかはわからないが、おそらく頭の中ですばやく損得勘定したのだろう。調べてみると言ってストーンから本を預かれば、ＮＹＰＬ関係者やニューヨーク市民に多大な貢献をしたことになる。だが、彼自身にはあまり有利とはいえない。長年のつきあいのストーンを窮地に陥れることになるだけでなく、[39]別の問題もあった。当時、古書ディーラーと図書館員とは複雑な関係にあり、スワンとしてはそれも考慮しなければならなかった。ハリー・ストーンから本を取り上げて正当な持ち主に返したら、この先、出所の曖昧な本は自分のところには入ってこなくなる。少なくとも、図書館員を敵視している同業者からは白い目で見られるにちがいない。

書店主と図書館との関係は、異論のある問題だが、基本的に敵意は一方的なものだった。書店主は当然ながら図書館の存在を快く思っておらず、一九三一年にノーマン・ホールという書店主はこう語っている。「サミュエル・ピープスの時代から今日に至るまで、本を買うのは喜びに満ちた冒険とされ、本を借りるのは、現実にせよ思い込みにせよ、貧困、怠惰、知性の不足によるものとされてきた。本を借りることを熱心に勧める記述にはまだお目にかかったことがない」[40]だが、こういう姿勢は、基本的に新刊書を扱う書店主に限られていた。一流の古書ディーラーは、図書館と競合する必要を感じなかったからである。しかし、一九二〇年ごろ、新たな動きが起こった。

そのきっかけとなったのは、レノックスやアスターといった大物コレクターたちだ。コレクターたちは（大物ではなくても）蔵書を売却せず、公共施設に寄贈し、その見返りとして税金の免除や石像に名前を刻まれることを好むようになったのである。その典型的な例は、J・ピアポント・モルガンだろう。一九一三年三月に亡くなったとき、モルガンは個人としては史上最大の蔵書を集めていた。その蔵書は息子に受け継がれたが、最終的に「アメリカ人の教育と娯楽のために活用するように」という望みが託されていた。いずれ市場に戻ってくるのではないかというディーラーたちの望みは、息子が「父を記念して研究者のために」とモルガン図書館を創設したことで消えた。[41]一九二三年ごろには、資産家が蔵書を図書館に寄贈するのが一般的になり、ローゼンバックは「従来、市場に出る稀書は、投機家ではなく、愛書家やコレクターの手に渡っていたが、今後は有名大学や公共図書館が所蔵し、公売および競売に出ることは二度とないだろう」と断言している。[42]

こうした動きがローゼンバックのようなディーラーの痛手となったのは、同じ本を繰り返し売買できなくなるからだった。古書ディーラーにとって、顧客の死亡や破産に際して本を買い戻して再び市場に出すのが暗黙の了解事項だった。言うなれば、自己補充するわけである。一流のディーラーとなると、コレクターに本を売るのは一時的な貸し出しと受け止めていた。現に、二十世紀初頭のディーラーで、ホイットマンの研究者でもあったアルフレッド・ゴールドスミスは、『草の葉』の初版本を六回も売買している。[43] 一九二九年のカーンのオークションでも、ローゼンバック、ウェルズ、ジェームズ・ドレイク、バーネット・ベイヤー、チャールズ・セスラーといったディーラーたちが、かつてカーンに売った本を買い戻そうとした。ローゼンバックは一九二八年にルイス・キャロルの『地下の国のアリス』の直筆原稿を手に入れ、ビクター・トーキング・マシン社の創設者、エルドリッジ・ジョンソンに転売して二万ドルの利益をあげた。さらに一八年後、ジョンソンの蔵書がオークションに出品されると、『ニューヨーカー』の表現を借りるなら、「太い鼈甲《べっこう》縁の眼鏡の重さに耐えられそうにないほど弱々しい人びと」の中で、またローゼンバックがその直筆原稿を競り落とした。[44]

しかし、一九三〇年代に入ると、こういうことは次第にできなくなった。少なくとも、古書ディーラーたちは世間に声高にそう訴えた。チャールズ・エベリットは図書館を目の敵にするような言

郵便はがき

料金受取人払郵便

新宿局承認

6465

差出有効期限
平成29年9月
30日まで

切手をはらずにお出し下さい

160-8791

344

東京都新宿区
新宿一‐二五‐一三

(受取人)

原書房

読者係 行

1608791344　7

図書注文書 (当社刊行物のご注文にご利用下さい)

書名	本体価格	申込数

お名前　　注文日　年　月　日

ご連絡先電話番号 (必ずご記入ください)
□自宅　(　　)
□勤務先　(　　)

ご指定書店(地区　　)　(お買つけの書店名をご記入下さい)

書店名　　書店(　　店)

帳合

5279

古書泥棒という職業の男たち

愛読者カード　トラヴィス・マクデード 著

＊より良い出版の参考のために、以下のアンケートにご協力をお願いします。＊但し、今後あなたの個人情報（住所・氏名・電話・メールなど）を使って、原書房のご案内などを送って欲しくないという方は、右の□に×印を付けてください。　□

フリガナ
お名前　男・女（　歳）

ご住所　〒　-

市　町
郡　村
TEL　（　）
e-mail　@

ご職業　1 会社員　2 自営業　3 公務員　4 教育関係
5 学生　6 主婦　7 その他（　）

お買い求めのポイント
1 テーマに興味があった　2 内容がおもしろそうだった
3 タイトル　4 表紙デザイン　5 著者　6 帯の文句
7 広告を見て（新聞名・雑誌名　）
8 書評を読んで（新聞名・雑誌名　）
9 その他（　）

お好きな本のジャンル
1 ミステリー・エンターテインメント
2 その他の小説・エッセイ　3 ノンフィクション
4 人文・歴史　その他（5 天声人語　6 軍事　7　）

ご購読新聞雑誌

本書への感想、また読んでみたい作家、テーマなどございましたらお聞かせください。

葉をたびたび口にした。デイビッド・ランドールは、『『社会的地位』を確立するのに汲々《きゆうきゆう》として、呆れるほど無知なくせに稀覯本を大量購入する』図書館のせいで、稀覯本ビジネスが様変わりしたと嘆いた。[45] また、ランドールの同僚で、イギリスの本を専門とするディーラーとして有名だったジョン・カーターは、一九六〇年にこう書いている。「書籍コレクターの真の敵は、年々多くの稀覯本や草稿、あるいは蔵書を丸ごと、無情にも呑み込んでしまう図書館である」[46] 一九二〇年代に始まったこの種の嘆きはやむことがなかった。一九七四年には、一九三〇年代にコレクターからディーラーになったウィリアム・タークが『ニューヨーク・マガジン』に寄稿した論説の中で、本の収集をめざす人は急いだほうがいいと警告している。「優れた稀書は、図書館のせいでもうすぐ流通しなくなる[47]」

こうした嘆きが滑稽に聞こえるのは、彼らが例外なく図書館の本の購入に関わっていたからだ。ハーバードやイェール大学の図書館、NYPL、議会図書館などは、大半の古書ディーラーにとって、なくてはならない存在だった。回報や噂話でなんと言おうと、ディーラーたちは図書館に頼って生計を立てていたのである。ローゼンバックは定期的に図書館の代理として蔵書を購入しており、自分の蔵書をNYPLに寄贈したこともあった。[48] チャールズ・エベリットは、図書館を「稀少アメリカーナのずばぬけて最大のバイヤー」と認め、そのおかげで黒字を維持できると語っている。[49] ブリック・ロウ書店では最初の五〇年間（一九一五年から六五年まで）、稀覯本はほぼ例外なく図書館に納めてきたという。[50] ニューヨークの有名なディーラーで歴史家になったマデリーン・スターンも、長年図書館に支えられた。最初に本を買い入れてくれたのはNYPLで、二度目はハーバード大学図書館だった。その後も頻繁に図書館に本を納入していたせいで、同業者から「図書館ディーラー」と呼ばれていた。[51]実際、図書館に依存していないディーラーはいなかった。彼らは図書館の貪欲な購買意欲を嘆きながらも、せっせと本を運び続けていたのである。

スワンもそういうディーラーだった。彼としてはNYPLと良好な関係を維持したいが、ディーラー仲間から掘り出し物が入ってこなくなっても困る。そこで、おそらく、同業者のよしみと私欲から――悪意も多少混じっていたかもしれないが――彼は『アル・アーラーフ』をストーンに返して、この本は盗品だと告げた。そして、メトカーフに電話した。スワンが電話している間に（メトカーフは売りに来たディーラーを待たせておくように頼んだが）、ストーンは鞄を持ったまま店を出た。こうして、『アル・アーラーフ』はまた五番街を南に移動することになった。スワンから通報を受けた直後に図書館を出たバーグキストとメトカーフは、途中で盗まれた本とすれ違うことになった。

夕方五時ごろ、四二丁目から五八丁目に早くたどり着く手段はほかになかったので、エイブ・シフリンがそうしたように、二人は暗いニューヨークの街を歩いた。勝利の喜びで一日を締めくくれるのか、落胆することになるのかわからなかった。スワンの店に着いて事情を聞くと、二人は水たまりを蹴散らしながら雑踏の中をストーンの店に急いだ。店に入ると、ストーンは本をシフリンに返したと言った。そこで、今度はあたふたとシフリンの店に駆けつけると、店の者にゴールドに返しに行かせたと聞かされた。やっとブック・ロウのゴールドの店まで行ったときには、固く戸が閉ざされ、店内は真っ暗で、窓からのぞいても人の気配はなかった。それ以上どうすることもできず、すごすご図書館に戻るしかなかったが、あと一歩だったと思うと、二人とも腹立たしくてたまらなかった。

翌朝、店が開くのを待ちかねて訪ねた。二人は店に入り、二ヵ月ほど前に図書館に『白鯨』を売りに来た男と再会した。だが、多くを語る必要はなかった。

「あの本のことが知りたいんでしょう？」ゴールドは言った。バーグキストはそうだと答えた。

「不思議な話ですがね」ゴールドは続けた。「今朝、店を開けるか開けないかのうちに、あの本を預けていった男が訪ねてきましてね」スミスというカナダ人だとゴールドは説明した。「訛《なまり》からして、きっとカナダ人ですよ[52]」

バーグキストには嘘だとわかっていた。本は店の奥にある金庫の中だ。だが、わかっていてもどうすることもできないのだ。

明らかに盗品とわかっていても良心の呵責《かしゃく》をまったく感じずに売買するディーラーがいるなかで、ポー作品のコレクターとして有名なJ・K・リリーが、断固としてその種の取引に関わらなかったことは注目に値するだろう。リリーの蔵書は現在インディアナ大学が所蔵しているが、彼がアメリカーナの収集を始めたのは一九二五年だった。一九二九年に『タマレーン』を入手した直後に、ピンカートン社の探偵が訪ねてきて、その本はニューヨークの農家から盗まれたものらしいと告げられた。リリーはすぐに本を持ち込んできたチャールズ・グッドスピードに電報を打った。「貴殿が本を購入したナシュアの男の氏名と関連情報を教えられたし……我々は窃盗犯の捜査に全面的に協力すべきだ[53]」その数年後、NYPLの『アル・アーラーフ』が市場に出たころには、リリーのポー・コレクションにないのはこの本だけだった。メリーランドのディーラーから話を持ちかけられたとき、リリーは信頼するニューヨークのディーラー、ジェームズ・ドレイクに手紙で相談している。「ご承知のように、長年この本『アル・アーラーフ』」が市場に出るのを待っていましたが、最近ニューヨーク公共図書館から同じタイトルの本が紛失した事件が起こっており、オファーがあるたびに少々不安を感じております。図書館の本は返還されたのでしょうか？　目印になる蔵書印はあるのでしょうか？」[54] リリーの例は、『アル・アーラーフ』が盗まれたことが世間に知られていたこと、そして、盗品売買を警戒したコレクターもいたことを示している（結局、リリーはそのオファーを見送り、一九三四年に再製本された不完全な『アル・アーラーフ』をグッドスピードから三〇〇〇ドルで買った）。

バーグキストは無念でならなかった。彼に落ち度があったわけではないが、責任を感じずにいられなかった。特別捜査員になって二年――初代のゲイラードがようやく一人前になれたと言った時期だった。だが、ゲイラードは特別捜査員としてさまざまな難題を抱えていたとはいえ、ゼロからのスタートだったから、周囲の期待はそれほど大きくなかった。しかし、バーグキストの場合は事情が違う。伝説的な前任者が特別捜査員の資質としてあげた能力を買われて後任となったが、バーグキスト自身の意見が尊重されたわけではなく、ゲイラードのように行動することが期待された。ゲイラードは優秀だっただけでなく、エドウィン・アンダーソン館長をはじめとする運営陣の信任が厚かった。実際、アンダーソンはバーグキストが就任するとすぐ、ゲイラードが亡くなる数ヵ月前に書き終えた報告書を渡して、よく読んでおくように言った。[55]

この報告書は、図書館の盗難事件についてゲイラードが一五年の経験に基づいてまとめたものだったが、多くの点でバーグキストの考えとは相容れなかった。[56] 一例をあげると、ゲイラードは本の窃盗や加工の罪で逮捕された者のうちの一割は精神障害者だとしている。実際、約一割が最終的に州立精神病院に送られているから、筋の通らない話ではない。しかし、バーグキストは承服できなかった。さらには、ゲイラードは犯罪者に厳格な――手荒いと言えるほどの――対応をする傾向があり、法に基づいて処罰することに誇りを抱いていた。この点でも、バーグキストと考えが違った。[57] バーグキストがなにより重んじているのは、被害を最小限にとどめ再発を防ぐことだった。本が戻ってくることのほうが、窃盗犯を刑務所や精神病院に送るより大切なことだった。最終的な目標は同じでも、それを達成する方法はまったく違っていた。だが、最大の難題は、バーグキストが特別捜査員に就任したのが、アメリカの図書館盗難事件史上最悪の時期だったことだろう。一九二〇年代なら、バーグキストのやり方で実績をあげられたかもしれないが、一九三〇年代には、図書館と本泥棒のいわば全面戦争が繰り広げられていた。彼のやり方がどこまで通用するかまだわからなかったが、少なくとも盗難事件の捜査に関しては、成果があがっているとは言えなかった。しかも、当時のバーグキストは「ヒルダーウォルド」あるいは「ヒルダーブランド」という男の謎を解くことに大半の時間を費やしていた。ニューヨークで盗まれた本をディーラーに売りさばくボストンの男らしいが、それ以外のことはなにもわからなかった。

今回の盗難事件が起こらなかったら、バーグキストの仕事ぶりが問題にされることはなかっただろうが、事件後は状況が一変した。突然、バーグキストは触れたことも見たこともない本の捜査に専念せざるをえなくなった。[58] しかも、初代の特別捜査員の任期中には一度もなかったことだが、『サタデー・イブニング・ポスト』は、「お人よししか思いつかない方法を、お人よしがやろうとした」と批判した。バーグキストがゲイラードと異なるやり方で盗難事件を解決しようとしているのを揶揄《やゆ》したのである。[59] 事件を解決できなければ、本の被害だけですみそうになかった。

そういう事情があったから、その朝のハリー・ゴールドとのやりとりに彼はいっそうショックを受けたのだろう。しかも、『アル・アーラーフ』の運命を握っているゴールドに弱みを握られてしまった。だが、バーグキストには大きな武器が二つあった。ひとつは忍耐力。ゴールドは自分が窃盗事件に関与したとばれても、本を売らなければならない。遅かれ早かれ、本は市場に出る。長引けば長引くほど、ゴールドは焦るはずだ。バーグキストのもうひとつの武器は、相手に心を開かせて話を引き出せることだ。この二年間に親しいディーラーが何人もできたから、協力を期待できるだろう。『アル・アーラーフ』は必ず取り返すと彼は周囲に宣言した。[60]

その一方で、バーグキストは図書館の改革に取り組んだ。従来の規則を改正して、閲覧や貸出に関する規則に大きな変更を加えた。そのひとつは登録カードだ。保管庫の本を閲覧するにはこのカードの提示が必要で、閲覧は研究のためと限定された。それによって、「真摯な研究者のためにサービスを充実させるとともに図書館の財産を守る」のが狙いだった。[61] さらに、「貴重な稀覯本は、担当司書の許可を得たうえで、司書が定める条件と制限下でのみ閲覧できる」というルールを定めて、利用者だけでなく司書の注意も喚起した。[62] あの盗難事件の前にこういう規則があったとしても、「ロイド・ホフマン」は登録カードを提出しただろうから、犯行を防ぐことはできなかったかもしれない。しかし、少なくともこれでまた警備体制が強化された。そして、それ以上に重要なのは、これが外向きの対応、つまり、バーグキストが行動を起こすことを期待している人びとに向けた対応だったことである。

といっても、彼に行動力が欠けていたわけではない。これまでもブック・ロウに足を運んで、古書業界の暗部を探ってきた。だが、『アル・アーラーフ』の奪回に精力を傾けるようになってからは、強い決意がチャンスを招いたかのようだった。おそらく、何度となく挫折を繰り返した末のことだろうが、ゴールドの店を訪ねて一ヵ月と経たないうちに、彼のもとにボストンから電話があったのである。

5章　ボストンの状況

長年、盗難被害に遭ってきたのは、ニューヨーク一帯の図書館だけではなかった。実際、ボストンを擁するマサチューセッツ州では、その地に図書館がつくられてからこのかた本泥棒の恰好の餌食になってきた。十九世紀半ばから二十世紀末まで、この州の小さな町の図書館は、本泥棒にとって定番の稼ぎ場であり、彼らと取引のあるロンム窃盗団をはじめとするディーラーにとっても重要で、やがては不可欠な場所となっていた。言ってみれば、マサチューセッツは一年を通して、どんな天候だろうが、すぐ換金できる作物の成る畑だったのである。

十九世紀のボストンのディーラー、ウィリアム・B・クラーク（ハロルド・クラークと姻戚関係はない）は、こうした状況を憂慮した。職業柄、彼は多くの本泥棒に出会った。大半が盗本を売りに来た連中だ。なかでも悪名高いのはウィリアム・H・ブラウンで、ブルックライン公共図書館の司書メアリー・ビーンによると、物静かで感じのいい人で、本の目利きだった。一八七〇年代後半に彼はマサチューセッツのあちこちの図書館から膨大な数の本を盗んでいるが、こうした特徴が有利に働いたのは間違いないだろう。[1] 本泥棒はたいていそうだが、ブラウンも効果的な方法を見つけると、繰り返し同じ手口を使った。彼の場合は、町の図書館に行って、ウィリアム・H・シェリダンという偽名、あるいは、でたらめな女性名を使って図書館カードをつくる。そして、その図書館の蔵書にもよるが、たいてい五、六冊借り出して、それきり返却しないという手口だ。一例をあげると、一八七八年の秋にはブルックライン公共図書館で、病身なので自分では来館できない母親の代理と偽ってカードをつくっている。そして、すぐ売り払えそうな本を六冊借り出したが、その中には、W・E・H・レッキーの『ヨーロッパのモラルの歴史』やベンソン・ロッシングの『革命の絵入りフィールドブック』があった。

ミルフォードの図書館を土曜日の午後に訪れて、ウィリアム・H・シェリダンと「妻」メアリー・シェリダンという名前とでたらめな住所を書いてカードをつくり、サミュエル・ドレイクの『ボストンの歴史と遺物』、ジョン・ラッセル・バートレットの『アメリカニズム辞典』を借り出したこともある。しかも、翌週の月曜日の夕方、土曜日とは別の司書がいるはずだと見越して再訪し、そのときは「アプトン通りのウィリアム・ケリーと妻エレン」でカードをつくって、ロッシングの本を二冊借りた。[2]

盗本を売ろうとしたブラウンを捕まえ、最終的に起訴に持ち込んだのは、ウィリアム・クラークである。盗まれた本はほとんど回収できなかったが――ブルックライン公共図書館が取り戻せたのはたった一冊――本泥棒ブラウンの名は地元の司書の間で広く知られることになった。その結果、数人の司書たちが、ブラウンが釈放されたあと、これまでの犯行を証言して再度起訴するために協力すると申し出た。一八七九年二月、ブルックライン公共図書館の司書メアリー・ビーンは「ブロックトン、スタウトン、ストーンハム、メルローズ、サマービルなどの図書館における数々の犯行に対し一連の宣告を受けて服役したあとでは、ブラウンも図書館から本を盗むのは割に合わないことだと気づくだろう」と書いている。[3]

妙案だが、実現は難しかった。司書たちは約束を忘れ、検察官は関心を失い、ほかにもいろいろ支障が出てきた。結局、ブラウンは釈放されると、一八七九年半ばにはまた図書館に出没するようになった。

そのころ、ウィリアム・クラークは、ブラウンのような危険人物のことや、この種の犯行に対する司法機関の関心の低さを全米の図書館員に訴えた。まずボストンで開かれたアメリカ図書館協会の会議で、次に『ライブラリー・ジャーナル』で警告を発したのである。クラークの経験によると、彼が遭遇した本泥棒は「地域の特定の階級に限定されず、児童、勤め人、学生、教師、軍人、医師、弁護士、聖職者等々、多岐にわたっており……貧困もしくは苦難ゆえに犯された罪と推定する合理的な理由があるのは一件だけだった。すべての事例が有罪と立証されたにもかかわらず、私の思い出せるかぎり、判決が執行されたのはわずか二例である」。[4]

本泥棒は図書館にとっても書籍ディーラーにとっても悩みの種だが、盗難事件を根絶する方法はあまりなかった。数少ない方法のひとつが「[図書館員の]対象を見きわめた組織的な努力であり、窃盗犯を発見した場合、厳罰の有罪判決およびその執行を確保すること」だった。「図書館長の間で相互理解を深め、窃盗犯を有罪に持ち込むためにあらゆる努力を惜しまず、挿絵を盗む、本のページを切り取る、売却目的で図書館の所蔵を示す痕跡を除去するといった加工は、許しがたい行為であり、酌量の余地はないことを銘記すべきだ」と、クラークは主張している。そして、盗難を未然に防ぐためには、まず「すべての本の扉に蔵書印を押すだけでなく、すでに図書館ごとに定めているページのほかに、本協会が定め、すべての図書館が採用する特定のページに蔵書印を押す」。どのページに蔵書印があるか、そして、そのページが欠落している場合その理由が書籍ディーラーにわかるようにするためだった。

この健全なアドバイスは多くの図書館に受け入れられた。少なくともブラウン事件では、図書館側が法執行機関に協力し、法執行機関も図書館の窃盗事件を重く見て犯人を収監していた。しかし、問題は、地元警察が同様の対応をしないことだった。実際、クラークがボストンの会議で講演した直後に、ボストン近郊のウスター公共図書館の司書サミュエル・グリーンはまさにこの問題に直面した。

一八七九年七月、アーサー・ナイトという若者がウスター公共図書館から本を盗んだとして逮捕された。現場を取り押さえ、関連事件を調べたグリーンは、ナイトが近隣の図書館で常習的に窃盗を繰り返していることを突き止めた。図書館の評議員会はグリーンに押し切られて、ナイトが地元の有力者の息子だったにもかかわらず刑事告訴した。ナイトは有罪判決を受け、四五ドルの罰金を科された。罰金は親族が肩代わりするという条件だった。ナイトは親族の監督下で働いて罰金を返すことになった。「こうすることで、直接的な教訓が実行され、地域社会は保護され、おそらく、若者がもっと重い罪を犯すのを防ぐだろう」と裁判官は述べた。[5] 図書館窃盗は重罪ではないというこの考え方は、その後何年にもわたって、アメリカの司法機関の関係者を悩ませることになる。

だが、グリーンはナイトの軽い処罰を悔やんでいる暇はなかった。判決が出るか出ないかのうちに、また別の窃盗犯があちこちの図書館に出没するようになったからだ。手口はウィリアム・ブラウンに似ていたが、ブラウンはまだ収監中のはずだ。グリーンは新たな窃盗犯の出現に備えた。

ウスター公共図書館から一五マイルほど離れたクリントンという町にあるビゲロー図書館の司書も噂を聞いていた。近くにあるウェストン図書館が、最近、「身なりのいい色白で小柄な若い男」の被害に遭ったのだ。男は「ウィリアム・シェリダン」というような偽名で貸出カードをつくり、妻名義でもう一枚つくったという。[6] そして、書架を調べて何冊か本を見つけ、つくったばかりのカードで借り出して、それきり返さなかった。二年前の窃盗事件を覚えていれば、その手口にぴんときたはずだが、気づいた司書がいたとしても、今度の窃盗犯がブラウンに似ているという情報は広がらなかった。

一八七九年の秋のある水曜日、ビゲロー図書館の司書は、昼休みに席を離れる前に部下に指示を出した。ウェストン図書館の司書から聞いた人相の男が妻の名前で借り出そうとしたら注意するようにと言ったのである。噂をすれば影が差すというが、実際、司書と入れ替わるようにしてその男が現れた。そして、偽名で自分と母親のカードをつくり、書棚から数冊選んで借り出した。昼食から戻った司書が、「妻」ではなく「母親」のためにカードをつくって、まんまと図書館員を騙した男のことを部下から聞かされてどんな反応を示したか、記録は残っていない。犯人は町を出ると、ビゲロー図書館から盗んだ本の一部をウスターのディーラーに売った。翌日、そのディーラーはそのうちの一冊、ロッシングの『革命の絵入りフィールドブック』を地元の製本屋に持っていった。表紙が気に入らないから付け替えるよう依頼したのだ。製本屋は一目で盗まれた本と見抜くと、貼り合わせてあった見返しを開いて、そこに図書館の蔵書票が貼ってあるのを確認した。そして、すぐにウスター公共図書館のサミュエル・グリーンに届けさせた。最近、グリーンが図書館の窃盗事件に関わったことは町ではみんな知っていたからだ。グリーンはビゲロー図書館に本が発見されたことを手紙で知らせ、地元の警察に本を届けた。

それだけでもグリーンには一大事だったが、実はまだ序の口にすぎなかった。警察から戻ると、ウィリアム・ブラウンがグリーンの勤めるウスター公共図書館に姿を見せたのである。だが、考えてみれば、不思議な話ではなかった。ブラウンは本を売るためにウスターに来ており、しかも、この図書館にはまだ足を踏み入れたことがなかったのだ。グリーンが窃盗犯を追っているとも知らず、ましてや、自分が盗んだ本を警察に届けたばかりだなどと夢にも思わず、ブラウンはいつものように貸出カードをつくろうとした。二、三冊の書名を司書に告げて、ここにあるかと尋ねた。近くのオフィスにいたグリーンは、それを聞いて不審を抱いた。そこで、貸出カウンターに出て、ウスターに半年以上居住していなければカードはつくれないと説明したうえで、規則に従う旨を記した書類に署名すれば、例外を認めてもいいと言った。

ブラウンは同意し、書類に署名するために貸出カウンターを回ってきた。そして、ウィリアム・H・シェリダンと署名した。これで証拠は十分と判断したグリーンは、彼を警察に引き渡すことにした。グリーンと部下の司書が「シェリダン」を間にはさんで徒歩で警察署に向かった。

警察で所持品検査をすると、あちこちの図書館の貸出カードが出てきた。ミルフォード、ウォルポール、フランクリン、メドフィールド、マールバラ、ノースバラ、シャボーン、フォックスバラ。

カードの名前でいちばん多く使われていたのは、W・H・シェリダン（もしくはミセス・W・H・シェリダン）だが、それ以外にもメアリー・シェリダン、Wm・H・サリバン、ミッチェル・サリバン、Wm・H・ブラウンが使われていた。カードとともにノートが発見され、各地の図書館で盗んだ本の書名が記されていた。盗本を売った際の売値の一覧表もあった。一例をあげると、サミュエル・ドレイクの『ボストンの歴史と遺物』二巻は、五ドル二〇セントだった。

ブラウンはどうしても本が欲しくて我慢できなかったのだと釈明した。当時としても使い古された、だが、その後も本泥棒が好んで使う口実である。しかし、ボストンのディーラーに定期的に盗本を売っていたという明白な事実の前では、そんな言い逃れは通用しなかった。勾留中に、あちこちの図書館にブラウン逮捕の知らせが届いた。グリーンから報告を受けたウィリアム・クラークは、電報でこんなアドバイスをしている。「シェリダン別名ブラウンを一般の窃盗犯として扱うこと。すでに二度服役している」一週間と経たないうちにブラウンはクリントンの判事から一年の禁固刑を言い渡された。

判決の翌日、グリーンはクラークから手紙を受け取った。

貴殿はわが旧知のブラウンを捕らえられたとのこと。私の電報が時宜を得てお手元に届き、彼の容疑を軽犯罪以上のものにできることを願っております。彼はブルックライン、ストーンハム、メルローズ、メドフォード、サマービル、ブロックトン、その他の公共図書館における窃盗容疑で私が告発した男です。ブロックトンで六ヵ月の禁固刑を宣告されています。釈放された直後に、たしか、プリマス図書館ならびにコンコード図書館で窃盗を再開し、後者での窃盗罪で六ヵ月の禁固刑を宣告されました。しかし、数週間後に釈放されるや、ウェストン図書館から本を盗もうとして見つかっています。現在、ウォルサム警察から逮捕令状が出ています。これまでに彼が使った名前は以下のとおり。Wm・ブラウン、Wm・H・ブラウン、ミセス・Wm・ブラウン、ミセスならびにミス・メアリー・ブラウン、ミセスならびにミス・メアリー・L・ブラウン。よく狙う本は、ドレイクの『ボストン』、『ヨーロッパのモラル』、『ミケーネ』、ロッシングの『フィールドブック』等、多数。[7]

一八八〇年一月、ブラウンは収監中だったが、サミュエル・グリーンはウスター公共図書館での窃盗罪の刑期がすぎたら、他にも犠牲になった複数の図書館に彼を告発するよう求めるつもりだった。「彼を窃盗犯と立証し、刑期が満了する前に次々と起訴に持ち込むことで収監期間を長引かせ、図書館窃盗を生計の途とするのは愚行だと思い知らせるのは、被害に遭った図書館の義務」であると訴えた。

妙案だが、実現は難しかった。

それから五〇年経っても状況は変わらなかった。盗む人間は変わり、盗まれる本も変わったが——この間にブラウンが見向きもしなかったような本の価値も上がったから——基本的には同じだった。マサチューセッツ州の小さな町の図書館は、相変わらず盗難被害に遭っていた。そして、加害者は二世代前の本泥棒より罪悪感に乏しい冷酷な男たちだった。

その代表格がハロルド・ボーデン・クラークである。ノバスコシア州ハリファックスに近いアナポリス・ロイヤル出身で、クラークによると、この町はカナダ発祥の地であるだけでなく、カナダで最初に図書館がつくられた町でもあった（アメリカより四四年ほど前だという）。[8] クラークは夢ばかり追う人間で、挫折しそうになると逃げ出すせいで、住む場所も仕事も定まらなかった。一九二三年、二一歳のときには、当時急成長しつつあったラジオ業界に入り、カナダで二番目の放送局、ラジオ・エンジニアリングという小さな会社で働き始めた。[9] 二年後には同社の社長になったが（同時期にナイアガラの滝のツアーガイドも務め、アーサー・コナン・ドイルを案内したのが自慢の種だった。ドイル卿はシャーロック・ホームズの死に場所としてはアルプスよりナイアガラの滝のほうがふさわしかったと言ったそうだ）、[10] 二六歳のときに会社が倒産。その後、窃盗罪の有罪判決を受けて、一九二七年にはアメリカに逃亡している。後年、彼は時代が悪かったからだと弁解しているが、渡米後もそういういい加減な生き方は変わらなかった。[11]

クラークは中背でがっしりした体格だが、二九歳にして頭はすでに禿げあがっていて、興奮したり、（こちらのほうが多かったが）怒ったりすると、すぐ顔が赤くなった。額からまっすぐ伸びた大きな鼻と間隔の狭い目のせいで、真上から光が当たると、陰気でうさんくさい印象を与えたが、それは彼の性格をよく表していた。相手に取り入ろうとするときは雄弁だが、実際には誰にも心を開こうとしない。短気でひがみっぽく、楽な儲け話にはいそいそと乗り、医学の博士号を持っていると平然と嘘をついた。そして、名門の出の教養人を気取るか、さもなければ、ホレイショ・アルジャーの小説に出てくるような立志伝中の人物を演じた。金儲けのために他人を利用し、なにかというと著名人や名士の名を引き合いに出しては、嘘だとばれると別の嘘で塗り固めた。

派手な服装をしてソフト帽のつばを傾けていたのは、虚勢を張っていたのだろう。詐欺師の例にもれず、労働者であれ、警察官であれ、商店主や弁護士であれ、定職についている人間に反感を抱き、ことあるごとに侮辱した。だが、誰よりもクラークの侮蔑の対象となったのは図書館員だった。クラークは彼らを吝嗇《りんしょく》で無知な連中と決めつけ、自分のことは棚に上げて、図書館で盗難が多発するのは、アメリカ図書館協会の総会と索引カードのことしか頭になく、図書館の配管問題に頭を悩ませしか能のない司書たちのせいだと言った。[12] こうして図書館員を侮辱することで自分の行為を正当化していたにちがいない。

クラークが図書窃盗を始めたのは、一九二七年にボストンに流れついて（貧しいながら安定した職を探していると見せかけるために）ミルズ・ホテルに滞在していたときだった。[13] そして、サミュエル・デュプリがハリー・ゴールドという指南役を得たように、ボストンの図書館窃盗を仕切っていたウィリアム・マホニー、通称「ベビーフェイス」に出遭った。クラークは図書館窃盗こそ天職だと気づいた。必要な資質を備えていただけでなく、挫折続きの人生を送ってきた彼にとって大きな魅力があったのだ。この仕事では失敗がまずないのである。

クラークは覚えがよく、マホニーから貪欲にテクニックを吸収した。マホニーは名人級の本泥棒だった。あるとき、彼はボストンのある町の図書館で、閉館間際に一四冊盗んでズボンとコートに詰め込んだ。そして、若くて美人の司書が午後九時に閉館するのを手伝ったうえ、彼女の家まで送っていった。しかも、クラークによると、「お決まりのほの暗いベランダでの別れの儀式」までやってのけたうえ、九時四五分のボストン行きの列車に間に合ったというのだ。書籍ディーラーが書店で働きながら仕事を覚えるように、クラークはマホニーから本を盗むことだけでなく、図書館窃盗にまつわるすべてのこと、すなわち「盗本の買い手、故売人、仲介者、製本屋、書店や保管所、企業の重役や大富豪に至るまでの関係」を学んだ。[14]

最高の指南役から直接学んだおかげで、クラークはすぐに腕のいい発掘要員《スカウト》になった。図書館に行くと、医者と偽って、研究のために古書に関心があるのだと告げる。いかにも学者然としているから、普通なら閲覧できない稀覯本を特別に見せてもらえることも多かった。ゆったりしたコートと――重要な小道具だから、彼は冬が好きだった――自信に満ちた笑顔を武器に、偽名を使って、手に入るものはかたっぱしから盗んだ。可能な場合にはカード目録も盗むか破棄した。そうしておけば、図書館側は盗まれたことを証明しにくくなり、告訴できなくなるからだ。

クラークの手口は、サミュエル・デュプリのようなニューヨークの本泥棒と基本的に同じだが、本人は同類と見なされるのを嫌った。クラークが主張するところでは、本泥棒はみんな同じではなく、誰にでも務まるわけでもない。なによりも、本に対する知識が不可欠だ。書店泥棒は窓を割るような乱暴なことをするが、図書館泥棒、とりわけ彼のような類の窃盗は、綿密な計画に基づいた作業であり、どちらかといえば学者に似ているというのだ。しかも、図書館泥棒は書店泥棒より実入りがよかった。一九二〇年代には、あちこちの図書館に盗みがいのある高価な本や資料があったからだ。

図書館窃盗犯の中でも、クラークは別格と自負していた。マホニーの下で頭角を現してきた一九二九年ごろには、現場の仕事だけでなく、ブック・ロウに盗本を供給する窃盗団を仕切りたいと願うようになった。やがて、マホニーの右腕として、ボストン一帯の本泥棒を束ねる地位についたが、おそらく、彼の最大の強みは本を加工する技術を持っていたことだろう。ボストンからニューヨークに盗本を運ぶうちに、ロンム窃盗団の大物とも直接つながりができた。こうして、次第にマホニーの立場を脅かすようになったが、最終的には、マホニー自身がクラークにリーダーの地位を譲った。だが、そのころには、図書館窃盗は以前ほど楽ではなくなっていた。本当に価値のある本はコレクターの書棚に並んでいるか、すでにロンム窃盗団の手に渡って、マンハッタンの倉庫で出番を待っていたからだ。図書館は奪い尽くした感があり、マホニーは自分の技能を、本泥棒ほど金にならなくても、もっと安定した仕事に役立てようと考えた。しかし、基本的には図書館窃盗の仕事に満足していたようだ。それが唯一の特技だから、最後までやり続けるつもりだったのだろう。

一九二九年四月、ボストン公共図書館（ＢＰＬ）は稀覯本保管庫から一冊の本が紛失していることに気づいた。[15] 同年一月に開かれたカーンのオークションに刺激されて、従来もっぱら自分の楽しみのために本を収集していたコレクターたちが、突然、本を札束に換えることを考え始めた。ボストンのペリー・ウォルトンもそんなコレクターのひとりで、ベンジャミン・ウォーターハウスの『オレゴン：あるいは、大西洋から太平洋までの陸路の長い旅の短い歴史』（一八三七）をニューヨークのアンダーソン・オークション・ハウスに出品することにした。その前にＢＰＬにある同書とくらべておこうと思い立ったのである。ＢＰＬの担当司書が保管庫から取り出してきたのは、『オレゴン』の表紙に別の小冊子を装丁した偽物だった。誰がいつ、すりかえたのかわからないが、製本技術を持ち、保管庫に出入りできる人間の犯行なのは間違いなかった。おそらく、内部犯行だろう（一九九四年にコロンビア大学で稀覯本がなくなっているのが発覚したときも、『オレゴン』と同様、比較のために探していて偶然わかったのだが、もっとも安全な保管庫の本に近づけるのは司書だけという理由から内部犯行と考えられた。しかし、実際には、ＢＰＬの盗難と同様、犯人は外部の人間だった）[16]。

『オレゴン』を回収するために、ＢＰＬ館長のチャールズ・ベルデンは、考えうる唯一の方策をとった。情報を公開したのである。地元の書籍ディーラーに『オレゴン』を売りに来た人間がいたら通報してほしいと頼んだのだ。世間の注目を引く本が盗難に遭った場合、こうしてディーラーに協力を求めるのがいちばん効果的だった。

狙いどおり、一九三〇年二月初旬に反応があった。チャールズ・グッドスピードが経営する書店のアメリカーナ買付係に『オレゴン』を持ち込んだ男がいたのだ。男の様子に不審を抱いた買付係はふだんよりじっくり本を調べた。すると、図書館の浮き彫りの蔵書印がかすかに残っていた[17]。グッドスピードの店は規模が大きく、古書の買い入れも積極的に行っているので、よく本泥棒に狙われる。この『オレゴン』事件から何年も経ってから、チャールズの息子のジョージ・グッドスピードはこう語っている。「本泥棒は実に迷惑だ。財産を奪っていくだけでなく、気をつけていないと、知らないうちに故買人にされて、名誉も奪われてしまう[18]」彼が身をもって学んだ教訓だろう。

ジョージは父の店で働き始めて間もないころ、そういう経験をしている。一九二七年にエドモンド・ブラウンと名乗る男が、著者の署名入りの詩集を何冊も売りに来たことがあった。ジョージはすべて買い入れ、店の目録に載せたところに本物のエドモンド・ブラウンが店を訪れ、盗本だったことがわかった。結局、店に残っていた本を返し、売れた本の代金を支払うはめになった。本を売りに来たのはブラウンのところで働いていた男のようだったが、地元警察はそんな薄弱な証拠では捜査令状を出してくれなかった。

この苦い経験が身にしみていたからか、あるいは、『オレゴン』を売りに来た男がうさんくさかったせいか、一九三〇年二月のその日、ジョージは買い取りを拒否し、売りに来た男、ハロルド・クラークにその本は盗まれたものだと告げた。しかし、残念なことに、ジョージがBPLに連絡したのは、クラークが本を持って店を出たあとだった。電話を受けた館長のチャールズ・ベルデンは、その一年後にアーサー・スワンから連絡を受けたときのNYPLのキース・メトカーフのように、怒りと無念さに歯を食いしばったにちがいない。だが、犯人を追うかわりに、彼は即座に六〇通近い回状を作成して、ニューヨーク、ボストン、フィラデルフィア、ハートフォード、アルバニーの稀書ディーラーに送った。そして、その中で「この小冊子を持ち込む人物がいれば、『顧客の閲覧に供する』と手元に預かったうえで、我々が確認する時間を確保してほしい」と強調した。[19]

ベルデンが回状を書いていたころ、クラークはニューヨークで『オレゴン』を含む数冊の本を古書ディーラーに見せて回っていた。マホニーに代わって窃盗団の実権を握ってからは、清算や打ち合わせ、新しいディーラーの開拓などで、ニューヨークに出る機会が増えていた。『オレゴン』のような本を扱うのは主としてミッドタウンのディーラーだから、今回はブック・ロウには行かなかった。そのかわりに、まだ一度も訪ねたことのないミッドタウンの書店回りをした。店で差し出す名刺には、ハロルド・クラーク、『(すでに廃刊になった新聞)マルデン・タイムズ』編集長、カナダ、モントリオール、マギル大学通り二〇〇五番地と印刷されていた(住所もでたらめで、後にモントリオール警察が調べたところ、この番地の住人はクラークを知らなかった。だが、彼宛ての郵便物は届いており、その一通はボストン美術館からだった)。[20] このときクラークが売ろうとした本の中には、トーマス・ナトールの『アーカンソー準州道中記』(一八二一)、H・J・ケリーの『オレゴン開拓史』(一八六八)のほか、ジョージ王朝時代の稀覯本も二冊あった。いずれにも蔵書印を消したり、蔵書印が押してあるページを破ったりした跡があり――ケリーの本は表紙が破り取られ、扉が漂白されていた――すべて破格な安値で提供された。[21]

クラークが訪れた書店のひとつ、オスカー・ヴェゲリン古書および出版物は、NYPLのすぐそばにあった。店主のヴェゲリンは、「アメリカーナの長老」のひとりと目された有名な書誌学者で、『初期のアメリカの戯曲、一七一四―一八三〇』、『初期のアメリカのフィクション、一七七四―一八三〇』、『初期のアメリカの詩、一六五〇―一八二〇』二巻の著者でもあった。[22] ヴェゲリンは、やはりアメリカーナを扱っているアドルフ・ステージャーと交流があった。ステージャーが経営するカドモス書店は、当時は三四丁目にあり、近々さらに北に移転することになっていた。いずれもブック・ロウのある四番街からは離れているが、アドルフと息子のサミュエルは、「ブック・ロウ魂の持ち主」と称されていた。[23] おそらく、父のアドルフの奇矯なふるまいが一因だったのだろう。彼は店の中でも常に上着を着て帽子をかぶっていた。生活保護の給付を受けていて働けないはずだったのに、息子を訪ねてきたふりをして、しじゅう店に出ていた。

生活保護の給付金を詐取していた理由はともかくとして、彼はハロルド・クラークから本を買い取るようなまねはしなかった。ヴェゲリンと同様、彼も持ち込まれた本が盗本ではないかと疑ったからだ。ヴェゲリンは後年、「ある時点から、見知らぬ人間から稀書を買わないことにしている」と語っている。[24] クラークは二人に買い取りを拒否されて、それならアルバニーまで足を延ばしてスコープス書店に持っていくと捨てゼリフを吐いた。ジョン・スコープスは、チャールズ・エベリットによると、世界中で十指に入る現存するアメリカーナのディーラーだったからだ。[25] エベリットはその分野の第一人者だったから、この評価は信頼できるものだった（アドルフ・ステージャーもアメリカーナのディーラーとしての地位を確立していた。父のソロモン・ステージャーから書籍売買を学んだあと、カドモス書店で一八年間チャールズ・エベリットのパートナーを務めたことがあった）。だが、クラークが著名なディーラーの名前をあげても、この業界で長い経験を持つ二人は相手にしなかった。クラークはその後もう一度二人の店を訪れ、取引を有利に進めるために『白鯨』の初版本を見せたが、また二人に突っぱねられている。

一方、BPLのベルデンのもとにはニューヨークのディーラーから電話や手紙で回状に対する返答があり（この事実は図書窃盗では情報公開が役立つことを実証している）、クラークが訪ねてきたが、本を買い入れたことはないと伝えてきた。ベルデンはアルバニーのスコープス書店にも連絡をとったが、クラークがスコープス書店に本を持ち込むと言ったのはもちろん出まかせで、そのころにはすでにボストンに戻っていた。そして、地元の書店主バーレットを訪ねて、『オレゴン』は持ち込まず、さまざまなジャンルの本を売り込もうとした。だが、ベルデンからの回状を読んでいたバーレットは、すぐにクラークの正体を見破り、指示されたとおり何冊かの本を預かったうえでＢＰＬに連絡した。

このときＢＰＬで対応したのは、図書館窃盗事件をほとんど経験したことのないＬ・フェリックス・ランレットという司書だった。ＮＹＰＬの特別捜査員Ｇ・ウィリアム・バーグキストに劣らず興味深い経歴の持ち主で、経験不足を賢明な判断と有能さで補った。

当時ＢＰＬの購入主任だったランレットは、ハーバード大学を卒業後、バーグキストと同じく第一次世界大戦に従軍した。だが、バーグキストとは違ってフランス北部の前線に送られ、大半を塹壕ですごした。常に砲撃にさらされ、毒ガスの脅威にも怯えた体験をつづった著書『前進あるのみ』は、一九二七年に出版されたが、現在でも戦争体験の資料として重要な本である。除隊後にも数冊の本を著し、祖父の伝記『メイン州の船長』、第二次世界大戦で戦死した地元住民を描いた『バンゴーの人々』がよく知られている。[26]ランレットは登山家でアウトドアスポーツを好み、書籍コレクター、エッセイストとしても活躍し、のちにバンゴー公共図書館の館長に就任している。

ベルデンから『オレゴン』の手がかりがつかめそうだと知らされたとき、ランレットはマサチューセッツ州フェアヘイブンのミリセント図書館からＢＰＬに異動してきて、まだ一年と経っていなかった。[27]彼はバーレットの店に駆けつけ、再度訪ねてきたクラークに会うことができた。しかし、クラークが持ち込んだ本が盗本だという証拠はなく、ましてやＢＰＬから盗んだことは証明できないから、ランレットとしては手の打ちようがなかった。それでも、彼はクラークが『オレゴン』を持っているとと確信し、クラークをじっくりと観察した。レノックス図書館のビクター・パルトシッツのような画才はなかったので似顔絵は描けなかったが、クラークの特徴を細かいところまでBPLの同僚の司書に伝えた。

クラークがBPLに姿を見せたのは、一九三〇年二月二十七日だった。警戒の対象になっているなどとは知らず、それまでと同じように、マホニーと連れ立って堂々とやって来た。二人が『アメリカの本の現行価格』を眺めていたとき、司書のひとりがランレットから聞いていた特徴を思い出して、クラークだと気づいた。知らせを受けたランレットは、クラークに近づいて声をかけ――それを見てマホニーはあわてて出口に向かった――ベルデン館長に盗本を所有している理由を説明したほうが身のためだと告げた。[28] 権威に挑戦的なクラークは承諾した。そして、得意の弁舌をふるって、とんだ濡れ衣だと憤慨しながら、例によって有力者の名前を立て続けにあげた。なんとかその場を切り抜けると、翌日、また図書館にやって来た。[29] 館長は留守だったので、ランレットのオフィスに向かい、そこで何時間もすごした。

クラークは本泥棒としての資質を備えていたが、大きな欠点は沈黙を守れないことだった。いったん口を開くと、際限なくしゃべり、話がどんどんそれて、いつのまにかボロを出してしまうのだ。真の嘘つきに必要な記憶力も乏しかった。ランレットに詰問されて、クラークは最初、ウスターのロビンソンという男から『オレゴン』を預かったと言った。ニューヨークに行くなら、売ってほしいと頼まれたという。だが、ベルデンの回状のことを聞いていたから、ロビンソンの依頼を断り、それきりそのことは忘れていたというのだ。しかし、あの『オレゴン』はＢＰＬから盗んだ本ではないとクラークは請け合った。名前は出せないが、ある著名なディーラーから、ＢＰＬの『オレゴン』を数ヵ月前に別のディーラーに売ったと聞いたことがある、購入したディーラーの名前は忘れてしまったとクラークは言った。そんな話をしながら、彼はかつていっしょに働いたという複数の人物の名前をあげ、彼らに照会したら、自分の潔白を証明してくれるはずだと言った。ランレットはその名前を書きとめた。

ランレットはこれでは埒《らち》が明かないと思った。「クラーク氏が数多くの重要な事実を記憶しておらず、架空の住所を記してあとで訂正したこと、彼の話が多くの点でつじつまが合わないということは、彼の話の大半が信用できないということになる」とランレットは結論づけている。[30] その後数年にわたって、クラークと接触のあった人物のほぼ全員が同じ結論に達している。

ランレットはクラークが本を預かったと主張する人物を突き止めようとした。「ウスターのロビンソン」としかわからないので、ウスターの警察署に問い合わせた。さらに、クラークが名前をあげたうちの数人に手紙を書いた。一様に、クラークとは個人的なつきあいはなく、人柄を保証することはできないという返事があった。ある大企業の副社長の返信は、それを端的に表している。「私は当該者とビジネス上のつきあいはなく、したがって、その人物の財政状況を保証できません」[31]

ウスター警察署からは、該当する人物は町に居住しておらず、その人物を知っている住人もいないという返事が届いた。もともと「ロビンソン」など存在しなかったから、時間の無駄だったわけだ。真相は、クラークが『オレゴン』を入手したのはマホニーからだったが、その事実を最終的に認めたのは一六ヵ月後だった。

この時代には身元保証は裏を取るのが普通だったから、クラークが勝手に名前をあげたのは無謀なことだったが、そのうちのひとりは、なんと警察官だった。なぜそんなまねをしたのか理解に苦しむが、しゃべり出したら止まらない癖のせいで、そんな荒唐無稽な話になってしまったのだろう。

ボストン警察の鑑定課の課長は、クラークが身元照会先として自分の名前をあげたと聞いて度肝を抜かれた。そして、クラークという男など知らないとランレットに返事をした。実際、職業柄多くの人間に会うが、クラークとは面識がなかった。いったいどういうことかと調べてみると、最近、彼の課の署員がクラークと会ったことがわかった。

ランレットに会う半年前、ハロルド・クラークはボストン警察に、コネチカット州ハートフォードに住む二人の男から嫌がらせを受けていると申し立てている。二人の男とは、クラークが起こされた訴訟に関わったハートフォード郡保安官と弁護士で、クラークが別の男から借りた金の取り立て命令を執行したのだが、クラークは二人が実際より多く取り立てて、差額を着服したと訴えた。そして、報復措置をとると何度も二人に手紙を出した。それに対して、ハートフォード郡保安官は「マン法に違反した容疑で逮捕する」と応酬した。マン法とは、一般に、未成年の女性と性行為を行なった男に適用される法律である。

一九二九年十月にボストン警察署でクラークに応対したのは、ウォーレン・リーゼ刑事だった。ハートフォードに問い合わせて真相が判明したあとも、どこか釈然とせず、リーゼ刑事は調査を続けた。その結果、カナダのノバスコシア州ハリファックス警察から、興味深い事実を入手した。ハロルド・ボーデン・クラークは一九二七年十月にカナダで指名手配されていたのである。容疑は「敷物、クッション、カヌーの付属品――総額五〇〇ドルの窃盗」。ハリファックス署からの報告書には、クラークは「話がうまく、セールスが得意で、おそらく、ラジオ関係の企業に潜り込んでいる可能性が高い」とあった。

リーゼ刑事から報告を受けたボストン警察署長は、ハリファックス署に電報を打って、クラークの引き渡しを希望するなら、「英国領事を通して彼の逮捕を要請してもらいたい」と伝えた。[32] だが、その手間をかける必要はないという返信が来ただけで、クラークは逮捕されず、ハートフォードの一件もうやむやになった。だが、この一件のおかげで、クラークはボストン警察、とりわけリーゼ刑事から目をつけられる結果になった。

さらには、『オレゴン』事件のあと、窃盗犯としてクラークの名前がディーラーの間で広く知られるようになると、次第に仕事がやりにくくなってきた。そこで、クラークはニューヨークに出たとき、滞在していたホテル・ペンシルベニア――ペンシルベニア駅そばの二二〇〇室を有するホテル――のレターヘッドのついた便箋を使って、BPLのベルデン館長に苦情の手紙を書いた。「私が盗品を売っていると示唆する手紙を軽率にも関係者に回した結果生じた状況を修正するための措置」をBPLはまったく講じていないというのである。[33] ベルデンはクラークが盗品を売っていると は回状に書かなかったが、クラークはその事実を無視して、一〇万ドルの損害賠償を請求するのが妥当だろうが、訴訟を避けたければ、再度回状を出して訂正するよう求めた。そして、この要求がかなえられるなら、BPLをはじめとする「東部の約二〇〇の図書館」に力を貸そうと提案した。こうした図書館から盗まれた大量の本の「行き先、つまり、誰が買っているか」を知っており、「証明できる」というのである。ニューヨークのあらゆる地域や種類のディーラーを数多く知っているとほのめかしていたが、具体的な名前はあげていなかった。

さらに、クラークはこうした事情に精通しているのは、「状況調査」をほぼ完了したからで、近いうちに北東部で暗躍する窃盗団を暴露する文書を「全国的な週刊誌」に連載記事という形で公表するつもりだと書いた（実は、クラークはこの暴露記事のことをランレットに話しており、その後も興味を持ちそうな相手には誰彼かまわず告げていた）。ディーラーは例外なくいかさま師だとクラークは断言した。ディーラーで正直者であることは「物理的にも精神的にも不可能」というのだ。そして、自分としては今回の騒ぎを収拾したい。ベルデンが汚名をそそいでくれさえすれば、知っている情報をすべて提供するとクラークは約束した。

しかし、ベルデンもランレットも本気でクラークを相手にするつもりなどなかった。クラークの手紙を受け取ってから三日後、BPLの顧問弁護士ジョゼフ・ライオンズは、ペンシルベニア・ホテル気付でクラークに返信を出した。そして、ベルデンは回状でクラークの名前は一度も出しておらず、回状の内容はすべて事実であり、訂正するつもりはないと伝えた。

ライオンズは「事実」という言葉を数回使っているが、これは名誉棄損訴訟を事実無根と示すためだった。だが、その心配は無用だった。クラークはことあるごとに訴えると脅すが、提訴したことは一度もなかったからだ。だが、脅しても効果がないとわかると、クラークはさらに強気に出た。その二日後にまたホテル・ペンシルベニアの便箋を使って長文の手紙を送ってきたのだ。感嘆符や下線を多用したクラークらしい手紙で、恨みを書きつらね、権力者の名前をやたらにあげてあった。

ランレットはこの二通の手紙に、とりわけ、クラークが盗本の行き先を知っていて、それを証明できると言った点に強い関心を抱いた。三ヵ月前に話したときには、クラークの記憶はきわめて曖昧だったからだ。「彼との面談で顕著だったのは、発言を裏づけてくれそうな人物の名前をまったくといっていいほど覚えていなかったことである」と、ランレットはのちに語っている。「彼の話には矛盾が多く、彼があげた複数の照会先は、調べてみると、本人が言うほど効力のないことが判明した[34]」

クラークが名誉棄損訴訟などと騒ぎ立てず、指南役だったマホニーのように、闇で暗躍していれば、世間の注目を集めずにすんだだろう。だが、クラークは常に事を起こして自分の存在を知らせずにいられない性格だった。たとえ悪い意味でも、注目の的になりたいという衝動を抑えられなかったのだろう。その結果、一九三〇年の春には、図書館の窃盗事件を追っている人びとの目にとまるようになった。そして、無謀にも自分から図書館に接触したおかげで、窃盗犯の最大の容疑者となったのである。

一九三〇年四月五日、NYPLの特別捜査員ウィリアム・バーグキストは、BPLのベルデン館長に手紙を出した。最近BPLから盗まれた本がニューヨークで売りに出たと地元のディーラーから聞き込んだからだ。その手紙の中で、バーグキストは「ある種のスカウトが公共図書館や会員制貸し文庫から盗んだ本を売却する活動に関する調査[35]」に触れている。

そのときバーグキストは特別捜査員に就任してまだ一年経っていなかったが、すでに地元の図書館の窃盗事件の捜査に何度も関わっていた。この時点では、彼の知るかぎりではＮＹＰＬはまだ被害に遭っていなかったが、図書館窃盗の問題を把握するために他館に協力していたのである。書店主たちにも協力する用意があることを折に触れて伝えた。その意味では、エドウィン・ホワイト・ゲイラードが築いた伝統を受け継いだと言えるだろう。就任して二、三年後には、バーグキストが関わる捜査は、ＮＹＰＬ以外の図書館の事件が半数を占めるようになった。[36]

ベルデンに手紙を書いたとき、バーグキストはニューヨーク市立大学から本を盗んだ男の逮捕に関わったばかりだったが、その男とボストンの窃盗団とのつながりは解明できなかった。当時、ニューヨークにボストンから複数の男が定期的に稀覯本を売りに来ていることはわかっていた。ひとりは「ヒルダーウォルド」あるいは「ヒルダーブランド」という男で、もうひとりはウィリアム・マホニーだった。このときにはバーグキストは、大半の関係者と同様、ハロルド・ボーデン・クラークの存在すら知らなかった。

バーグキストはベルデンにマホニーに関する情報とボストンの状況の説明を求めたうえで、協力を申し出た。「私どもの知るかぎりでは、当図書館は今のところいかなる略奪行為の対象にもなっていませんが、被害に遭った図書館に協力し、蔵書を守るための措置を講じたいと考えております。こうした情報を提供していただければ幸甚に存じます。なにかのときには遠慮なくお知らせください」ベルデンはバーグキストの提案を受け入れ、彼をボストンに招いた。

そして、二ヵ月後、バーグキストはボストンに赴いた。表向きには、クラークの問題に関してＢＰＬに力を貸すためだったが、実際には、ヒルダーウォルドという謎の人物に関する情報を集め、ボストンの状況を探ることが目的だった。バーグキストはクラークとこれまでにニューヨークで逮捕した本泥棒との間にはつながりがあると確信していた。ベルデンと会ったあと、彼はランレットと長時間話し合い、ボストンの図書館から盗んだ本を定期的にニューヨークに持ち込んでいる複数の男がいることを確認した。クラークがどこまで関与しているかはわからなかったが、バーグキストはクラークに会ってみようと思った。そして、今度クラークからなんらかの接触があったら、ニューヨークに出た折に自分に連絡するよう伝えてほしいとベルデンに頼んだ。

図書館窃盗の阻止に協力するというクラークの提案をバーグキストはまったく信じていなかった。本人に会うまでもなく、出まかせにすぎないとランレットにも言った。そう考えるのが普通だろう。ハーバード大学ワイドナー記念図書館の館長アルフレッド・ポッターもまもなくそれを思い知らされることになった。

ワイドナー記念図書館で稀覯本が紛失したのは、一九三〇年の初夏、ちょうどバーグキストがBPLを訪ねたころだった。ハーバード大学英文学部の教授たちが、アメリカ文学の初版本が何冊もなくなっているのに気づいたのだ。その価値は一万ドルと見積もられたが、この数字は実際よりかなり低かった（図書館では、何冊の本が紛失したか正確に把握しておらず、多くの図書館の例にもれず現実を直視しようとしなかった。アルフレッド・ポッターも本の価値を実際より低く見積もっていた）。すばらしい蔵書を有するワイドナー記念図書館は、昔から、アマチュア・プロを問わず、何人もの窃盗犯に狙われてきた。そして、そのころ窃盗を繰り返していた人物は、マホニーやクラーク、ロンム窃盗団ともかかわりのない人物だった。『ハーバード・クリムゾン』紙によると、その人物、ジョエル・C・ウィリアムズは、ボストン大学を卒業後ハーバード大学で修士号を取得している。図書館を自由に利用できる学生時代に犯行を思いついたようだ。盗んだ本を蔵書印も削らずに地元ディーラーに売ろうとして逮捕されたときには、自宅にワイドナー記念図書館の本を約二〇〇〇冊隠していた[37]（大学側はその後告訴を取り下げた。彼が別の町で一〇件の窃盗罪で起訴されたため、それで更生措置としては十分と考えたからだ[38]）。

その後も数多くの本が図書館の書棚から消えた。年次報告書の中で、ポッターはこう述べている。「特定の部門の蔵書が組織的な略奪を受けていることが判明した。紛失した図書は、当館にとってきわめて重要なものばかりである[39]」事態はハーバード図書館評議会に提議され、評議会は「図書館の蔵書を守るために厳重な措置を講じ、書庫への出入りを厳しく管理すべきである」と決議した[40]。一九三〇年六月十六日、大学側は「評議会に全面的に協力する」ことに合意した。まず、一般入館者の書庫の利用が制限された。さらには、裏口を閉鎖し、正面入口を回転式に替えて警備員を配置した。図書館によると、この新たな規制は「職員にも学生にもある程度の不便を強いることになったが、関係者のほぼ全員が受け入れた」と述べた（だが、職員と違って、事前になんの相談も受けなかった学生たちは、この新しい障壁にとまどったようだ。融通のきかない警備員は、さっそく大学の風刺雑誌『ハーバード・ランプーン』で取り上げられた。新たに導入された回転式入口をスケッチしようとした雑誌の編集長は、「ここでそんなことをしてはいけない」と追い払われたそうだ[41]）。

さらに、図書館では蔵書を改めて調査し、貴重な本は保管庫に移し替えることにした。そして、その後数年間、年間数千冊が移されて、最終的に稀覯本コレクションは従来の二倍近くになった。

こうした措置はNYPLではすでに二〇年ほど前から実施されており、遅きに失したとはいっても、それなりの効力はあった。少なくとも、入口に警備員を配することは、図書館が窃盗事件を深刻に受け止めている表れだからだ。

クラークはワイドナー記念図書館の変化にいち早く気づいた。そして、大胆にも問題解決の一端を担おうとした。彼がアルフレッド・ポッターに送った手紙は、BPLのベルデンに送ったのと基本的には同じで、独善的で脈絡のない内容だった。古書ディーラーとしてこれまで多くのハーバードの本に遭遇したと彼は書いた。年間「二万五〇〇〇ドルに値する本がワイドナーの開架式書庫から消えるのを見た」という彼の主張は誇張だとしても、ポッターが紛失したことさえ知らなかった数冊の書名をあげた[42]（もちろん、クラークが盗ませた本である）。そして、大胆不敵にも図書館に援助を申し入れた[43]。絶対的な看破力を持つ自分を図書館に迎えることで、蔵書の安全は保障できるというのである。

言うまでもなく、ポッターもそんな話には乗らなかった。その代わりに、ピンカートン探偵社にクラークの調査を依頼した[44]（ワイドナー記念図書館もNYPLも警察に通報しなかった。独自に調査したほうが事件を解決する確率が高いことを知っていたからだ。今日に至るまで、理由はさまざまだとしても、一般に図書館はこうした問題に警察の介入を避ける場合が多い）[45]。ピンカートン探偵社の対応は迅速で、あちこちの図書館からクラーク、マホニー、ヒルダーウォルドに関する情報を収集した。ピンカートン探偵社のボストン事務所の副主任、ジョージ・カルマンは、バーグキストにも連絡をとった。彼の協力が役立つと判断したのだ。

ようやくワイドナー記念図書館から大量の本が消えなくなった。新たな防犯対策とクラークに対する監視が功を奏して、本泥棒の目をもっと盗みやすい図書館に向けさせたのだろう。ポッターは翌年の年次報告書に今回の経験は「図書館の利用者にかけた些細な不便を十分に正当化するものである」と書いている。「最終的な数字は確定していないが、図書館の本の紛失は昨年度にくらべて八五パーセント減少したと推定される。図書館利用者に対する心理的効果も良好であり……規約の違反者には重い罰則が科され、頻繁に施設を訪れる人々は、図書館を利用することは特権であり、権利ではないことを明確に理解するようになった[46]」

ワイドナー記念図書館とＢＰＬが警備を強化したことによって、ボストン一帯の窃盗団は転機を迎えることになった。図書館を狙う窃盗団の存在が広く知られるにつれて、地元の図書館ができるかぎりの警備体制を敷いて、クラークのような人物を警戒するようになったからである。

6章 愛書家の資格のある人間

『アル・アーラーフ』がNYPLから盗み出されたころ、ハロルド・ボーデン・クラークはボストンで精力的に活動していた。謎の人物ヒルダーウォルドもいたが、協調性のない男で自分の都合で動き、知っている相手にしか本を売らなかったうえに、主な出荷先はニューヨークではなくオハイオ州だった。一方、マホニーは次第にやる気を失っていた。窃盗団の存在が知れ渡って捕まるおそれが高くなったせいか、かつてのような役割を果たさなくなった。対照的に、クラークはやる気満々だった。挫折続きの人生でこの稼業だけは文句なしの成功だったから、気をよくしていたのだろう。図書館窃盗をめぐる状況が厳しくなっても、まめに移動して、せっせと仕事に励んだ。何人もスカウトを使うだけでなく自分でも本を盗み、手に入れた本を加工するとすぐ買い手を探した。

だが、その一方でブック・ロウのロンム窃盗団とはあまり取引しなくなった。ニューヨークに独自の基盤を築くつもりだったからだ。原因は経済的な問題だった。そのころにはロンム窃盗団は大量の在庫を抱えており、いい顧客とは言えなくなっていたからである。やがて、クラークはヴェゲリンやステージャーといったディーラーとも取引するようになった。選り好みせず、売れる相手には誰にでも売った。ボストンのディーラーとの取引も続けていたが、一九三一年ごろにはリスクが大きくなりすぎた。ＢＰＬとの一件以来、ボストンで本を売るのは盗むより逮捕される確率が高かったからだ。しかも、ボストンの古書業界は、ニューヨークやヨーロッパの主要都市とはくらべものにならなかった。チャールズ・グッドスピードは、ボストンで大型古書店を開きたいという若いディーラーにこう言ったという。「私に言わせれば、まず採算がとれない。高い地方税、投資に対する利息、減価償却、諸経費が重い負担になる。ボストンの古書売買の規模は知れたものだから、五〇万ドル以上の在庫を抱えながらではやっていけない」[1]

したがって、ボストンはもっぱら本を送り出す側だった。クラークは全米の主要都市だけでなく、ロンドン、パリ、ベルリン、ブダペスト、リオデジャネイロ、ブエノスアイレスにも顧客を持っていた。[2]盗本市場があれば、どこにでも手を伸ばした。だが、それだけにとどまらず、ロンム窃盗団のように在庫を増やし始めた。いつまでもボストンでこのままやっていけるとは思えなかったから、いずれは合法的なディーラーになりたかった。世間から尊敬される一流の書店主になりたかったのである。それには富を蓄えると同時に名声を得る必要があった（そのためにクラークは故郷のノバスコシア州にあるダルハウジー大学に盗んだ稀覯本の一部を寄付した。そして、すでに所蔵しているなら、ハリファックス図書館に回してほしいという手紙を添えている）。[3]在庫の保管場所には駅のロッカーやホテルの部屋、貨物倉庫を利用した。[4]

図書館窃盗に対する意識が高まるなか――三四の図書館がボストン警察に窃盗団の犯行を訴えていたにもかかわらず、クラークをその首謀者と特定できなかった[5]――クラークは多くのスカウトを使って、ボストン郊外やさらに西にある保管場所に列車の時刻表のように規則的に本を運んだ。数年前と違って、図書館を狙う窃盗団の存在は明らかになったのに、彼らの犯行を阻止することはできなかったのだ。クラークは、基本的に同じ図書館を何度も襲った。ハイエナが食い散らした骨を突きに来るように、最初は見落とした本を何度も取りに来た。

たとえば、マサチューセッツ州のランカスター図書館には、すでに悪名が轟いていた一九三一年三月半ばから四月半ばにかけて四度も来て一〇〇冊近い本を盗んでいる。その中には初版本やヘンリー・デイビッド・ソローの『カナダのヤンキー』やオリバー・ウェルデン・ホームズの『詩集』といった人気作家の作品のほかに、ジョナサン・カーターの『北米の旅』（一七七六）、ルクレシア・パーカーの『海賊の蛮行』（一八二五）、エリス・ハスクの『北米の現状』（一七七五）、ローレンス・スターンの『フランスとイギリスの感傷旅行』（一七八〇）、ジョージ・オグデンの『西部からの手紙』（一八二三）が含まれていた。さらには、スカウトに渡すリストにはないが、クラークが見つけた珍本、たとえば、コンバース・フランシスの『ウォータータウンのスケッチ』（一八三〇）やダニエル・ウェブスターの演説集、ミドルセックス・ユニオン・アソシエーションからの手紙などもあった。[6] こういう本は開架式書庫にあったわけではなく、鍵のかかったキャビネットや立ち入り禁止区域に保管されていた。近づけたのは、図書館員にうまく取り入って、こうした場所に入れたからだ。原則として司書が入れてくれるのを待つが、許可を得ないまま入ることもあった。一九三一年三月下旬のある日の午後に立ち入り禁止区域にいるところを目撃されたが、司書はすぐ出るよう注意しただけだった。

クラークはローウェル図書館でも稀覯本を何冊も盗んでいる。その一冊『貝類収集家の最初の本』（一八四〇）は、エドガー・アラン・ポーの名で出版されたが、著者はトーマス・ワイアットだ。ユニークな内容だけでなく、剽窃《ひょうせつ》ではないかと考えられて、ポーの作品中でもっとも論争の的になった本だが、実際にはワイアットとの合意の下に出版されている（ポーの名前で出版すると売れ行きが伸びるとワイアットが考えていたのは興味深い。[7] 一八四〇年と言えば、ポーが作品を出版できるようになって一〇年と経っていないころである）。

クラークはどこの図書館でも司書の目を盗むようなまねはしなかった。研究者を装って一度に四〇冊もの本を請求し、同じ図書館に二日通って六人の司書と言葉を交わしたこともある。『アメリカの初版本』や『アメリカーナ』といった参考図書をよく利用したのは、次に盗む本を決めるためだったのだろう。

クラークは常に居場所を変えていた。一九三一年の春には、サウスボストンから、ロズリンデール、リビアへと毎月のように移動していたのは、追われているのを知っていたからだろう。その年の初夏まで、アンドーバー、ビレリカ、コンコード、ランカスター、ローレンス、ローウェル、ミルトン、ナハント、ナティック、セーラム、ウェイクフィールドを転々としながら、町の図書館を襲っている。標的はマサチューセッツ州に限らなかった。ロードアイランドのレッドウッド図書館でも、蔵書中もっとも価値のある本が盗まれた。[8] もう一花咲かせようというかのような猛攻ぶりだったが、クラーク自身は当分足を洗う気はなかった。

一九三一年晩春には、被害があまりにも拡大したために警察も放置できなくなった。ボストン警察ではウォーレン・リーゼ刑事が捜査に当たり、一帯の警察署や図書館関係者から話を聞いた。そして、ボストンの被害を解決する鍵はニューヨークにあることに気づいた。ニューヨークにはこの問題の専門家がいる。そこで、リーゼ刑事はNYPLのバーグキストに連絡をとった。ボストンで暗躍する本泥棒がニューヨークに出入りしている確証も、クラークがNYPLの本を盗んだ証拠もなかったが、ウィリアム・バーグキストなら力を貸してくれると思ったのである。[9]

リーゼ刑事からの電話はバーグキストにとって渡りに船だった。四番街の書店にはマサチューセッツの図書館の蔵書印のついた本が並んでいたから、ボストンから大量の盗本が流れていることは以前から知っていた。だが、それまでの捜査では、これといった収穫は得られなかった。噂や憶測やゴシップの類ならいくらでもあったが、進んで証言しようとする関係者はいなかった。だが、リーゼ刑事と話し合ってからは、これまでと異なる目で古書店の書棚を眺めるようになった。図書館から消えた本を集中的に探すようにしたのである。

そして、四番街のアービング・アルパートの店で興味深い本を見つけた。書棚に並んでいた『白鯨』を調べてみると、ランカスター図書館の蔵書印が残っていたのだ。ほかにもありそうだと探したところ、同じように蔵書印が消えかかった本が一〇冊以上見つかった。[10] その中には、チャールズ・ディケンズの『アメリカ覚え書』、スティーブン・クレインの『谷間』、ウィリアム・ディーン・ハウエルズの『サイラス・ラパムの出世』、ヘンリー・ワーズワース・ロングフェローの『夜の声』、ウィリアム・クーパーの『詩集』があった。

バーグキストは書名を書きとめ、オフィスに戻ると、ランカスター図書館の司書バージニア・キーズに知らせた。書庫を調べたキーズは、バーグキストに聞いた本がそっくり消えているのを発見して愕然とした。司書たちから話を聞き、記録を調べてみると、クラークが本名で借り出したこと、何人かの司書が彼を覚えていることが判明した。こうしたことを根拠として、キーズはランカスター警察署長ピーター・ソニアにクラークの逮捕状を要請した。[11] クラークが本名を使ったという確証がなかったので、ランカスター署では「姓名不詳」の人物に逮捕状を出した。

バーグキストは捜査を続けるうちに、古書店主がクラークのような男につけこまれる理由がわかってきた。故買をしない用心をしていても、同業者も買わないとは限らないうえ、本泥棒は持ち込んだ商品を買い取らない書店を窃盗の標的にする場合が多かった。ハーバード大学図書館やボストン公共図書館といった有名な図書館を狙っていれば、個人経営の書店から盗むぐらい朝飯前だろう。バーグキストが在職中心がけたのは、こうした方程式を覆し、書店主たちを味方につけることだった。書店主と親しい関係を築くことで、彼はそれを実行してきた。そして、この戦略が成功したときの見返りははかり知れなかった。

クラークに関してはこの戦略が当たった。アルパートの協力を得て、窃盗団に関する情報を入手できたのである。クラーク本人には接触できなかったが、アルパートの仲介でマホニーと会うことができた。そして、それが期待以上の収穫をもたらした。当時、マホニーはボストンよりニューヨークですごすことが多くなっていた。図書館窃盗に関心を失っていたものの、クラークに対する不満を募らせていた。窃盗団のボスとしての役割を奪われたのはともかくとして、放蕩者のクラークは、最近結婚したばかりだというのに、マホニーの愛人に言い寄った。[12] それが決め手になった。

バーグキストには絶好のチャンスだった。例によって、彼はマホニーが更生したいなら手を貸そ

う と考えた。だが、マホニーが真っ当な生き方をしたいと本気で願ったとしても、大恐慌の真っただ中では定職に就くのは難しかっただろう。といっても、マホニーを味方につけるためにバーグキストは特別のことをしたわけではなかった。一九三〇年代に人気を博した大衆小説風にこう言っただけだ。「そろそろ潮時じゃないか。ここらで鞍替えしたらどうだ?」[13]

マホニーが承諾すると、バーグキストは取引成立を祝って彼を晩餐に招待し、伝説的なディーラーたちに引き合わせた。バーグキストの狙いは、マホニーからボストンの窃盗団のことを聞きだし、彼らのニューヨークの取引先を突き止めることだった。とりわけ知りたかったのは、ハリー・ゴールドに関する情報と彼がまだ『アル・アーラーフ』を持っているかどうかだった。酒がふんだんに供された晩餐会の出席者は、バーグキストとメトカーフのほかに、アーサー・スワン、A・S・W・ローゼンバック、そして、ブリック・ロウ書店の創設者で「古書テーブル」という組合の創設者でもあるバーン・ハケット(この三人のディーラーに共通していたのは、稀覯本売買を別とすれば、NYPLとの密接な関係だった。ローゼンバックとハケットは、いずれもNYPLに稀覯本を寄付していた)。奇妙といえば奇妙な集まりだった。

とりわけローゼンバックには、居心地の悪い晩餐会だっただろう。彼は追いつめられて本を盗むようになった男を主人公にした短編小説を何冊も発表しており、ディーラー向けの『イベーシブ・パンフレット』に、ポーの『モルグ街の殺人』の初期の版を盗ませて、成功報酬として三〇〇〇ドル支払ったディーラーの話も載せていた。[14] おそらくローゼンバック自身の体験に基づいたその話は、バーグキストが捜査した現実の事件と細部に至るまでそっくりだったから、ローゼンバックでなかったら、その偶然に赤面したことだろう（エドウィン・ホワイト・ゲイラードが生きていたら、偶然でかたづけなかったはずだ。一九二〇年にゲイラードは、「ローゼンバックが［図書館窃盗の］きわめて高度なテクニックや方法に不自然なほど精通している」と指摘している。さらに、「状況によっては、［ローゼンバックが］書籍窃盗者の専門的策略にきわめてくわしいことを鑑みて、彼の指揮下で捜査を進めるという事態もあり得ないことではない」と書いた）。[15] しかし、鉄面皮のローゼンバックは二〇年近く前に書いた話のことなど意にも介していなかった。彼の顔が赤かったのは、大量に摂取した酒と若い女性たちの視線のせいだったのだろう。

大恐慌下でも（禁酒法時代のさなかでも）、ローゼンバックにとって飲酒は日々の習慣だった。「彼は時代の波に乗っていたが、その波は多量のアルコールを含んでいた」とローゼンバックの伝記作家は書いている。[16] 富も名声も手に入れ、毎晩のように同業者や顧客と酒を飲みながら本について語り、猥談にふけった。[17] 当時の大物ディーラーとしては普通のことだったが、マホニーには初めての経験だった。盗本を売るのにあくせくして、社会の底辺で生きている連中と安い密造酒を飲むのが精いっぱいだったマホニーは、伝説的なディーラーの仲間入りをして舞い上がってしまった。やがて、愛書家の集まりでは必ずそうなるように、話題は本に移っていった。[18] 酒が入り、仲間がいて、そして、バーグキストによると根は人のいいマホニーは、すっかり気を許した。

ボストンの窃盗団について知るかぎりの情報を提供しただけでなく、今後はクラークやゴールドやロンムと手を切って全面的に協力すると宣言した。ウイスキーの勢いでマホニーが漏らした情報の大半は、ディーラーたちには周知の事実だったが、ひとつ新しい事実が判明した。マホニーはクラークのあちこちの滞在先を知っていたのである。クラークはボストン周辺の複数のホテルを使っており、比較的長く滞在するホテルを郵便物の転送先にしていた。ボストン警察は彼が電報の受け取り先に指定していたホテルを突き止めたことがあったが、駆けつけたときにはクラークはすでに姿を消していた。

バーグキストはマホニーから聞き出したクラークの潜伏先をボストン警察のリーゼ刑事に伝えた（ワイドナー記念図書館のアルフレット・ポッターとBPLのフェリックス・ランレットにも知らせている）。しかし、警察が踏み込んだときには、ホテルの部屋はもぬけの殻だった。だが、クラーク宛ての数通の手紙と電報が残されており、それを手がかりに近くの町リビアのホテルを突き止めた。

翌日、バーグキストはボストンに向かった。逮捕現場に立ち会えないとしても、結果は見届けたかったからだ。彼はクラークこそ、ヒルダーウォルドの消息も含めて、多くの図書館窃盗事件の鍵を握る人物であり、『アル・アーラーフ』の所在も知っていると確信していた。そして、マホニーを改心させられたのだから、クラークを正道に戻すのも不可能ではないと思った。

一九三一年六月八日の夕方は、その時期のボストンとしては珍しく風雨が強かった。クラークの新婚の妻ウィニーは、なんとなく胸騒ぎがした。リビアの町の北東、ブロード・サウンドに面したホテル・プレザントンの部屋は、窓を固く閉ざされていたから、日中の熱気がこもったままだった。

二四歳のウィニーは、その年齢にしては世間を知っていた。夫が聖人君子でないことも、押しが強く口がうますぎることもわかっていた。表面は穏やかにふるまっていても、心の中はそうでないことも。それでも、身なりは派手で、大恐慌下でも懐具合も悪くなさそうだ。頼りがいのある男が好きなウィニーは、出会ったときからクラークに惹かれた。だが、恋人としては刺激的でも、夫としては最悪だった。結婚して一年と経たないうちに、クラークにとって妻は飾り物にすぎず、重荷と感じていることに気づいた。その夜、夫が気にかけていたのは、雨風が本に悪影響を及ぼすことだけだった。新妻は蒸し暑い部屋で我慢するしかなかった。

でも、贅沢は言えないとウィニーは思った。大恐慌のさなかに実入りのいい仕事があるだけでもありがたい。現に、机の上にはきちんと束ねた札束が置いてあった。それでも、納得できないのは、お金があっても、ちっともいい思いができないことだった。漂白剤と熱したアイロンと埃がいりまじったにおいの漂う安ホテルの部屋に閉じこもっているだけ。その日の食事は、一パイントの牛乳と三個のロールパンを夫婦で分け合った。積み上げた本の山の中で、夫は背を丸めて図書館の蔵書印をこすり落としているか、ノートになにか記入しているかだ。さもなければ、人相の悪い男たちに指示を出している。最近では、こういう生活があたりまえになってきた。変化と言えばホテルの名前が変わることとぐらいだった。

だが、その日は極端な変化がまさに起ころうとしていた。

窓を叩く雨音のせいか、本の山が廊下の足音を吸収したのか、二人が物音に気づいたのは、蝶番《ちょうつがい》が揺れるほど激しくドアがノックされたときだった。ドアが大きく開いて、薄明りの中に二人の男が立っていた。とっさにウィニーは、本をめぐる争いで夫に負けた男が仕返しに来たのだと思った。実際にはそんな復讐劇などまず起こらないのだが、クラークは妻にそんな話をよくしていたのだ。一方、クラークは二人のうち背の高いほうの男に見覚えがあった。ボストン警察のウォーレン・リーゼ刑事だ。一年ほど前に一度会っただけだが、彼はすぐ思い出した。

計画的な図書館窃盗は孤独な犯罪であり、時計職人のような忍耐力が必要となる。遠くの町の図書館に出かけて埃っぽい書架の陰ですごし、ホテルの部屋に戻っても、蔵書印を削り落とすという単調だが神経を遣う作業に当たらなければならない。一般に、本泥棒には内向的なタイプが多いが、自称「ドクター」のハロルド・ボーデン・クラークは肝が据わっていた。彼は机の前から立ち上がり、部屋の真ん中でリーゼ刑事と向かい合うと（部屋は「製本職人の工房」のようだった）、自分から話し始めた[19]。いずれこうなると覚悟していたのだろう。それでも、なんとか言い抜けられると思っていたのかもしれない。

だが、弁解は通用しなかった。ちょうどローウェル図書館から盗んだ本の識別スタンプを消していたところで、この歴然たる証拠がリーゼ刑事の目にとまるのは時間の問題だった。しばらくクラークにしゃべらせてから、リーゼ刑事は彼を逮捕した。そして、本を移動させるのに理想的な天気ではなかったが、七〇〇〇ドルの価値があると推定されるアメリカの初版本の回収にとりかかった。いずれもローウェル、ランカスター、ビレリカといったボストン西部の町の図書館から盗まれた本だった[20]。

ウィニーは警察署に同行を求められて怯えた顔をしたが、クラークは超然としていた。それまでの経験から、捕まっても軽い窃盗罪ですむことがわかっていたから高をくくっていたのだろう。それに、切り札があった。情報を提供すれば、北東部の三つの主要都市で暗躍する窃盗団の幹部が、芋づる式に判明する。絶好の交換条件になるはずだ。
その夜、ホテル・プレザントンの部屋で発見された数百冊の本の大半は、数十冊の初版本も含めて、過去数日間のうちに盗まれていたものだった。クラークに注目が集まったために窃盗事件が減少したと言われていたが、現実にはそれほど減っていなかったわけだ。回収された本の中には、ジェイムズ・フェニモア・クーパー、ジェイムズ・ラッセル・ローウェル、マーク・トウェイン、エミリー・ディキンソン、ジョン・ホイッター、オリバー・ウェンデル・ホームズ、ヘンリー・デイビッド・ソロー、ブース・ターキントンの作品があった。初版本はポー、ホーソン、メルヴィルの作品だったが、いずれもNYPLの蔵書ではなかった。
さすがのクラークも今度ばかりは追いつめられたが、それでも諦めなかった。警察の事情聴取が続くと、自分の才能を理解できる愛書家か研究者になら情報を提供してもいいと言い出した。どこからそういう発想が生まれるのか不思議だが、現実には、彼の話に関心があるのは警察と被害者である図書館関係者――クラークの言葉を借りるなら、「堕落した警察官」と「ロビンソン・クルーソーの初版本と電話帳の最新版の区別もつかないような司書」だけだった。[21]
実際、逮捕された翌朝には、ランカスター、ローウェル、ボストン公共図書館、ハーバード大学図書館などの司書が彼の独房を訪れた。クラークは最初こそとまどっていたものの、注目を浴びて有頂天になった。もともと口の軽い男だから、話し出すと調子に乗って、相手にショックを与えるようなことを言って面白がった。司書たちは自館から紛失していることすら知らない本を教えられたり、自館にある本がもとはハーバード大学図書館の蔵書であり、その証拠として蔵書印を消したページを指摘されたりして、[22]改めて被害の大きさを思い知らされた（ローウェル図書館長のフレデリック・チェイスは、クラークの部屋で発見された本の約三〇冊が自館から盗まれた可能性があると指摘されても最初は信じなかった。登録記録を調べたが、紛失したのは一冊だけだと反論した。それでも、押収された本を見に来ることには同意し、結局、二八冊が自館の蔵書だと認めた）。[23]

クラークは進んで話はしたが、窃盗への関与は断固として認めなかった。手元にある本はすべてディーラーとしてスカウトから購入したものだと主張した。おまけに、持ち込まれた本が盗まれたものかそうでないかなど見分けられないとまで言った。図書館窃盗の常習犯がよく使う手だが、もちろん、クラークが口にすると荒唐無稽な言い逃れにすぎなかった。

だが、それ以上に関係者を唖然とさせたのは、蔵書印のある本を所有している理由として彼があげた説明だった。図書館窃盗に携わる犯罪組織を調査しているというのである。以前にもBPLのベルデン館長に同じ趣旨のことを言っているが、クラークによれば、滞在していたホテルの部屋には、『メイン州からカリフォルニア州に至る貴重な文学作品の大量略奪に関する驚くべき真実』という本の草稿が残されており、近々ニューヨークの出版社から刊行される予定だったという。そもそも彼が図書窃盗の世界に足を踏み入れたのは、包括的で正確な情報を入手するためであり、調査の成果はすべてその草稿に記されているというのだ。部屋にあった本は、近くの倉庫に隠してあったその四倍の数の本とともに、一連の窃盗事件の証拠として、ジョゼフ・イーリー州知事に提出すると彼は主張した。[24]

さらに、クラークはホテルの部屋に本を置いていたのは、窃盗事件の証拠となる本の写真を著書に載せる予定だったからだと言った。部屋にカメラがなかったと追及されると、これから買うつもりだったと答えた。リビアのホテル・プレザントンを選んだのは、窓が四つあって明るいから、原稿を書くにも写真を撮るにも適していたからだという。[25]調査を続けていた証拠として、クラークはハーバード大学のワイドナー記念図書館に防犯サービスを提案した事実をあげ、なぜ受け入れられなかったのかいまだに理解できないと語った。

自称「ドクター」のハロルド・ボーデン・クラークは、マスコミの寵児《ちょうじ》となる日を夢見ていたが、現実にこれほど厳しい批判にさらされるとは思ってもいなかっただろう。逮捕された翌日、『ボストン・デイリー・グローブ』は、一面に「連続図書館盗難事件の犯人、逮捕」と見出しを載せ、二ページにわたって事件を取り上げたうえ、人相の悪いクラークの写真を掲載した。大々的に取り上げたのは、ボストン市民が図書館の警備体制に強い関心を寄せているからではなく、この種の犯罪実話が大好きだったからだろう。前日の二大記事は、「高度二〇〇〇フィートで飛行機の尾翼から四五分宙吊りに」という（ドラマチックな写真付き）の記事と、大富豪のコーヒー輸入業者の娘が行方不明になったことを報じる「富豪令嬢の捜索」だった。[26]クラークの逮捕が報じられた日には、その女性のコートがプロビンスタウン港で発見されたという記事のほか、「ハサウェイ事件、陪審員評決確定」（二二歳の看護学生を殺害した容疑で起訴されたエリオット・ハサウェイに関するセンセーショナルな記事）が掲載されている。

だが、クラークにとってなによりショックだったのは、コソ泥と書かれたことよりも、「ドクター」の肩書を無視されたことだったようだ。シカゴ大学で医学博士号を取得したのが自慢の種で、誰彼かまわず吹聴したが、少し話すと、すぐ嘘だと見抜かれた。六月十三日付の『パブリッシャーズ・ウィークリー』は、「シカゴのカイロプラクティックの学校を卒業し免状を持っていることから、ドクター・クラークと自称」と報じ、『ニューヨーク・タイムズ』は引用符つきで「ドクター」と書いた。しかも、数週間後には、どの新聞も肩書きをはずしてしまった（さらに屈辱的なことに、あるボストンの新聞は彼を「ニューヨークのごろつき」と呼んだ）。

それでも、クラークは図書館窃盗犯としての実績には誇りを抱けたかもしれない。やがて、彼の犯行が次々と明るみに出た。『オレゴン事件』の（きわめて不正確で）簡単な記事も掲載された。住所不定で、頻繁に名前を変えていることも——ゴードン・フォレットとロドニー・リビングストンという偽名をよく使っていた——報じられた。[27] さらには、本泥棒としては珍しいことではないが、身辺処理にきわめて無頓着だった。世間は図書館の蔵書にそれほど関心を向けないので、長年、図書館窃盗に携わっていると、用心を怠るようになるのだろう。

結局、そうした杜撰《ずさん》さが命取りになった。ホテルの部屋から、本を隠したニューヨークの駅やボストン周辺の複数のロッカーの預かり証が発見されたのだ。だが、最大の証拠となったのは、取引先のディーラーの氏名と住所を記した手帳だった。取引先はアメリカ国内にとどまらなかったが、特に注目に値するディーラーが、ニューヨークに五人、フィラデルフィアに二人、ボストンに二人いた。手紙も残っていた。地方の図書館を回っていると、取引先との通信手段はもっぱら郵便で、手紙で注文を受け、指定された本を小包で送る。クラークの部屋から発見されたのは、そうした注文か、さもなければ、本の保存状態や版や加工に関する苦情の手紙だった。図書館の蔵書印の処理がいい加減だと非難する手紙もあった。こういう手紙は受け取った側が処分しないかぎり重要な物的証拠になる可能性があるが、クラークは処分していなかった。

手帳や手紙を調べるうちに、世間に名の通った何人かの書店主がクラークと取引があったことが判明した。バーグキストには意外ではなかったが、警察は彼らが故買に関わっている事実に愕然とした。[28] 大半の手紙はボストン以外のディーラーからのものだった。ボストンのディーラーなら、手紙で連絡をとるまでもないからだが、そうした地元のディーラーとの関連を示唆する物的証拠もあった（ある地元の書店主は、証拠を突きつけられて、最近、クラークから三五冊の本を買い取ったことを認めた）。

さらに、クラークの拘留中に三つの小包がホテルに届いた。その二つはスーツケースほどの大きさがあり、ひとつはクラーク自身が逮捕される前日に郵便で発送していた。中身はすべて本で、アンドーバーのフィリップス・アカデミー、セーラムのピーボディ研究所、ナハント公共図書館、ローレンス公共図書館の蔵書だった。[29] さらに、クラークがボストン郊外に借りていた部屋の大家から、小包が届いているという通報があった。スカウトたちから届いた本だった。こうして、図書館の窃盗事件に関する情報を提供するというクラークの最大の切り札は、効力を失った。彼から聞き出すまでもなく、こうした証拠から多くの情報が得られたからである。突然、クラークにとってすべてが想定通りにいかなくなった。

クラークはボストンの本泥棒仲間から物心両面で支援が受けられると思っていたようだ。しかし、現実には、見向きもされなかった。さらに、彼はウォータータウン、ニュー・ベドフォード、ワイドナーといった図書館の司書が、自分のために証言してくれると期待していた。図書館の防犯対策に力を貸すと協力を申し出たことがあったからだろう。この空しい望みを彼は何ヵ月も抱いていた。妻にも見捨てられた。ウィニーは逮捕された夫とともにボストン警察署で事情聴取を受け、その日はリビアのホテルに戻った。だが、その後は一度面会に来ただけで、家族に頼んだ送金が届くと、ニューヨークに帰ってしまった。[30]

クラークが逮捕されたのは月曜日で、翌日の火曜日には、ランカスター警察のピーター・ソニア署長が、ランカスター図書館の司書バージニア・キーズを伴って、以前発行した逮捕令状に基づいて、クラークを引き取りにボストンに来た。クラークは図書館関係者を前に長広舌をふるったあと、ソニアに引き渡された。そして、その日の午後、マサチューセッツ州ウスターの拘置所に向かったが、もうひとり同行者がいた。バーグキストはその日早くボストンに到着したが、クラークと話をする機会がなく、ウスターまでついて行くことにしたのだ。ランカスターまでの道中、クラークはもっぱらキーズを相手に、あちこちの図書館の内情や盗んだ本のことを話した。例によって、しゃべりだしたら止まらなかった。

クラークは拘置所で一夜をすごし、水曜日の朝、クリントン地方裁判所で、四月十日ごろランカスター図書館から六冊の本を盗んだ容疑で窃盗罪の罪状認否を問われた。図書館の記録によると、クラークはその春、数回図書館を訪れており、その直後に三四冊の本が紛失したという。その一部はバーグキストがニューヨークで発見している。キーズともうひとりの司書リーナ・マーティンが、紛失した本の価値について証言した。

その日、報道関係者によると、クラークはやや乱れた服装で被告席についたが、図書館員の信用を勝ち取ったのも不思議はないと思える雄弁さで質問に答えた[31]。そして、ジョージ・オトゥール判事に、審理を受ける準備がまだ整っていないと訴えた。友人たちがボストンのジョン・フィニー弁護士に依頼してくれたのだが、まだ到着していないというのである。彼の訴えが受理されて審理は土曜日に延期され、五〇〇〇ドルの保釈金が言い渡された（のちにオトゥールは『タイム』誌に短編を寄稿している。クリントンで「マーク・オトゥールが、ジョン・オトゥールに訴えられて警察官のマーティン・オトゥールに逮捕され、警察署でエドワード・オトゥール警部に調書を取られ、飲酒の容疑で一〇ドルの罰金をジョージ・オトゥール判事から言い渡された」という内容だった）[32]。

だが、保釈金が払えず、クラークはそのまま拘置所にとどまった[33]。どうやら、事態は彼が期待したような方向に進んでいないようだった。警察や図書館関係者の注目の的になるのは悪くなかったが、独房ですごす時間が長引くにつれて、彼は精彩を欠くようになった。そして、妻からなんの連絡もないとわかると、取材に来た記者をつかまえて、元気でやっていると妻に知らせてほしいと頼んだ。『ニューヨーク・ヘラルド』は律儀にこんな記事を載せた。「拘置所は快適で、精神的にとても安定していると妻に伝えてほしいと彼は言った。塀の中で人生の冒険を楽しみ、作家として地方色の研究に没頭しているそうだ[34]」

言うまでもなく、クラークは虚勢を張っていただけだ。彼は次第に情緒不安定になり、体にも影響が出始めた。そして、ついに、誰も来ないし、真剣に話を聞こうとしないのは、ニューヨークの窃盗団のボス、ロンムを恐れているからだと思い込むようになった。クラークに証言されると累が及ぶと気づいて、ロンムは彼を見捨てるよう仲間に指示したのだろう。ひょっとしたら、命を狙われるかもしれないとまで彼は思いつめた。そして、闇夜で帽子に銃弾をぶちこまれないために[35]、地元の図書館に再度協力を申し出たりしている。だが、クラークの妄想は必ずしも根拠がないわけではなかった。一九三〇年代には、大きな犯罪組織の存続を脅かした人間は、しばしば非業の死を遂げたからである。だが、ロンム窃盗団にその種の計画があったと推測する根拠はまったくない。実際、ニューヨークの関係者はクラークが逮捕されたと聞いても、誰ひとり気にもとめなかった。

　水曜日の初公判のあと、バーグキストはクラークに面会した。そして、自分の最大の関心事は、図書館の窃盗事件に関わっているニューヨークの古書ディーラーを摘発することだと率直に打ち明けた。クラークが「高給取り」と呼ぶ大物ディーラーたちである。クラークがニューヨークで証言台に立ってくれるなら、刑の軽減のために尽力するし、身の安全が確保できるよう警察にかけあうとバーグキストは申し出た。孤立無援だったクラークは、彼の説得に応じた。そして、これまでもチャンスさえあればそうしてきたように、自分とロンム窃盗団との関わりも含めて、洗いざらいバーグキストに打ち明けた。それだけではなかった。しゃべるのと同じくらい書くことも好きなクラークは、長いメモを書いて、ニューヨークに戻るバーグキストに手渡したのである。そこにはロンム、ハリス、ゴールド、マホニーのほかにジャック・ブロッチャーという男の名が記されていた。[36]

　クラークと話したあと、バーグキストはマサチューセッツ州検察官に会って、クラークをニューヨークの法廷に立たせる可能性を探った。しかし、検察官は刑が確定するまで釈放するつもりはなかった。そこで、バーグキストはウスターにもう一泊してニューヨークに戻るとすぐ、マンハッタンの地方検事補モリス・パンガーにクラークから入手した事実をすべて提出した。[37]

その結果、クラークを釈放させることはできなかったが、ウスター警察からクラークが独房を離れている間は護衛をつけるという合意を取りつけた。バーグキストとしては、クラークとの約束を少なくともひとつ守れたわけである。水曜日の初公判では、ランカスター図書館の二人の司書が証人として出廷したほかはバーグキストが傍聴しただけだったが、土曜日に開かれた第二回の公判には、そのほかに二人の警察官がクラークのそばに控えていた。だが、クラークの証言を阻止したり、彼の命を狙ったりするような人間がいたとしても、法廷に姿は見せなかった。

土曜日の公判までの間、クラークはランカスター図書館の司書バージニア・キーズが作成したリストを眺めてすごした。水曜日の初公判の際に、よく見ておくようにと言って渡されたのだ。クラークがランカスター図書館から盗んだ本の書名と価値を一覧表にしたものだった。彼は勇んで目を通し、本の価値を過大評価しすぎていると言った。キーズは総額一〇〇〇ドルと算定していたが、クラークの見るところでは一一四ドル五〇セントだというのだ。そして、信じるか信じないかはキーズの自由だが、自分は正当な評価ができる立場にいるのだと豪語した。

その一方で、クラークがいくら待っても弁護士は到着せず、ボストン中の誰からも支援を受けられないことを思い知らされた。第二回の公判で、審理を大陪審に委ねるか否かの決定に当たって、クラークはアラン・バトリック裁判官に自分で自分の弁護をしたいと願い出た。[39] バトリックは承知した。せめてそれぐらいは認めてやろうと思ったのだろうが、この配慮を裁判官も含めて、クラーク以外の全員が悔やむ結果になった。

冒頭陳述として、クラークは「友人と信じていた人々から見捨てられた」つらさを訴えた。その「友人たち」の不法行為を暴露する本を執筆中の人間の発言としては、腑に落ちないものだった。しかも、妄想が高じて、「ニューヨーク警察の命令に従って」ボストン警察が、執筆中の草稿を処分したと言った。[39] そして、いずれにしても、勾留されるような罪は犯していないと主張した。

それに対してキーズは、バーグキストがニューヨークで発見した本はすべてクラークがランカスター図書館で閲覧もしくは借り出した本だと証言した。そして、クラークは初公判で何度もランカスター図書館に行ったことがあると認めており、キーズ自身、彼がゆったりしたコートを着て蔵書目録を調べていたのを少なくとも二度目撃したと述べた。さらに、彼の様子はどことなくおかしかったとも言った。クラークは司書にそういう印象を与えることが少なくなかった。のちにローウェル図書館の司書も、「彼には妙なそぶりが見られた」と証言している。[40]

クラークは予備審問では、気味が悪いほど慇懃《いんぎん》な態度で、図書館に行ったのは事実だが、同行者がいて、その人物が窃盗団のリーダーだと主張した。そして、キーズに反対尋問を行って、同伴者がいたと認めさせようとした。さらに、図書館に行った理由を訊かれると、こんな作り話をした。商用でウスターのホテルに滞在していたとき、ジョン・ポッターという「本泥棒」と知り合い、地元の図書館に稀覯本の複製を買いに行くことになった。ところが、行ってみると、図書館側は売らないという。クラークが交渉している間にポッターが何冊かの本を盗み、あとで売りつけられたというのだ。クラークはマホニーの名もあげて、そもそもこの世界に入ったのはマホニーのせいで、彼がＢＰＬから盗んだ本を八〇〇ドルで買わされたのがきっかけだったと言った（子供に書庫から本を取ってこさせたこともあると言ったが、キーズは「子供に初版本は探せない」と反論した[41]。

例によって、クラークはなにもかも窃盗団の犯行を暴くための努力だったと主張した。そして、それを裏づけるために、バーグキストに渡したのと同じような長いメモを裁判官に提出した。

結局、パトリック裁判官がクラークに発言のチャンスを与えたおかげで、その日の審理は二時間に及んだ。公判を取材した記者は、反対尋問が極度に長引き、クラークが「とりとめなくだらだらしゃべる」せいで、これほど時間がかかったと報じた[42]。だが、クラークがどれだけ熱弁をふるっても、裁判官は彼の話に信憑性を見出さず、大陪審の審理に委ねるべきだと判断した。次の公判は八月と決まったので、それまでクラークは引き続き勾留されることになった。

クラークには長い試練だっただろうが、せめてもの救いは次の公判までに弁護士を見つけられたことだ。ボストンの弁護士ロバート・J・カランが、ウスターに出向いて依頼人と接見したのである。すでに決定した大陪審の審理は無効にできないが、弁護人が現れたことでクラークは意を強くしたようだ。八月十一日に開かれた第三回の公判で、クラークは起訴されてから初めて無罪を主張している。カランはクラークをウスター州立病院に収容して、三〇日間の精神鑑定を受けさせるよう申し立てた。裁判に耐えられる精神状態かどうか調べるためだ。これは図書窃盗犯の弁護人がよく使う方法だった。精神鑑定の結果、「蔵書狂」と判定される場合が少なくないからだ。精神障害に苦しんでいることを証明しようとして、クラークの父親は息子が数年前に「脳に損傷を与える傷を負った」と主張する手紙をエドウィン・ノーマン検察官に送っている[43]。しかし、クラークが起訴されたのは、本を盗んで売ったからで、「蔵書狂」なら手元に本を置いておくはずだ。脳に傷を負ったせいで「蔵書狂」になったという主張にも根拠がない。それにもかかわらず、裁判官は申し立てを認め、クラークは精神鑑定を受けるために病院に送られた。

十九世紀半ばに小高い丘の上に建てられたウスター州立病院は、高い尖塔のあるゴシック様式の陰気な建物で、かつてはウスター精神病院と呼ばれていた。[44] 一九三一年当時でも内壁からは鎖がぶらさがり、ホールは収容者の叫び声がこだまするような場所だった。クラークはここで八月の残りの日々と九月の数日をすごした。

言うまでもなく、クラークの精神状態はまったく正常だった。それでも、彼はなんらかの精神障害があるような言動をとり続けた。一例をあげると、クラークは弁護士のカランにBPLからは必ず支援が期待できる、窃盗犯から蔵書を守るために手を貸したからだと言った。カランはクラークの協力に報いるために推薦状を書いてほしいという手紙を図書館に送った。[45]

だが、BPLの司書フェリックス・ランレットは、クラークからは「多少なりとも有益な情報を受けたことは一度もなく、したがって、推薦状を書くことはできない」と即答した。そして、クラークとは「長時間にわたって話し合ったことはあるが、ごく一般的な警告を受けただけで、たとえそれが信頼すべきものであったとしても、当館にとってまったく益のないものだった」と説明した。[46]

州立病院を退院したあとも、保釈金が払えないので、次の公判までクラークはさらに三ヵ月拘置所ですごした。十一月十日に開かれた約五〇冊の窃盗を争点とした公判には、おおぜいの傍聴人がつめかけた。[47] 法廷にはクラークが盗んだ多くの本が証拠として提出され、被害に遭った図書館の司書数人のほか、クラークから本を買ったニューヨークのディーラーが少なくともひとり出廷した。

その全員が、ダニエル・オコーネル裁判長にクラークの有罪を証言した（その一五年後、オコーネル判事は、一四人のナチ党員の戦争犯罪を裁くニュルンベルク裁判にアメリカの法律学者のひとりとして派遣されている）。

検察官のアーサー・ホートンがあげた主たる証拠は、バーグキストがニューヨークで発見した一群の本だった。クラークは本を書店に持ち込んだことは否定しなかったが、売ったのではなく無償で譲ったと主張した。例によって、いつ誰に譲ったかは話すたびに変わった。図書館の窃盗事件の調査のために、ランカスター図書館で「廃棄された欠陥のある本を故買人の疑いのある人物に見せて、ラベルや蔵書印のついた本を買い取るか試そうとした」とも言った。[48] だが、なぜ欠陥のある本を無償で提供するためにわざわざニューヨークに行ったかについては説明されず、クラークの主張に合理性がないのは誰の目にも明らかだった。最後に、ニューヨークのディーラー、アービング・アルパートが証言台に立った。アルパートによると、一年半ほど前からクラークは少なくとも一〇回彼の店を訪れ、いくらでもいいから本を買ってほしいと言ったという。最後に持ち込んだ大量の本は売れそうにないと断ると――商品の質は落ちる一方だった――クラークは委託でいいからと、金は受け取らずに帰ったというのだ。

こうした証言が続き、審理が始まって一時間と経たないうちに、クラークの弁護人は勝算がないと悟った。そして、無罪の訴えを撤回して、窃盗罪五件に対して罪を認めたのである。その二日後、クラークは禁固一年の判決を受けたが、すでに六ヵ月勾留されていたために服役期間は六ヵ月ということになった。こうしたなかで、多くの図書館がクラークの告訴を考え始めた。BPL館長のチヤールズ・ベルデンは『オレゴン』を取り戻すために、「クラークの所轄替えの要請が、ニューイングランドの複数の町から出されている」と訴えた。[49] ボストン一帯の図書館が協力して、クラークの犯罪を追及しようというのである。

妙案ではあるが、実現は難しかった。

7章 ニューヨーク州の裁判

拘置所のクラークに面会したあと、ウィリアム・バーグキストはブック・ロウの窃盗団に関する有益な情報を得てニューヨークに戻った。ロンム窃盗団との長年の関係に関するクラークの報告書は、具体的できわめて詳細だった。しかし、それだけでは十分でなかった。ロンム、ハリス、ゴールドたちが盗本売買に関わっていることは既存の事実だった。問題は、その事実を証明することだ。バーグキストから相談を受けたパンガー地方検事補は、クラークが提供した情報の価値を認めたが、判決を待つ被告の発言だけでは訴追できなかった。さらに、公判では書面による証言だけでなく、クラーク自身が証言台に立つ必要があった。だが、一九三一年の夏ごろには、クラーク自身の気持ちが揺らぎ始めた。マサチューセッツの拘置所で大陪審裁判を待つうちに、バーグキストが約束したように、ニューヨークの古書ディーラーの裁判に協力しても、刑が軽くなることなどなさそうだと思い始めたのである。

だが、パンガーは諦めなかった。パンガーは犯罪と量刑のバランスが曖昧だった動乱の時代に、法廷の汚職事件や警察の収賄事件に関わりながら、三回の選挙のたびに異なる地方検事の下で働いてきた。検察官として成功をおさめるにはなにが必要か知り抜いていた。だが、この事件ではまだそれが入手できていなかった。[1] ニューヨークで起こった窃盗事件の証拠である。ブック・ロウの窃盗団が他州で窃盗事件を起こした場合、その証拠は盗品故買罪に適用できるが、決定的な証拠となるのは地元で最近起こった窃盗事件だ。書店に並んでいる盗本を突き止めなければならない。クラークは盗まれた本や売られている書店、犯行の手口といった全体像についてはよく知っていたが、パンガーが知りたかったのは、具体的な本——たとえば『アル・アーラーフ』に関する動かぬ証拠だったのである。被疑者の権利を保障したミランダ判決はまだ下されておらず、裁判が検察側に有利な一九三〇年代だったとはいえ、ある人物を犯人と推定するのとそれを実証するのはまったく別のことだった。

ニューヨークの新聞がクラークの逮捕を取り上げて地元書店主との関係を報じたことも、捜査には不利だった。ロンム窃盗団は警戒して、クラークとの関連を示す本を処分したからである。こうして、八月には、バーグキストとパンガーは時機を待ったほうがいいという結論に達した。バーグキストとしても、マホニーとクラークを追いつめたことで、一応満足していたのだろう。

だが、その一方で彼は地道な捜査を続けていた。図書館の窃盗事件が新聞で報道された影響は、窃盗犯を警戒させただけにとどまらなかった。少なくとも図書館関係者の意識を変えるという利点をもたらしてくれた。窃盗団の規模や活動を知った関係者の中には、強力なコネクションを持つ人々もいて、進んでバーグキストに協力するようになったのである。また、バーグキストは、ロンム、ハリス、ゴールドを個別に追及するのは得策ではないと判断した。ひとりに集中すると、あとの二人が警戒して証拠隠滅を図ろうとするだろう。そのことを念頭に置いて、バーグキストは証拠集めに取り組んだ。

手始めに、ウィリアム・マホニーから話を聞くことにした。マホニーほど内情に精通している人間は他にいないし、バーグキストはマホニーを図書館に正式に採用するつもりでいたから、彼と接する時間が増えるのは自然なことだった。問題は、マホニーがどこまで約束を守るかだ。同じような誓いを立てた窃盗犯はこれまで何人もいたが、拘置所から出たとたん約束を翻した。だが、マホニーは違うようだった。数ヵ月経っても、少なくとも表面上は態度を変えず、図書館で働けることに感謝していた。そして、バーグキストに進んで情報を提供し、クラークが名をあげたジャック・ブロッチャーについても知るかぎりのことを話した。

ブロッチャーは主としてコネチカット州からロンム窃盗団に本を供給していた。マホニーの情報網を通して、バーグキストはブロッチャーがニューヘイブンのブリック・ロウ書店——ニューヨークの同名の書店の姉妹店——を狙う日を聞き出した。[2] バーグキストとしては、ひとりでも多くの窃盗犯を味方につければ、そのぶん多くの証拠が入手できると考えていたから、マホニーを引き込んだようにブロッチャーも陣営に加えたかったのだろう。そこで、書店と地元警察に連絡し、ブロッチャーを逮捕させようとした。ところが、書店主が店員二人に警備に当たらせたにもかかわらず、ブロッチャーは横一二インチ、縦一九インチ、幅三インチの本を盗んで逃げた。だが、そのあとで、別の書店から出たところを窃盗容疑で警察官に逮捕された。彼の車を調べたところ、カーペットの下からブリック・ロウ書店の本が発見された。

ブロッチャーからも、クラークやマホニーと同様、ロンム窃盗団に関する情報を得ることができた。しかも、クラークやマホニーと違って、現在も窃盗団と接触があるから、その情報は具体的で有益だった。大半がニューイングランドでの窃盗事件に関するもので、少なくとも一件はコロンビア大学図書館に関連しており、たまたまマホニーもこの事件を知っていた。

長年コロンビア大学の教授を務め、多くの本の著者でもあったブランダー・マシューズは、生涯を通して多岐にわたる貴重な本を数多く収集した。そして、その一部を生前にNYPLに寄贈しているが、大半はコロンビア大学に遺贈された。その中には彼の著作のほか、交流のあった作家たちが署名入りで献呈した本もある。マシューズはニューヨークの文壇でも名の通った作家だったから、あらゆる点できわめて価値のあるコレクションだった。

たとえば、マーク・トウェインが「遅きに失したが、敬愛をこめてブランダー・マシューズに贈る」と献辞を入れた『ハドリバーグを堕落させた男』。『ダーバヴィル家のテス』には、「ブランダー・マシューズへ、トーマス・ハーディ」という簡単な献辞が入っている。ジェームズ・ウィットコム・ライリーは『その後』を、オーウェン・ウィスターは『これからの隣人』を献呈し、セオドア・ルーズベルトは『歴史的な街々』に「ブランダー・マシューズ殿、友人にして著者から敬意をこめて、九一年一月」と書いている。マジシャンのハリー・フーディーニも、著書の一作に「よき友であるブランダー・マシューズ教授に、敬具、フーディーニ」と書いた（マシューズは彼のマジックの熱心な弟子だった）。[3] こうした本は、六〇〇冊近い蔵書とともに、コロンビア大学図書館が所蔵しており、貸し出されることはめったになかった。

ロンムはこのコレクションのリストを手に入れると、マホニーと二人のスカウトをコロンビア大学のモーニングサイド・ハイツ・キャンパスに送り込んだ。当時、ロンムはあちこちの大学図書館を標的にしており、その二年ほど前にはハーバード大学の図書館にもスカウトを送り込んでいる。どこの大学図書館も警備が手薄で、スカウトたちは指定された本を簡単に盗み出している。

一九三二年十一月、コロンビア大学図書館では、ウォルター・スコット没後一〇〇年を記念して、スコット卿の草稿を含めた貴重な作品展を開催した。『ウェイヴァリー』、『アイヴァンホー』、『ガイ・マナリング』の手書き原稿を含めて、展示物の四分の一はモルガン図書館から借り受けたものだった。NYPLからも一部の草稿を借りた。[4] ところが、警備員が二人常駐していたにもかかわらず、入館者で込み合った展示スペースから、白昼堂々と二〇〇ページの『ガイ・マナリング』が何者かに盗み出されたのである。犯人は偽造した鍵を使って展示ケースを開け、コートに隠して持ち出したようだった。一ヵ月後、詳細不問で五〇〇ドルの懸賞金がかけられた。半年後に『ガイ・マナリング』は無事に戻ってきたが、盗まれた方法も戻ってきたこと自体も謎だった。コロンビア大学図書館の関係者もモルガン図書館の関係者も、返却に当たって支払った金額を明らかにしなかった。だが、この本には一万ドルの価値があるとされていることから、公示された五〇〇ドル以上だったただろうと推測された。

マホニーはロンムから依頼されてコロンビア大学図書館から盗み出した本の書名や売却した書店を覚えていた。これはバーグキストには貴重な情報だった。書店で調べようにも対象がわからないと効率が悪いが、探す本がわかっていれば、誰かに探させることもできたからだ。

バーグキストは何週間もかけて計画を練り、その間にも書店を訪ね、できるだけ多くの窃盗犯から話を聞き出した。そして、数ヵ月後、ついに計画を実行に移す時が来たと判断した。

成否の鍵となるのは、ロンム、ハリス、ゴールドの三人の店を同時に急襲することだ。そのために、バーグキストは助手のアーサー・ハインル、NYPLのキース・メトカーフ、コロンビア大学図書館のフランク・アーブとチームを組み、地元警察と地方検事事務所からも応援を頼んだ。どの店にどの本があるかわかっていたから、手分けして証拠品を押収し、犯人を逮捕する計画だった。時間との勝負だったが、バーグキストは本を回収するにはこれしかないと信じていた。

十一月のある午後、一行はブック・ロウに向かった。メトカーフとアーブはロンムの店から、大量の本を押収した。アーブは関係者しか知らないコロンビア大学図書館の印を知っているから、少なくとも一三冊が自館の蔵書と確認した。アーサー・ハインルはベン・ハリスの店でコロンビア大学図書館の本を数多く発見した。

だが、ハリー・ゴールドは悪運が強かった。バーグキストが店を訪れたときには、盗本はきれいにかたづけられていたのである。おそらく、ゴールドに密告した人間がいたのだろう。メトカーフは綿密に計画を立てても、不測の事態は起こるものだと嘆いた（そして、なぜかいつもゴールドが逃げおおせる）。その日は十一月にしては暖かく——ニューヨークではその月の最高気温を記録した——厚手のコートの襟を立て、マフラーを巻く必要がなかった。一行は図書館にいるような軽装でブック・ロウに出かけた。メトカーフによると、そのせいでNYPLから解雇された元職員に気づかれたのだろうという。解雇されて恨みを抱いていた元職員は、深刻な顔で四番街を歩いている一行を見てぴんときた。そして、すぐゴールドにご注進に及んだというのだ。

このメトカーフの推理は当たっているかもしれないが、ゴールドがもっと確かな筋から警告を受けた可能性もある。ゴールドは盗本だけでなくポルノを扱っていたから、ポルノ禁止法違反で閉店に追い込まれたり、実刑判決を受けたりすることがあった。それでも、この違法取引で荒稼ぎしていたから、地元の警察管区の情報提供者に大金を出していた可能性は大いに考えられる。[5]

いずれにせよ、ゴールドは何者かから警告を受け、バーグキストはまたしても涙を呑むことになった。『アル・アーラーフ』の所在は依然としてわからなかった。

最初に起訴されたのはチャールズ・ロンムだった。一九三一年十一月二十五日、彼は八件の重窃盗罪と故買罪で起訴され、地方検事は彼の罪を「過去五年にわたって、ハーバード大学、コロンビア大学、ダートマス大学図書館ならびに多くの公共図書館から膨大な数の稀覯本を盗みつづけた陰謀」と呼んだ。[6] コロンビア大学図書館のフランク・アーブ、ハーバード大学図書館のポッター、ニューアーク公共図書館のキャサリン・ディバインが、ロンムの店にあった自館の本を確認した。[7] そして、全員が大陪審の審理で証言台に立った。

ロンムの最大の罪は、「ハーバード大学学長および教員団と呼ばれる法人の財産、家財、動産」に対する第二級重窃盗罪だった。[8] コロンビア大学、ダートマス大学に対しても、同じ罪が適用された。ロンムが盗ませた本のうち特に貴重な本のリストが作成されたが、その中にはニューヨーク在住の作家、ワシントン・アーヴィングの作とされる『感傷的な哲学者の断章』もあった。

その二週間後に、ベン・ハリスもコロンビア大学図書館から盗まれた本の故買を含む五件の容疑で起訴された。盗まれた本の中には、『ウィリアム・シュベンク・ギルバート卿伝』、ジョン・ヒッテルの『太平洋諸州の鉱業』、『取引をやめた商人からの手紙』、一五八九年に出版された『模範的な航海』、一六九二年にセビリアで出版された『四分儀による航海記』があった[9]（ハリスは最終的にさらに約六〇冊のコロンビア大学の本を受け取ったことを認めている）。

こうした物的証拠のほかにも、二人の公判では、クラーク、マホニー、ジャック・ブロッチャーの証言も期待できた。さらに、検察側は証人として、アール、エアハルト・ヴァイエ（ミッドタウンのレキシントン街の書店兼画廊の経営者）、ポッター、ハインル、バーグキストを用意していた。一九三一年十二月十一日、ロンムはハーバード大学図書館、コロンビア大学図書館およびニューヨーク公共図書館からの窃盗罪に対して罪を認めた。

しかし、ブック・ロウの窃盗団の裁判が東部の主要都市で報じられることはなかった。それ以上にセンセーショナルな事件が毎日のように起こっていたからだろう。他の窃盗事件と違って、社説で取り上げられたり、特集が組まれることもなかった。クラークの逮捕は第一面を飾ったとはいえ、それもボストン周辺の新聞に限られていた。ニューヨークでは、ロンムやハリスの有罪判決は主としてAP通信が扱い、社会面に載っただけだった。書籍関連の雑誌でこの事件に触れたのは『パブリッシャーズ・ウィークリー』だけだ。同紙の一九三一年十二月二十六日号には、関係者の感情を代弁している。

本という財産は、この国ではきわめて自由でリベラルな原則に基づいて研究者に提供されている。書架に近づくのは難しいことではなく、この自由を制限するのは、研究者の労作を手に取れず、学術書を活用できなくなることを意味する。ロンムのような人間の犯罪行為のせいで研究者がこの機会を奪われるとしたら、創作活動への影響ははかり知れない。これは重大な問題であり、事態の深刻さが十分反映された判決が下ることを世論は訴えるべきである。[10]

その翌週、この問題に関心を持つ人々は意外な展開に驚いた。ロンムに三年の実刑判決が言い渡されたのである。ロンムの弁護士は、年齢や犯罪の性質を考慮して情状酌量を求めたが、マックス・レヴィン裁判長は、答弁を許されただけで十分に寛大な措置は受けたとして拒否した。「書籍購買者と販売者に向けて、本件で暴露されたたぐいの陰謀を継続してはならないことを本法廷から明らかにすべきである。ニューヨークの図書館は、書籍窃盗者から保護されなければならない」[11]

ロンムにとってさらに不運なことに、収監先は、一九三〇年代に凶悪犯が多く設備も古いことで有名なシンシン刑務所だった。実際、ロンムが逮捕される半年前に、三人の収容者が刑務所内で刺殺されている。[12] 負傷した収容者は数知れず、残虐行為は日常茶飯事だった。看守もシンシン刑務所には勤めたがらなかった。大恐慌が勃発して二年目の一九三一年にも、シンシン刑務所勤務を打診された公務員の半数が拒否したという[13]（シンシン刑務所は昔から悪名が高かった。二〇年前にエドウィン・ホワイト・ゲイラードが盗本売買に関与したディーラーに、有罪になったらシンシン刑務所送りになると言うと、彼は「シンシンだけはごめんだ。誰がなんと言おうとぜったい行かない」と答えた。そして、その直後にフィラデルフィアに逃亡して首を吊った）。[14]

三六歳のベン・ハリスの容疑も基本的にロンムと同じで、彼は一件の窃盗罪で罪を認めていた。

しかし、それはロンムの判決が下りる前で、比較的軽い処罰ですむと思い込んでいたからだった。だが、レヴィン裁判長が年長者のロンムに情状酌量を認めないなら、三〇代の自分に認めるわけがない。ハリスの心配はもっともで、彼はロンムと同じ運命にならないように知恵を絞った。そして、思いついた解決法は、懲役刑を避けるには、なかなかいい考えだった。

バーグキストがNYPLの蔵書、とりわけ『アル・アーラーフ』を取り戻したがっていることは、関係者なら誰でも知っていた。そこで、ハリスはこの本の回収に協力すれば、収監を免れるかもしれないと考えた。判決の前日、ハリスは弟のエドとハリー・ゴールドの店を訪れた。ゴールドは今のところ窃盗団との関与を追及されずにすんでいるが、窃盗団がこれほど敵視されるようになったのはゴールドのせいだった。彼がNYPLの保管庫の稀覯本を盗もうなどと思いつくまで、図書館窃盗は水面下で順調に進んでいたのだ。それはともかく、ハリスは『アル・アーラーフ』を取り戻せたら、刑期を短縮できるか、うまくいけば収監されずにすむと考えたのである。そして、バーグキストと交渉するために本を譲ってほしいとゴールドに頼んだ。

だが、ゴールドは断った。[15]『アル・アーラーフ』を手放したくなかったのか、あるいは、ハリスが刑務所に入ってもかまわないと思ったのか、おそらくそのほかにいろいろな理由が重なったのだろう。もう手元にないのだと言ったが、ハリスをなだめようとして——ハリスに密告されてはまずいので——買い戻せるかどうかやってみようと言った。しかし、約束を守るつもりなどなかった。

その翌日、レヴィン裁判長はハリスにロンムと同じ判決を下した。[16]

予想どおり、シンシン刑務所ではロンムもハリスも苦労した。とりわけ当時五〇代だったロンムにとっては過酷な生活が続き、一年ほどすぎたころ――その一年の大半を病棟ですごしていたのだが――「心臓性喘息」が悪化して釈放された。そして、店から数ブロック離れた東一二丁目のアパートに戻って、失意の日々をすごした末、その二年後に心臓病で亡くなっている。[17]

だが、ベン・ハリスには健康上の問題がなく、ロンムのような扱いは期待できそうになかった。シンシン刑務所は噂以上にひどいところだった。独房は丈の高い棺桶のようだったし、本好きなデンマーク移民と気の合う収容者などいなかった。収監されて一週間と経たないうちに、彼は店を任せていた弟のエドに、なんとか『アル・アーラーフ』を取り戻す方法はないかと相談した。どんな犠牲を払ってでも刑務所を出たかったが、その鍵を握っているのはゴールドだ。ゴールドはハリスを助ける気などないだろうが、彼の行動は予想がついた。ゴールドの最大の関心事は収監されずにすむこと。そして、第二の関心事は金儲けだ。その二つをうまく利用すれば、本を手に入れられるかもしれない。譲ってほしいと頼むのではなく買い取ればいいのだ。本を手に入れたら、釈放を交換条件にしてバーグキストに渡そう。

もちろん、話はそれほど簡単ではなかった。ハリスが本を買い取ると持ちかけても、ただでさえ疑心暗鬼になっているゴールドは罠だと思うにちがいない。誰か――ゴールドが信頼している人間を仲介役にするのがいいだろう。そこで、ハリスは弟にオスカー・チュドノフスキーというディーラー仲間に会うよう頼んだ。[18]

チュドノフスキーも、ハリスと同様、ポルノを扱っており盗本の故買もしていた。口が堅くて信用できるうえ、ゴールドともときどき組んでいたから、仲介者として白羽の矢を立てたのである。

ゴールドも彼がハリスの指図で動いているとは思わないだろう。二月にエド・ハリスはチュドノフスキーを呼び出し、兄の店を引き継いだと説明したうえで、頼みたい仕事があると切り出した。ゴールドがいくらなら『アル・アーラーフ』を手放すか探ってほしい、うまくいったら仲介料をはずむ、ただし、こちらの名前は出さないでほしいとエドは言った。チュドノフスキーは引き受けた。

金になると思ったチュドノフスキーは、日ならずしてゴールドに話を持って行った。そして、簡単なやりとりの結果、四二五ドルで売るという合意を取り付けた。大幅な値下げだが、手元に置いておいて警察に捕まるより、金になるだけましだと思ったのだろう。チュドノフスキーはさっそくエドに会って、ゴールドは五〇〇ドル要求していると言った。大金だが、予想していたほどではなかったので、エドは金の用意ができ次第連絡すると答えた。

『アル・アーラーフ』にしては安いとはいえ、その時期に五〇〇ドルかき集めるのはハリス兄弟には無理だった。盗本が継続的に入ってこなくなって、店の収益も落ちていたからだ。『アル・アーラーフ』を手に入れたらバーグキストに渡すつもりだったから、いっそ金も出してもらえないか頼んでみることにした。こうして、ベン・ハリスはNYPLのメトカーフとバーグキストを訪ねるようエドに言った。[19]

ゴールドは逮捕をなにより恐れているはずだった。窃盗団の主だったメンバーは収監されたから廃業していたし、ゴールドが『アル・アーラーフ』を持っているのは公然の秘密だ。すでに蔵書印を削り、表紙を破り取り、漂白したページも数枚あった。大幅な値下げはやむをえない。売れるだけでもありがたいし、たとえ金にならなくても、シンシン刑務所に入れられるよりはずっとましだ。

ゴールドはそう思っているにちがいないとエドはバーグキストに話して、追いつめられたゴールドが本を焼却するかもしれないという彼の恐怖をかき立てた。バーグキストは、本を回収し、ゴールドを更生させるために、ハリスの計画に加担することにした。

バーグキストは楽天家だったが、すでに、『アル・アーラーフ』を取り戻そうとして二度失敗していたから、これが最後のチャンスだと思った。今度こそ失敗できない。エドから話を聞いたあと、彼はアーチボルト・ファイアストーン地方検事補に連絡した。そして、今回の計画は実現性が高いうえ、図書館側の協力も見込めると説明して、ファイアストーンに五〇〇ドルを出すことを承諾させた。

ベン・ハリスの計画はこうだ。チュドノフスキーはエド・ハリスに「雇われて」ゴールドから『アル・アーラーフ』を買う（警察が裏で糸を引いていることは、チュドノフスキーには知らせない。彼に知らせて益になることはひとつもないから）。五〇〇ドル持って、彼はゴールドに会う。二月にも話を持ちかけているから、ゴールドは警戒しないはずだ。チュドノフスキーが金を持っている間は警官と図書館員が彼を見張る。取引が完了したら、チュドノフスキーはエドに本を渡し、警察はゴールドを逮捕する。単純な計画だった。

一九三二年九月二日の金曜日、バーグキストは地元のアマルガメイティド銀行で、地方検事の代理人であるモーリス・ゴーグラン刑事と落ち合った。ゴーグランは警視庁の贋作および金融犯罪の専門家で、大金のからんだおとり捜査に関わったことが何度もあった。[20] 二人はニューヨーク市の預金口座から五〇〇ドル引き出すと、紙幣の通し番号を書きとめてから、エドに渡した。エドは札束を鞄に入れてブック・ロウに向かった。一二丁目の玉突き場でチュドノフスキーと会うことになっていた。

バーグキストとゴーグランは、適切な距離を置きながら玉突き場までエドを尾行し、チュドノフスキーが出てくると、今度は彼のあとをつけた。ブック・ロウのあちこちに警官も待機していた。しかし、チュドノフスキーの後ろに近づいたのは、NYPLのチャールズ・ショーだった。ショーは参考図書を扱う司書で、時折バーグキストを手伝っていた。バーグキストはブック・ロウでよく顔を知られているから、尾行役には不向きだ。ゴーグランも目立たない私服姿とはいえ、警察官と見抜かれるおそれがある。ショーは中肉中背の平凡な容貌だったから、尾行役には最適だったのだ。数人の警察官が、少し離れたところからショーを追っていた。

ショーはゴールドの店までチュドノフスキーのあとをつけた。ゴーグラン刑事もショーを追った。ゴールドを警戒させるようなまねはしたくなかったが、かといって、チュドノフスキーを信用していたわけではなかったからだ。

役割の大きさがわかっていたから、ショーは極度に緊張していた。チュドノフスキーが四番街のゴールドの店に入ると、彼も続いて入った。そして、書棚の陰からしばらく様子をうかがっていたが、やがて外に出て、歩道に出した台に積まれた本をめくりながら、ちらちらと店内をうかがった。万事に抜け目のないゴールドは、ショーに気づいた。胸騒ぎを覚えたが、『アル・アーラーフ』を金に換えるチャンスはこれが最後だった。

数分後、チュドノフスキーは店を出た。そして、街路をぶらぶら歩きだした。[21] しばらくすると、公衆電話ボックスに入って電話をかけた。ショーは何事かと警戒した。チュドノフスキーが本を持っている様子はなかったが、確かなことはわからなかったので、こっそり見守るしかなかった。ショーは全身汗にまみれていた。緊張していたせいだけでなく、九月の残暑もこたえたのだろう。だが、チュドノフスキーは電話をかけたかったわけではなかった。実際には、自分にとっていちばん大切なことにとりかかっていたのだ。五〇〇ドルを数え直して、七五ドルを内ポケットにしまったのである。

一五分ほどして再び店に入ると、彼はゴールドに四二五ドル渡し、『アル・アーラーフ』を受け取った。そして、ペーパーバックでも抱えるように小脇に挟んで店を出ると、ハリスの店に向かった。店ではエド・ハリスが、バーグキストとともに待ち受けており、少し遅れて、チュドノフスキーをずっと尾行していたショーとゴーグランも合流した。NYPLの本を回収するために動かされていたと知ったときのチュドノフスキーの動転ぶりは、ちょっとした見ものだった。[22]

一方、ゴールドはチュドノフスキーが店に来たときから、どこか変だと感じていた。なにもかも腑に落ちなかった。だが、ずっとあの本を持っていて、厄介事しか起こらなかったのだから、いまさらチュドノフスキーのおかげで運が変わるとも思えなかった。それでも警戒するに越したことはないと判断して、チュドノフスキーが帰るとすぐ歩道の台を引っ込め、戸締まりをして店を出た。それきり四日間店に近づかなかった。

しかし、どれだけ身を潜めていても逃げおおせるわけではなかった。一年後の九月六日、ついにゴールドは店に戻った。一方、バーグキストとメトカーフは長年の苦労の末、『アル・アーラーフ』を取り戻した。次の目標は、ゴールドを被告席に立たせることだ。ゴールドが店に戻ったと聞くと、バーグキストは彼を訪ね、『アル・アーラーフ』を入手した経緯を追及した。だが、ゴールドはなにも知らないと答えた。一年半ほど前には「スミス」というカナダ人が預けていったとバーグキストに言ったことがあったが、そんな話をした覚えはないと言った。[23]

ゴールドは図書館の蔵書印を削り、表紙を破り取るなど、所蔵者がわからないように本を加工していたが、それでもまだ十分ではなかった。本がバーグキストの手元に戻ると、あとは時間の問題だった。いくら用心しても、ゴールドにはすべての印は消せなかったのだ。目録を作成した司書のマリオン・ルートは、『アル・アーラーフ』の六七ページに秘密の印をつけていたが、もちろん、ゴールドはそんなことは知らなかった。

一九三二年九月八日、ゴールドは大陪審に起訴された。彼はその事実に愕然としたことだろう。ロンムやハリスがすでに収監されたのは知っていたが、なぜ自分たちが法の裁きを受けなければいけないのか。長年あちこちの図書館から本を盗んで(あるいは、盗ませて)きたが、これまでなんの問題にもならなかったのに、NYPLから三冊盗んだだけで――しかも、ほとんど金にならなかったのに――なぜこんなことになったのかと嘆いたにちがいない。ひとつには、ゴールドのような本泥棒との闘いに情熱を傾けたバーグキストが相手だったからだが、それ以上に大きな理由は、ニューヨークにおけるNYPLの立場だった。NYPLは貴重な図書館であり、その維持におおぜいの有力者が関わっていた。評議委員には、エルフ・ルート、J・P・モルガン、ペイン・ホイットイー、クリーブランド・ドッジ、ジョン・フィンリー(『ニューヨーク・タイムズ』編集長)、エドワード・シェルドン（全米信託銀行頭取）をはじめ、商工業、慈善活動、法曹界、ローマカトリック教会などの権力者が名を連ねていた。九月十九日に、評議委員長で、著名な法律家であるフランク・L・ポークは、トーマス・クレイン地方検事に次のような手紙を書いている。

僭越《せんえつ》ながら、ニューヨーク公共図書館から盗んだ本を受領した容疑で逮捕された中古本ディーラー、ハリー・ゴールドの件で、書状を差し上げます。ゴールドは九月七日に罪状認否を問われ、無罪を主張して、一五〇〇ドルの保釈金を支払って釈放されました。彼が大陪審に起訴され、すでに罪状認否手続きを終えたことは承知しております。我々としてはこの事件は、窃盗団の活動によって数多くの貴重な本を失ってきたすべての図書館にとって、きわめて重大なものと受け止めております。地方検事局におかれましては、きわめて有益かつ賢明なご判断によって、昨年、同様の容疑で起訴されたロンムという人物ならびにハリスという人物に対して有罪判決を勝ち取られました。

本件を担当された判事が誠心誠意務められていることは承知しておりますが、まことに僭越ながら、すべての図書館、とりわけ我々の図書館が、有罪判決を勝ち取ることに深い関心を抱いており、ひいてはそれがこの犯罪活動に関わっている人びとに重大な倫理的影響を及ぼすであろうことに対して貴殿のご注目を喚起させていただきたく存じます。[24]

クレイン地方検事は優秀な裁判官でもあり、担当した多くの事件のなかでは、トライアングル・

ウエスト社の殺人事件が有名だ。だが、ここ数年は威信が失墜していた。一九三〇年代初めにニューヨークの裁判所と警察署を調査した弁護士のサミュエル・シーベリーは、クレインを「泥棒たちに囲まれた無能だが誠実な男」と呼んだ。[25] また、ギャングのアーノルド・ロスタインの殺人事件を解決できず、行方不明になったニューヨーク最高裁判事ジョセフ・カーターを発見できなかったために、報道関係者の間でも評判が悪かった。しかし、地方検事であることに変わりはなく、正義を求める有力者が手紙を送る価値はあったのだろう。四〇年にわたってタマニー派に所属して地位を築いてきたクレインは、この手紙を重く受け止めてゴールドを厳しく追及した。

しかし、ゴールドも強気だった。法廷で闘う気力も資力もあったからだが、それ以上に、屈したら最後だとわかっていたからだろう。ゴールドの公判の担当裁判官は、ロンムとハリスに厳しい判決を下したレヴィンだったのである。起訴されて三週間後、ゴールドは無罪を主張した。公判は一九三二年十月六日、フランクリン通り三二丁目にある刑事裁判所で開かれることに決まった。

クラークと違って、ゴールドは同業者の証言を当てにしたりせず、ロバート・ダリュというニューヨークでも著名な弁護士に弁護を依頼した。ダリュはマディソン街のＮＹＰＬのそばに事務所を構えて、長年、犯罪防止に携わってきた。弁護士としての活動以外にも、経済犯罪協議会の特別顧問、連邦大陪審協会の顧問、不正取引抑圧委員会の委員長、犯罪に関する連邦弁護士協会の会長を務めていた。ダリュはゴールドに接見し、予備審問について話し合ったが、公判が始まってからは、弁護士事務所の他の弁護士にこの事件を委ねている。

公訴事実を告げられたゴールドは、検察側の六人の証人のうち三人（ハリー・ストーン、マックス・ファブリカント、エド・ハリス）が古書業界の人間である点を指摘した。「一般に、我々の業界では、友好関係は存在しません。とりわけ、大恐慌が始まってからは競争が熾烈になり、非協力的というだけではすませられない態度をとる同業者がいくらでもいます[26]」チュドノフスキーについては、「法に抵触するような好色で猥褻な本の出版人で、公共図書館の本を盗んでいることも業界ではよく知られている」と言った。

ゴールドは無罪を主張してさまざまな発言をしたが、なかにはこんなものもあった。

一部の人々にとって、犯罪によって紛失した本の返還は、返還された事実が世間に広まることで将来的に窃盗事件を防ぐことになり、公共図書館の利益になると見なされていることは、もちろん、承知しています。しかし、いかなるトラブルにも巻き込まれたことのない誠実な商売をしている者として、本法廷に謹んで申し上げますが、治安刑事裁判所で始まった審理は、簡略に私を起訴して終わらせるべきではなく、私がすでに多大な不利益をこうむり、たとえ起訴が取り下げられたとしても取り返しがつかず、本件が世間に与えた間違った印象のために仕事に深刻な支障をきたしていることを考慮するのが健全な考え方ではないでしょうか。[27]

ロンムやハリスと違って、ゴールドは情状酌量を望んでいたのではなかった。彼としてはこの裁判に勝つしかなかったのだ。高い依頼料を出して雇った弁護士が大陪審を説得できるのではないかと期待したが、起訴内容からしても、その可能性は低くないと思っていた。ロンムやハリスとは違って、ゴールドの容疑は二件だけだったからである。『アル・アーラーフ』に関する重窃盗罪と盗品受領罪だ。第一の嫌疑はゴールドが「犯意をもって、暴力的に、こうした事件に対して作成された法令に反して、また、ニューヨーク州民の治安および尊厳に反して、一冊の稀書を盗み、取得し、持ち去った」ことに対するものだった。第二の嫌疑は、「被告がその時点で当該物品、財産、動産が、犯意をもって盗まれたことを知りながら、犯意をもって、購入、受領、秘匿、保留、ならびに秘匿および保留を幇助《ほうじょ》した」ことだった。決まりきった法律用語だが、第二の嫌疑がその後まもなくゴールドの弁護に重要な意味を持つことになる。

一九三三年五月、公判はジョセフ・コリガン裁判長の下で再開された。コリガンは生真面目で公正な判事で、タマニー派がニューヨークを牛耳っている時代にも、政治団体の有力者を敵に回すことを恐れなかった。長年下級判事を務めたあとで治安裁判所判事に任命され、異例の全会一致で州議会に承認された。[28] 一九三一年四月、治安判事としての初日に、コリガンは淡々と前任者が残した一二の事件に取り組んだ。[29] コリガンは図書窃盗を出来心で犯した軽微な犯罪ととらえるような裁判官ではなかった。さらに、ゴールドにとって不運なことに、公判の一ヵ月前に、州議会が新たに仮釈放委員会を設立するにあたって、「犯罪者に対する寛大さは社会に対する脅威である」と述べている。一年服役すれば仮釈放の対象となる資格を大半の犯罪者に与えるのはとんでもないことだとコリガンは言う。「私見では、これはすべての刑法を実質的に無効にするものであり、州議会がこの提案を採用し実施すれば、警察庁を解散し、裁判所を閉鎖して、犯罪社会に独裁権を与えたも同然だ[30]」

コリガンがこの発言をしたのは、シンシン刑務所のルイス・ドーズ所長と収監をめぐって論争した二週間後のことだった。ドーズ所長は懲役刑より仮釈放の効用を重視し、犯罪抑止機関を活用すべきだと言った。コリガンはそれに反論し、「犯罪を抑止する唯一の方法は、犯罪が割に合わないものであり、収監がその直接の結果だと示すことである」と述べた[31]。コリガン裁判官がアメリカでもっとも悪名高い刑務所の所長以上に懲役刑を重視しているという事実は、ゴールドには衝撃だったにちがいない。レヴィン裁判官の厳しい追及を逃れたとたん、それ以上に手ごわい裁判官に当たってしまったのだ。

検察官に関しても、ゴールドは幸運とは言えなかった。担当の検察官、アービング・メンデルソンは、ニューヨーク大学ロースクールを卒業して、この仕事について三年目。若く意欲的で、被告が世間の注目を集める人物でも手加減しなかった。メンデルソンの名声を高めた事件としては、シンシン刑務所で伝道を行なっていたユダヤ教のラビを有罪に持ち込んだ裁判があげられるだろう。その男は博士号と法律の学位を取得したと詐称していたが、実際には入国しようとする移民を食い物にしていたのである[32]。時期も悪かった。ゴールドの公判が始まった日は、一年前に急死したメンデルソンの妻の命日だったのである。しかも、その二日ほど前、出廷中に買ったばかりのスプリングコートを盗まれた[33]。寛大な措置を考慮する心境ではなかったにちがいない。

メンデルソンが請求した証人リストには、この事件に関わったほぼ全員が含まれていた。バーグキスト、メトカーフ、アーサー・スワン、エイブ・シフリン、ベン・ハリス、アーサー・ハインル、ハリー・ストーン、ジョン・エリオット、そして、チャールズ・ショー。事件のことをほとんど知らず、マリオン・ルートが作成した稀書目録のことも知らない人間にも、「この本の秘密の印の確認のために証言する」ことが求められた。チュドノフスキーの名前まであった。クレイン地方検事は、チュドノフスキーがリバティ書店を構えているニューヨーク州リバティにきわめて明快な電報を打った。五月十六日九時四五分きっかりに治安裁判所に出頭するようにという内容だった。タイトルは「ハリー・ゴールドの公判」だった。[34]

証人たちは、殺風景な茶色い壁の法廷で行われた長い審議の中で、次々と証言台に立った。「時折窓から射す陽光も、事実と虚偽が交錯する論争の証人にされるのを避けるかのように、すぐに雲の合間に隠れた」[35]書籍ディーラーたちはそれぞれ役目を果たした。豪胆なはずのアーサー・スワンは、極度に緊張して、蚊の鳴くような声で、ほんの短期間『アル・アーラーフ』を所有した経緯を説明した。ハリー・ストーンはそれよりはしっかりした口調で同じ趣旨の証言をした。彼の証言は被告側に大きな打撃を与えるものではなかったが――ストーンはさほど重要ではない関係者だったから――ゴールドの弁護人は、かつて彼が猥本を所有していた嫌疑で有罪判決を受けたことを根拠に信用性に異議を唱えた。検察側の証人は、程度の差こそあれ、ストーンと同様ゴールドの弁護人に圧倒された。

活発な弁護に気圧《けお》されたのか、勝算を考えたのか、審理の途中でメンデルソンはゴールドの第一の嫌疑を取り下げた。重窃盗罪と裁定される可能性はあったが、第二の嫌疑にくらべると根拠が弱かったからだろう。盗品受領の第二の嫌疑は事実だったから、それに集中することにしたのだ。証人の数と質から言っても、評決はすでに決まったも同然だった。ゴールドが少なくとも盗品受領で有罪になるのは明らかだった。

にもかかわらず、公判は一週間以上続いた。[36] ゴールドは支払った弁護士費用は取り戻したわけだ。コリガン裁判長は陪審団に指示を与えて、あとは彼らの評決に委ねた。そして、五月二十三日、陪審団はゴールドを一件の嫌疑で有罪と認めた。コリガンはゴールドにマンハッタン拘置所で判決を待つよう言い渡した。判決が出たのは、六月七日、クラークがボストン郊外で逮捕されてからあと一日で二年という日だった。陪審団は二六歳のゴールドが二〇年の実刑を言い渡される可能性を考慮して、裁判長に寛大な措置を求め、コリガンはそれをある程度受け入れた。シンシン刑務所での二年ないし四年の服役を言い渡したのである。[37]

しかし、ひとつ問題があった。検察側も裁判官も、「公共あるいは法人図書館に属し、所有権を示す認証や印を有する本を含む特定の部門の所有物を、同品を販売あるいは納品した人物にそうする法的権利があることを入念な調査によって確認することなく購入あるいは受領した者は、重罪に値する」という刑法第一三〇八条に基づいて裁定していた。[38] 陪審団に対する指示の中でも裁判長はこの言葉を使っていた。

ゴールドの弁護士はこれに異議を唱え、判決を不服として上訴した。裁判長は陪審団に指示するに際して誤った法令解釈をしたというのである。ゴールドの言い分は、盗品の購入者が有罪となる場合に決め手となる「知識」に基づいていた。第一審裁判所の論拠によると、ゴールドは「入念な調査」によって、自分に本を売ろうとした人物が本の所有者でないことを確認する必要があった。

そして、それこそを合理的な疑いを越えて立証しなければならない。だが、ゴールドの主張によると、彼は判例法（つまり、裁判官がつくった法）の下で起訴され、盗品の受領に際して、それが盗品であるという「現実的で建設的な知識」を要求されたわけだ。単なる用語の解釈だと受け取られるかもしれないが、これは重大な問題だ。検察官はゴールドがなにを知っていたかを証明しようとせず、彼らはゴールドが知っているべきだったことだけを証明したのである。

一九三三年十一月十七日、州最高裁上訴部第一部でゴールドの主張が過半数の支持を得た。「盗品あるいは着服した物品を販売もしくは納入した人間にそうする法律上の権利があるか、被告が合理的な調査を行なったと証明する負担は被告に課され、そうした調査を行なっていなければ、その物品は盗品あるいは着服したものと知ったうえで購入あるいは受領されたと推定される。これは被告にとって不当な負担であり、不利益をもたらす誤りであると考えられる。判例法によって盗品を受領した罪で被告を起訴するなら、被告が禁止品と知ったうえで当該物品を受領したことを証明しなければならない」と裁定したのである。[39] その結果、ゴールドは罪に問われずにすんだ。

六ヵ月服役しただけで、ゴールドは釈放された。悪臭の漂う湿っぽいシンシン刑務所の独房棟を出たゴールドは、ロングアイランドの南に家を構え、大西洋の潮の匂いと陽光を楽しみながらブック・ロウに戻る計画を立てた。

ゴールドを刑務所に送るために長年努力を重ねてきた関係者は怒りがおさまらなかった。地方検事は再審の準備を進め、図書館は新たな証人集めに協力した。一九三四年一月、ＮＹＰＬ評議委員長フランク・ポークは、再度影響力を行使しようとして、アービング・メンデルソン検察官に手紙を書いた。

　ショー氏ならびにバーグキスト氏より、ゴールドの裁判について貴殿のご高見をうかがったという報告を受けました。この件で貴殿の大切なお時間をとらせることを申し訳なく存じておりますし、ご多忙なのは重々承知しておりますが、なんとしても有罪判決を勝ち取りたいという我々の熱意に免じてお許しいただけるものと確信しております。

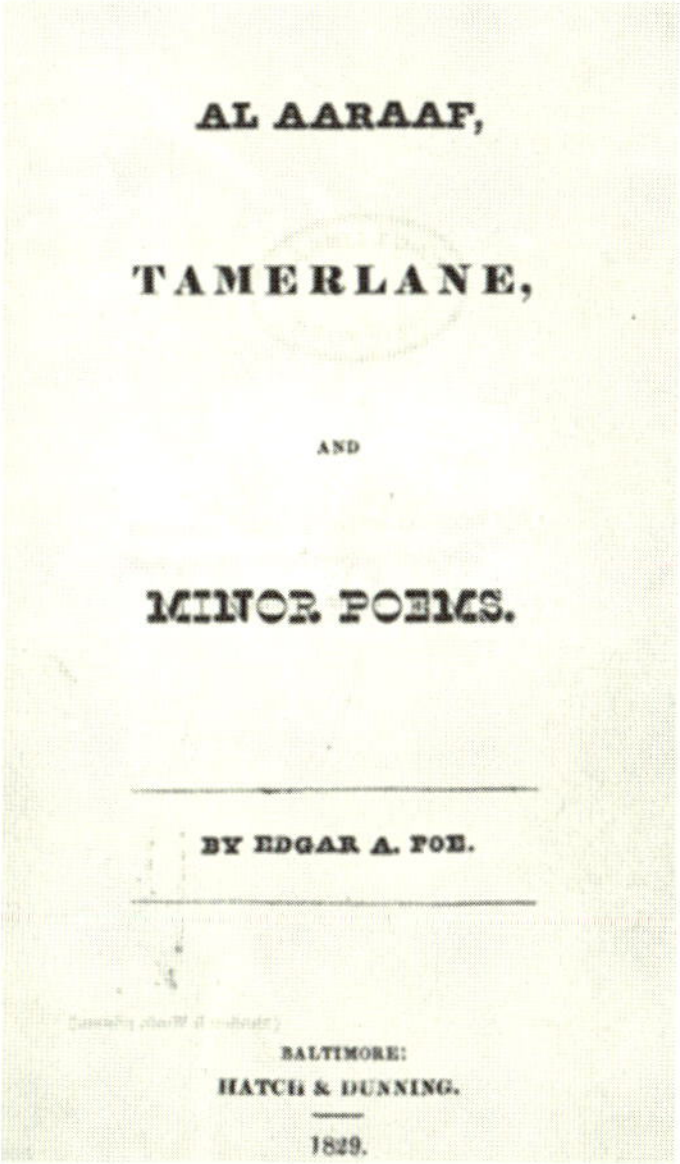

写真：ニューヨーク公共図書館、視聴覚資料、草稿、および古文書部、ニューヨーク公共図書館、アスター、レノックスおよびティルデン財団所蔵

『アル・アーラーフ、タマレーンおよび小詩集』は1931年に盗難に遭った。ハリー・ゴールドは蔵書印を消し、表紙を切り取ったが、特定のページにつけられた印のおかげで図書館の蔵書と証明された。

残念ながら、ゴールドは罪を免れたという印象を受けますが、上訴裁判所の不当な決定にもかかわらず、この事件の審理を進めることはきわめて重要であると思われます。図書館がこうした人物に翻弄される現状はまことに遺憾であり、有罪判決を受けても執行を猶予されるなら、この種の犯行がなくなることはないでしょう。

本件に関して私どもにできることがありましたら、どうかご用命ください。以前にも申し上げたように、私どもにはその用意があります。[40]

ゴールドは再審になっても結果は同じだろうと高をくくっていた。それでも、万事抜かりのない彼は、今回もマンハッタンの著名な弁護士、ジェイ・レオ・ロスチャイルドに弁護を依頼した。ロスチャイルドは法学部の元教授で、多くの著書があり、ニューヨーク州の裁判となった事件の判例集も作成していた。そして、ロバート・ダリュと同様、マディソン街の、NYPLの近くに事務所を構えていた。[41] ロスチャイルドは最初から強気で、大陪審に起訴を撤回させようとした。ゴールドが州最高裁上訴部から勝利を勝ち取ったことに基づいて、「本には所有することになった人物が肉眼で見えるような印章も印もなかった」と述べ、したがって、法令上の盗品受領には当たらないと主張した。[42] しかし、彼の弁護にもかかわらず、一九三四年二月二十六日、ゴールドは刑法第一三〇八条に基づいて再起訴された。

再審は基本的に第一審の繰り返しだったが、いくつか小さな変化があった。裁判長は勤続一九年のベテラン判事、モリス・クーニックで、コリガン判事ほど厳しくはないが、長期刑を下すのをためらうような人物ではなかった。実際、比較的軽微な罪を犯した人間をシンシン刑務所に送ったこともあった。証人リストも一審とは少し違っていた。召喚されたのは、ジョン・エリオット、マリオン・ルート、A・S・W・ローゼンバック（「本の価値について証言できる」）、ハリー・ストーン、エイブ・シフリン、エド・ハリス、ゴーグラン刑事（「逮捕に関して証言できる」）、マックス・ファブリカント、キース・メトカーフ、そして、ウィリアム・バーグキスト。[43] だが、ベン・ハリスは証人として召喚されなかった。「ハリー・ゴールドの友人」と称する人物から、「赤毛のろくでなし」と決めつけられたハリスに届いた殴り書きの手紙が原因だったのかもしれない。その手紙には「おまえはキーキーわめく黄色いネズミみたいな卑劣なやつだ。近いうちに借りは返す」とあった。[44]

ベン・ハリスは証言台に立たなかったが、彼よりずっと強力な証人が見つかった。サミュエル・レイナー・デュプリである。十一月初旬、ゴールドが釈放される少し前に、デュプリはマディソン書店に盗本を売ろうとして逮捕された。一九三一年一月にNYPLで盗みを働いたあとも図書館窃盗から足が洗えず、定期的に刑務所を出たり入ったりしていた。そのときは、マディソン書店なら信用できる故買人がいると聞いていたのだが、彼が話を持ちかけた相手は即座に通報した。しかも、間が悪いことに、デュプリは窃盗罪の有罪判決を受けてニューヨーク郡感化院で一年服役したあと、仮釈放されたばかりだった。逮捕されたのはデュプリにとってはただの不運でも、ハリー・ゴールドには致命的だった。刑務所に舞い戻りたくないばかりに、デュプリは司法取引に応じた。『アル・アーラーフ』の盗難に関して証言することを地方検事に約束したのである。[45]

再審は一審とほぼ同じ展開になった。上訴裁判所で逆転された苦い経験に懲りて、検察側は徹底的に準備をした。一九三四年六月二十七日、ゴールドは一審と同じ嫌疑で有罪判決を受けた。クーニック裁判官は陪審団を解散するにあたって、「理性的な議論を行なうかぎり、これ以外の評決に達することはできなかっただろう」と述べた。[46] そして、その九日後、ゴールドがすでに服役した期間を考慮して、一年ないし二年の実刑を言い渡した。

三年以上かかったが、ようやくバーグキストはゴールドに罪を償わせることができた。だが、それ以上に重要なのは『アル・アーラーフ』が合法的にNYPLに戻ってきたことだった。判決の直後に『アル・アーラーフ』はNYPLに届けられた。何人もの手を経て、手荒く扱われたせいですりきれ、保存状態は決してよくなかったが、それでも、無事に戻ってきたのである。一九三四年十月、NYPLはこの本を修理することに決め、図書館の製本所で暗青色の山羊革で新しく製本した。[47] そして、今日に至るまでこの立派な表紙のまま図書館の稀覯本コレクションの一部となっている。

いっしょに盗まれた『緋文字』と『白鯨』はついに回収できなかった。

8章 稀覯本の終わり

いろいろな意味で、ウィリアム・マホニーはバーグキストが更生できると信じたタイプの人間だった。そして、不思議なめぐりあわせで、共犯者だったハロルド・クラークがなろうとしていた存在、すなわち、図書館にとって貴重な存在となった。クラークは窃盗団に関する情報を提供すると強引に図書館に持ちかけたものの、まったく相手にされなかった。だが、マホニーは違った。地道な人生を送りたいと本心から願っていたうえ、人好きのする性格だったからだろう。バーグキストの推薦で、マホニーはニュージャージー州のニューアーク公共図書館で働き始めた。最終的には特別捜査員となり、長年にわたってその役割を立派に果たした。一九三七年には、かつて盗み出すのに加担した本の一部を取り戻すことに成功している。

一九三七年二月、ニューアークの古書店で本を買ったという人物から、マホニーに電話があった。貴重な初版本を何冊もまとめて一ドル一五セントで購入したが、話がうますぎて心配になったというのだ。その店に行ってみると、図書館の蔵書印のついた本が一〇三冊見つかった。マホニーはバーグキストに報告し、調査を始めた。

その結果、五、六年前にニューアーク公共図書館、ハーバード大学、ブラウン大学、バークシャー・アンセニアム、マサチューセッツ州ピッツバーグ公共図書館から盗まれたものと判明した。ロンム窃盗団が定期的に狙っていた図書館ばかりだ。発見された本の大半は、十九世紀のアメリカ人作家の初版本だった。エミリー・ディキンスン、ジョン・ドリンクウォーター、オリバー・ウェンデル・ホームズの蔵書だったハリエット・ビーチャー・ストウの『リトル・フォクシズ』とウィリアム・デュアンの『リーガン』もあった[1]（ホームズは氏名を記した蔵書票を貼っていた）。その書店はそういう稀覯本を捨て値で売っていたのである。

図書館の蔵書印が残っていたにもかかわらず、最終的に、その書店主と一連の事件との関与は認められなかった。何度も売買されたせいで、出所を突き止めることができなかったからだ[2]。しかし、ロンム窃盗団が関わっているのはほぼ確実で――マホニーが盗んだ本も含まれていたかもしれない――ロンムやハリスが次々と起訴されたとき、あちこちの倉庫に隠していた大量の本をあわてて処分したものと考えられた。

北東部の図書館から盗まれた何万冊という本が、こんな運命をたどっている。隠されたまま忘れられ、偶然見つけた人間が二束三文でガレージセールに出したり古書店に売り払ったりする。買い手はだいたいまとめ買いして自宅や店の書棚に並べるが、その後もまた何度も売買が繰り返される。稀覯本は価値を認められないまま手荒に扱われ、幸運なコレクターか、目利きのブック・スカウトに発見される日を待つしかない。図書館に戻ってくる本はごくわずかだった。ニューアークの古書店で見つかった本は、そうした例外だったのである。マホニーとバーグキストは手を尽くして、一七九二年に出版されたトマス・ペインの本を含む七冊をハーバード大学ワイドナー記念図書館に返却している。[3]

マホニーはニューアーク公共図書館に勤務するかたわら、バーグキストの頼もしい協力者として、その後も数々の事件を解決した。彼の最大の功績は、長年バーグキストが追っていた謎の人物「ヒルダーウォルド」逮捕のきっかけをつくったことだろう。

『アル・アーラーフ』がNYPLから盗まれる前、ハロルド・ボーデン・クラークという名前が図書館関係者の間で知れ渡る前から、バーグキストはヒルダーウォルド——あるいはヒルダーマン、ヒルダーバンドとも称された図書窃盗犯を追っていた。その男のせいで、一八七二年のボストン大火で焼失した以上の数の本が図書館から消えたと言われていた。そもそもバーグキストが初めてボストンを訪れたのは、この男を追跡するためだったのだが、結果的にクラークに行き着いたのだった。一九三六年ごろには、「ヒルダーウォルド」はぜったいに捕まらない本泥棒の代名詞になっていた。何年も前から、北東部の図書館には彼の似顔絵が配られていたが、まったく効力がなかった。長年フィラデルフィアで書店を営んでいるジョージ・アレンが皮肉をこめて言ったように、その似顔絵からは頭、まつ毛、目、鼻、口があることしかわからなかった。[4] だが、その似顔絵が特に不出来だったわけではないだろう。実際、これといった特徴のない男だったのである。五フィート七インチの中肉中背、角張った平凡な顔立ちで、縦に割れ目の入った顎も光が当たらないと目立たなかった。

そのせいもあって、バーグキストは七年間追っても手がかりすら得られなかった。バーグキストにとって「ヒルダーウォルド」は報復の対象である「白鯨」とまではいかなくても、常に頭の片隅にある「逃がした魚」のような存在だったのである。しかし、図書窃盗にも他の犯罪と同様、犯行を繰り返すほど捕まる率が高くなるという法則が当てはまる。東海岸の本泥棒が引退したり廃業したり、あるいは更生したりしても、「ヒルダーウォルド」は活動を続けていた。そして、そのことも彼を伝説の人物に仕立てたのだろう。

しかし、現実の「ヒルダーウォルド」、本名スタンリー・ウィームズは、伝説とはほど遠い経歴の持ち主だった。オハイオ州の裕福な家に生まれ、俳優になろうとしたり、書店を経営したり、さまざまなことに手を出したあげく、どれにも失敗して、とうとう本泥棒になった。ハリー・ゴールドが収監されたあとも、ウィームズは一〇年前に始めたときと同じ場所で本を盗み、同じ方法で金に換えていた。典型的な旅まわりの本泥棒で、駅のロッカーに預けられる小型のスーツケースの中身は、書類とタイプライターのほかには最低限の着替え程度。いつもよれよれの服を着ていたが、一九三〇年代には、そういう男はいくらでもいたから、特に人目を引くわけではなかった。それでも、ポケットには札束をしのばせていたから、宿泊先で不審者扱いされることもなかったのだろう。

ウィームズは本のセールスマンと自称していた。シンシナティでコンチネンタル書店という店を経営していたこともあったから、それなりに板についた肩書きだった。主にアメリカ人作家の初版本を図書館から盗み出すと、二、三日後には売りさばいていた。クラークやマホニーのように、ウィームズも定期的に注文を受けて、決まった相手に本を売っていた。そのひとりがオハイオ州の大物ディーラー、ウィリアム・スミスという男だった。五年ほど前から頻繁に取引しており、ウィームズがブリーフケースに保管している五〇〇〇冊の注文リストの一部は、スミスから請け負った本だった。
しかし、彼が狙うのはリストに載せられた本だけではなかった。本の価値や売りやすさを熟知しているウィームズは、図書館にとって誰よりも危険な人間だった。しばらく書架の前に立っていれば値打ちのある本を見つけられたが、彼は図書館で時間をすごすのが好きだった。手口はクラークをはじめとする当時の本泥棒と変わらないが、旅を厭わず主として地方の公共図書館に出向いて、稀覯本以外の本も狙ったのが、長く続けられた一因だったのだろう。育ちの良さも武器になったようだ。よれよれのスーツを着ていても、服装のセンスは悪くなく、パイプをくゆらせ、ステッキを持っていた。そして、腕のいい本泥棒の例にもれず、研究者を装って司書に近づき、堂々と書架を見て歩きながら、目をつけた本をウエストバンドに隠したり、必要な場合は、窓から藪の中に投げ捨てたりした。司書は彼を信用して、留守番を頼んで昼の休憩に出ることもあった。

一九三六年の九月中旬、ウィームズはオハイオ州南西部のライマから、北東のクリーブランドに向かった。年明けからずっと移動生活が続いていたが、これを最後の旅にして、冬はシンシナティですごすつもりだった。長年、シンシナティと東海岸の間を往復する生活を続けていたのだが、今年の最大の収穫は議会図書館だった。

議会図書館を狙ったのは、アメリカーナのコレクションがすばらしかったからだが、ウィームズは売却先を考えて、建国当時のアメリカ先住民との戦争をテーマにした本に的を絞った。先住民との交流をセンセーショナルに描いた本は、文章も本の作りも雑で、発行部数も限られていた。当時は関心を引いたのだろうが、古典になるような本ではなく、実際、その多くがすでに消えていた。

だからこそ、一九三六年当時に需要があったのだ。ウィームズが議会図書館から盗んだ数十冊の本の中には、ジェームズ・バー大尉の『フロリダにおけるインディアン戦争の正真正銘の物語』（一八六四）、J・H・ドリップスの『ダコタでインディアンとすごした三年』（一八九四）、H・E・B・マコンキーの『ダコタ戦争の叫び』（一八六五）、A・B・ミーチャムの『トーマス・ボールドウィンの妻と子供たちの先住民による虐殺』（一八三七）があった。すでに入手困難な本ばかりだったが、とりわけ珍しいのは、M・ホッジズの『冒険心に富む有名なカービー大尉の人生と時代と業績』（現在、所蔵している図書館はわずか六館）、パプーナの『フィラデルフィアのクエーカー探訪記』と、『ミニシンク族の首長ならびに数人のインディアン』だろう。[5]

いずれも一〇〇ページもないペーパーバックだったから、ポケットやウエストバンドに簡単に忍ばせることができた。しかし、なかには例外もあり、ジョサイア・プリーストの『囚われたデイビッド・オグデンの実話』（一八一四）と『低地オランダ人の捕虜』（一八九三）は図書館がまとめて製本していたので、ウィームズは持ち出しやすいようにばらばらにして外表紙だけを書架に残した[6]（本泥棒がよく使う手で、そうしておけば紛失したとわかりにくいという利点もある。最近の例では、オハイオ州のラザフォード・B・ヘイズ大統領図書館から、古い法律集がこの方法で盗まれている。法律集を閉架式書庫から借り出した若い男は、女性用化粧室に入って必要なページを破り取ってから本を返した。受け取った司書は疑念を抱かず書庫に戻した）。ウィームズは先住民に関する本だけでなく、議会図書館に出入りしているうちに目にとまった本も持ち去った。その中には、一七四九年に出版された『ノバスコシア地理学史』や一七五二年に出版されたジョセフ・ロブソンの『ハドソン湾での六年の生活記録』があった。

そのうち二三冊をウィームズはウィリアム・スミスに送り、シンシナティに戻ったときに二三七ドル受け取った。スミスは三月号の目録に載せ、総額一一三七ドルで売っている。どちらにとっても損はない話で、二人は長年こうした取引を続けてきた。ウィームズが本を送ると、スミスが買い取り価格を決め、ウィームズがシンシナティに戻ってきたときに代金を払うという仕組みだ。だが、ウィームズにとって、スミスは単なる顧客以上の存在で、シンシナティにいるときはスミスの店に入り浸って、このアメリカ屈指のアメリカーナの研究者から教えを乞うた。ウィームズも本を盗んだ図書館の情報を提供した。スミスとしても、図書館に本を納めるのに、その図書館の蔵書だった本を持ち込むようなぶざまなまねはしたくなかったから、ウィームズからの情報は貴重だった。[7]

九月に入ると、ウィームズは何度も通ったコースを戻り始めた。弧を描くように北東に進んでオハイオ州を横断し、ペンシルベニア州、ニューヨーク州を通ってマサチューセッツ州まで行き、そこから南西に戻る。ニューヨーク、ボストン、フィラデルフィア（十月六日の日誌には、フィラデルフィアでのターゲットは、「UP（ペンシルベニア大学）、ドレクセル（大学）ほか」と記されている）といった都市をめぐり、最後にワシントンを訪れてからオハイオに戻る予定だった。いつものように、途中にある図書館に寄るつもりだったが、すでにめぼしい図書館にはすでに何度も――場合によっては一〇回以上――足を運んでいた。

そこで、オハイオ州北東部のライマに向かい、そこからクリーブランドに足を延ばした。この街の中心には、州随一の蔵書を誇るクリーブランド公共図書館があったからだ。クリーブランドはアメリカでも古い都市で、有名な富豪通りには多くの企業や企業経営者の屋敷が並んでいる。クリーブランド公共図書館は六〇年以上の歴史があり、ウィームズの興味をそそる本がいくらでもあった。そして、一九三〇年代の大都市の図書館の例にもれず、おおぜいの利用者でにぎわっていたことも、好都合だった。

クリーブランドを出ると、東に進みながら道筋にある小さな町の図書館に立ち寄った。ウィームズはこういう秘宝のような図書館を見つけるのが得意だった。どこも警備が手薄なうえ、うまく司書に取り入ると、閉架式書架や保管庫の本にも簡単に近づけた。九月下旬までには思った以上の収穫があった。そのせいで調子に乗ったのか、ウィームズはハイウェイ一七号沿いにヒッチハイクを繰り返しながら、紅葉しはじめた低い山並みの続くニューヨーク州南部を横断した。そして、オリアン、ホーネル、コーニング、ビンガムトン、ミドルタウンといった町の図書館に寄りながら、ニュージャージー州との境まで来た。だが、それが間違いだった。

最初の計画では、ロードアイランド州プロビデンスまで行って、そこから南に戻るつもりだった。だが、気が変わった。ロードアイランドはオハイオと逆方向になる。ウィームズは早くシンシナティに帰りたかった。スミスから本の代金を回収したかったし、そろそろ旅にも飽きてきた。これからニューイングランドは寒くなるし、このまま旅を続けてもいいことはなさそうだ。このまま南に向かえば、十月初めにはシンシナティに戻れるだろう。そう考えて、進路を変えた。そして、その途中でニューヨーク州のポート・ジャービス、ニュージャージー州のパターソンとニューアークを訪れた。いずれも大きな図書館のある都市だ。

九月二十一日月曜日にニューアークに着き、駅のロッカーに荷物を預けると――まだシンシナティに送っていない本もスーツケースの中にあった――ウィームズはニューアーク公共図書館に向かった。司書のジョン・コットン・ダナがつくりあげた開放的な雰囲気の図書館だが、ウィームズにとって不運だったのは、この図書館にはもうひとつ他館と異なる特徴があったことだ。ウィリアム・マホニー特別捜査員である。

当時マホニーはニューアーク公共図書館の防犯に携わって五年目、まさかここでかつてのライバルに会うとは夢にも思ってもいなかっただろう。とっさにウィームズとはわからなかった。もともと親しい間柄ではなかったし、五年は短いようで長い。それでも、本泥棒だとすぐぴんときた。そして、五分と経たないうちに相手の正体を見破った。

マホニーは本を眺めるふりをしながら、しばらく様子をうかがった。書架の配置は知り尽くしていたから、どの角度から見張れば相手に気づかれないかわかっていた。ウィームズは急ぐそぶりは見せなかった。だが、辛抱強く待つうちに、薄い本を三冊ズボンに忍ばせて出口に向かった。マホニーは彼を取り押さえた。[8]

そして、特別捜査員として名乗りをあげて本を回収すると、ウィームズを部屋に閉じ込めてから、電話を二本かけた。ニューアーク警察とウィリアム・バーグキストに通報したのである。「ヒルダーウォルド」逮捕の知らせを聞いて、バーグキストはすぐニューアークに向かった。一方、ウィームズは拘置所で自分に残された方法を考えた。そして、絶望のあまり自殺を図った。眼鏡を割ったガラス片で手首を切ったのだ。だが、大怪我をしたものの、致命傷とはならなかった。[9]

ウィームズと面会したバーグキストは、例によって彼を説得しようとした。これを機に本泥棒をやめ、今後は窃盗に関わった書店主たちの摘発に協力してほしいと言ったのである。一九三一年にマホニーを説得したときと同じだが、最初、ウィームズは耳を貸そうとしなかった。顧客に不利な証言をするのは、退路を断つようなものだ。それでも、何度かバーグキストと話すうちに、ウィームズの中に残っていた良識が目覚めたようだった。最終的には協力を申し出て、その証しにスーツケースを預けてある駅のロッカーにバーグキストを案内した。図書館の本が九冊、それに、古代ローマとビザンチン帝国の硬貨が八五枚入っていた。ウィームズは硬貨も盗んだと自白し、バーグキストは彼が収監されないように最善を尽くすと約束した。

一九三〇年代の司法手続きは、とりわけ地元有力者の要請があった場合、きわめて迅速だった。ウィームズの審理は一週間とかからなかった。シーモア・クライン裁判官の前に立ったウィームズは、「もう盗みは働けないでしょう。今ではアメリカ中の図書館に私の似顔絵がありますから」と言った。そして、「私の犯罪に対する考え方は変わりました。陳腐な結論ですが、犯罪は引き合わない。今後は本の回収に協力することを誓います」さらに、俳優志望だった男らしい芝居がかった口調でこうつけ加えた。「拘留中、一日のうちに三回自殺を図ったことがあります。拘置所にいた他の犯罪者たちが私を非難する声が聞こえたからです」

バーグキストとニューアーク図書館長ビアトリス・ウィンザーの証言のおかげで、ウィームズは執行猶予を認められ、バーグキストを後見人として仮釈放された。この異例の措置がとられたのは、本の回収にウィームズの協力が不可欠であるだけでなく、故買商を摘発しないかぎり、図書館窃盗を根絶することはできないからだ。一時的に窃盗犯を収監するより、不正ディーラーを廃業に追い込むのが先決だというのが、バーグキストをはじめとする多くの図書館関係者の意見だったのである。[10]こうして、ウィームズはひとりの大物ディーラーを追いつめるためにまたシンシナティに向かった。今回はバーグキストも同行した。

「クィーン・シティ」という異名を持つシンシナティは、十九世紀にオハイオ川岸に創設されたアパラチア山脈以西ではもっとも長い歴史を持つ都市のひとつで、かつては西部辺境の文化の中心地だった。書籍産業も早くから盛んで、一八〇〇年代初めには複数の書店があり、一八二〇年代には書籍売買が確立していた。[11]だが、東海岸から遠く離れたこの地では、売買の対象となるのは、アレゲーニー山脈以西の保留地や準州で出版されたアメリカーナだった。十九世紀末になると、水路より鉄道が交通の主流となり、シンシナティはかつての栄光を失ったが、アメリカーナの売買は相変わらず隆盛を誇っていた。そして、ウィリアム・スミスは半世紀にわたってこうした潮流に乗ってきたのである。

彼はスミス・ブック・カンパニーの経営者で、全米で五指に入るアメリカーナ専門ディーラーと目されていた。後年、ある歴史家は、「アメリカの書籍販売の正確な歴史を書こうとして、スミス氏に一章を当てるつもりがないなら、テーマを考え直したほうがいい」と語っている。[12]スミスは若いころから読書家で、収集した蔵書をもとに一八九八年に四番街とメイン通りの角に店を構えた。当初は新刊・中古を問わず、あらゆるジャンルの本を扱っていたが、地の利を生かして豊富に出回っているアメリカーナを専門とするようになった。三年後の一九〇一年には、最終的には四五六号を数えることになる目録の第一号を作成し、さまざまな分野のアメリカーナを載せている。この店は一五年続いたが、第一次世界大戦の勃発後、資金不足から閉店に追い込まれた。

一九一八年に戦争が終わると、スミスは店を再開し、一九一九年に資本金一万ドルの株式会社、スミス・ブック・カンパニーとして再出発した。[13] 前回の失敗に懲りて、いかなる社会情勢の下でも黒字経営をめざすと決意したが、少なくとも当面の経営は順調だった。アメリカーナの人気が高まり、取引が右肩上がりの成長を続けたからである。その後一〇年間、スミスは全米のアメリカーナ売買の中心に位置した。長年の習慣から、定期的にニューヨークに本の買い付けに行ったが、言ってみれば、海辺の町に海産物を持ち帰るようなもので、アメリカーナならニューヨークよりオハイオのほうが簡単に手に入った。そこで、彼はもっと効率的な買付方法を思いついた。オハイオ州南部、ケンタッキー州北部、インディアナ州南東部の新聞に大々的な広告を打ったのである。[14]

それが当たると、ケンタッキー州南部、インディアナ州北部にも範囲を広げた。さらに、シンシナティからインディアナ州ローガンズポートに移住したスタニスラウス・ラッセルに依頼して、「中部や西部の州に関する本」を集めさせた。[15] その近くのパルパライソでは、一九〇八年に出版されたジョン・ブランコの『人生と冒険』、そしてカリフォルニア、オレゴン、モルモン教徒、先住民、陸路の旅、郡の歴史、家族史、系譜に関する本や冊子を求める広告を出した。[16] オハイオ州マシロンでは、一八一五年にこの町で出版されたケラーの『平原の旅』のほか先住民、初期の開拓者、陸路の旅、探検に関する本ならなんでも求めた。そして、一八二〇年以前にオハイオで出版された本ならなんでも買い取るという広告を出した。[17] その数年後には、広告の範囲はニューハンプシャー州にまで広がった。

スミスはシンシナティで一番高いユニオン・セントラル・ビルの九階にオフィスをかまえていたが、それは彼の野心の表れだったのだろう。稀覯本や美しい挿絵本、初期の印刷物の販売に携わっていても、単なるディーラーを超えた存在と見なされたかったのである。実際、一九二〇年代初めには、シンシナティの社交界で地位を確立していた。書籍販売で築いた富を誇示するかのように、豪華なパーティーを開いて上流階級の名士や著名人を招き、禁酒法時代にもふんだんに酒をふるまった。オハイオ川以西の紳士の典型のようなでっぷり太った粋な男で、亜麻布のスーツに身を包み、葉巻をくゆらせた。だが、その一方で、毒舌家で我が強く、冷酷なビジネスマンでもあった。[18] 強引なやり方で同業者をことごとく潰して、オハイオ南部のアメリカーナ市場を独占した。一九三六年秋にシンシナティを訪れたスタンリー・ウィームズがスミスの忠実なスカウトになったのは、彼の地位や権力に惹かれたからだろう。

ウィームズに証人になる意思があるとわかると、バーグキストはシンシナティ公立図書館長のチャーマーズ・ヘッドリーに連絡をとった。シンシナティの書籍売買やスミスについて情報を求めると、ヘッドリーはハミルトン郡検察官、ルイス・シュナイダーを紹介してくれた。こうして、ウィームズとバーグキストは、シンシナティに着くとすぐ、非公式に大陪審と面談した。シュナイダーは何度も大物を起訴したベテラン検察官で、オハイオ南部の犯罪組織の首領、通称〝フォクシー・ボブ〟・ズウィックを有罪に持ち込んだばかりだった。町の名士であるウィリアム・C・スミスを起訴するとなると、政治的圧力がかかるのは避けられないが、シュナイダーは臆することなく捜査を開始した。

一九三六年十月八日、当時はシンシナティで二番目に高い建物となったビルの九階のオフィスで、スミスは三件の盗本受領容疑で起訴された。一月二十五日に議会図書館から盗まれた二三冊、九月十六日にクリーブランド公共図書館から盗まれた四冊、そして、その三日後にニューヨーク州オリアン図書館から盗まれた一九冊[19]。スミスの逮捕後、書店を捜索すると、さらに三〇冊が発見され押収された。その大半に図書館の蔵書印がはっきり、あるいは部分的に残っていた。ウィームズが言ったとおりだった。

有罪判決を受けると、最長七年の禁固刑になる可能性があった。逮捕の翌日には罪状認否手続きが行なわれ、スミスの保釈金は三〇〇〇ドルと決まった。保釈金を払ったのは、スミスの義父にあたるオリバー・P・シュライバーだった。シュライバーはフォートスミス・ケンタッキー銀行の頭取で、工具メーカーを経営し、店舗経営者でもある地元の有力者だ。

ウィームズは重要参考人として拘留されることになった。事件に深く関与していることがその理由だったが、地元で評判が悪かったせいでもあったのだろう。彼の保釈金も三〇〇〇ドルだったが、彼のために払う人間はいなかった[20]。

スミスは数年にわたってウィームズから大量の本を買った事実は否定しなかった。これだけ証拠がそろっていれば、認めざるを得なかったのだろう。だが、盗本とは知らなかったというありきたりの釈明を繰り返した。四〇年も書籍売買に携わってきたのに、旅回りの本泥棒を信用して、うますぎる話にあっさり乗ってしまったわけだ。議会図書館をはじめとするあちこちの図書館の蔵書印にも気づかなかったと主張した。そして、長年、誠実な仕事をしてきたのに、本泥棒に引っかかるとは夢にも思っていなかったと嘆いた。さらに、クリーブランド公共図書館とオリアン図書館の本に関しては、関心がなかったから、ウィームズに返すつもりで保管してあり、代金も払っていないと言った。

これはあながち嘘ではなかった。ウィームズがまだ代金を回収しに来ていなかったからだ。それを口実にして、スミスは買い取るつもりなどなかったと主張したのである。貴重なアメリカーナばかりだったが、関心を抱かなかった理由を問われることはなかった。出所に疑問があったら、警察に通報するなり、少なくとも蔵書印のあった図書館に連絡をとるべきではなかったかという質問に対しては答えがなかった（シュナイダーから事件を引き継いだエドワード・ストラッサー検察官は、スミスがクリーブランド公共図書館とオリアン図書館の本だけを別に保管したのは、ウィームズがニューアークで逮捕されたと知ったあとだと指摘している）[21]。

公判期日は十一月十七日と決まった。七年の実刑に処せられる可能性のある被告としては珍しいことに、スミスは陪審審理を放棄した。アルフレッド・マック裁判官の判決に委ねたのである。マック判事はスミスと同様、シンシナティで生まれ育ったが、ハーバード大学に進学し、オリバー・ウェンデル・ホームズの下で法律を学んだ。故郷に戻ってからは、シンシナティ大学やシンシナティ動物園の評議委員を務め、シンシナティ・クラブ、シビヤー記者クラブ、水曜クラブ、フリーメイソン、エルクス、オッド・フェローズ、ユダヤ人文化教育促進協会といった団体にも所属し、ウィリアム・ハワード・タフト元大統領とも親交があった[22]。父親はシンシナティ・サザン鉄道の創設者だ。要するに、地域の重鎮だったのである。

ストラッサー検察官は、スミスが買い取るつもりはなかったと主張するクリーブランド公共図書館とオリアン図書館の本に関して争っても勝算は低いと判断し、この件に対する起訴を取り下げて、議会図書館の本に争点を絞ることにした。そして、ワシントンの議会図書館を訪ねて、司書のマーティン・ロバーツとジーン・キャンベルに宣誓供述書を書いてもらった。二人は図書館が特定のページにつける印を確認しただけでなく、登録印を消そうとした跡があることを指摘して、議会図書館の蔵書であると証言した[23]（この宣誓供述書は法廷に提出されたが、スミスの弁護士、ビクター・ハインツがその効力に異議を唱えた。しかし、マック裁判官は書面による証言は有効と判断した）。

スミスの帳簿も証拠として提出された。ウィームズ——帳簿にはWとだけ記されていた——との取引記録は何件もあったが、すべて一九三五年以前のものだった。それ以後も取引が続いていたはずだが、スミスは反対尋問でその点を追及されると、彼の店でウィームズが支払額と同額の買い物をして清算する場合もあったからだと説明した[24]。そして、一九三六年五月にフィラデルフィアでウィームズに会ったことは認めたが、そのときには金の受け渡しはなかったと主張した[25]。

宣誓供述書とスミスの帳簿を別にすると、検察側の論拠はもっぱらウィームズの証言だった。ウィームズは「どんな手段を使ってでも」議会図書館の本を手に入れるようスミスに言われたと証言した[26]。図書館の蔵書印はスミスと二人で削除したとも言った。図書館窃盗を始めた理由を問われると、ウィームズは「司書には本の知識がなく、それ以上に防犯についてなにも知らないからだ」と答えた。バーグキストも証言台に立ったが、判決に影響を及ぼすような情報は提供できなかった。

といっても、この裁判では、事件に関する情報提供が必ずしも証人の資格にはならなかった。被告側の証人にはシンシナティの名士が顔をそろえ、スミスを知っているというだけの理由で彼の人柄を保証した。著名な弁護士で、シンシナティ弁護士会の会長を務めたこともあるプロビンス・ポーグも証言台に立った。彼はウィリアム・ハワード・タフト元大統領とも親交があった（だが、それほど親しい間柄だったわけでなかったようだ。大統領の息子で、のちにオハイオ州上院議員となったロバート・A・タフトは、一九二三年にポーグを連邦判事に任命しないほうがいいと父に助言している。好人物だが、「決定に至る段階での誠実さ」に欠けるというのだ）。[27] 法曹界からは、元最高裁判事のベントン・オッペンハイマーもスミスの証人として出廷した。元検察官だったオッペンハイマーは、ハリー・ホフハイマー判事が引退したあと、その空席を埋めるために判事に任命された。シンシナティ法曹界がいかに狭い世界だったかをよく物語っている。[28]

スミスの証人は法曹界の名士だけではなかった。保険業界の大立者ジョン・シャフは、オハイオ州最古の書店ジェームズ書店のデイビス・ジェームズ、ロベルタ・ジェームズとともに証言台に立った。デイビス・ジェームズは、スミスが人格者だと称え、自分もウィームズから本を買ったことがあると言った。[29] ローマカトリックの学校、マーシー・アカデミーのトーマス・コーネル師は、スミスを無条件に信用している証しとして、白地小切手を渡して金額を記入してもらうことがよくあると言った。

十一月二十一日、マック裁判官は三件の容疑に対して無罪を言い渡した。そして、一七ページにおよぶ意見書の中で、被告が議会図書館から盗まれた本と知っていたと検察側は証明できなかったと述べた。[30] スミスは四〇年近く書籍売買に携わっているが、その間一度も誠実さを疑われたことはないとも書いた。「過去三年間のウィームズと被告との取引が小規模であり、それ以外は基本的に合法的取引であることを鑑みると、世評の高い経営者で模範的な人物が、犯罪者と共謀して数百ドルの利益をあげるために、三八年かけて築き上げた信用を失墜するリスクを冒すとは想像しにくく信じがたいと言わざるを得ない」[31]

言うまでもなく、この判決理由には根拠がない。ウィームズとの取引は小規模ではなく、期間も三年以上であり、スミスの取引方法としては例外というより典型だった。しかし、そうした事実は無視された。陪審団の評決ではなく裁判官の判決を選択した被告側の読みは正しかったのである。

判決後、地元の二つの新聞が事件を報道したが、その扱い方には微妙な違いがあった。『シンシナティ・タイムズ・スター』紙の見出しは「無罪立証」。一方、『シンシナティ・エンクワイアラー』紙の見出しは「書籍ディーラー、罪を免れる」。スミスは『タイムズ・スター』の扱いを当然と考えており、無罪判決にも感謝の意を示さなかった。そして、ウィームズを手厳しく責めたが、最大の批判はウィリアム・バーグキストに向けられた。「私なら本泥棒を九〇日で捕まえられただろう」とスミスは言った。「少なくとも、七年もかからなかった。書籍売買専門誌に警告を出して、ディーラーに注意を促せばすむことだ。そうしていれば、彼らがウィームズを捕まえて、バーグキストに差し出しただろう」もちろん、不当な非難だが、図書窃盗に関わる人間はよくこの言いぐさを口にする。現に、ハロルド・クラークは何度もそう言っている。それに対して、バーグキストは窃盗犯を逮捕するだけでは真の問題解決にならないと主張した。「私たちが見つけたかったのは、彼らが［本を］処分できる場所だ。ウィームズは盗んだ本を定期的にスミスに売っており、スミスが盗本と知っていたと証言している」[32]

一九三六年十一月十九日、スタンリー・ウィームズはハミルトン郡拘置所から釈放された。被疑者としてではなく確実に証言させるための拘留措置だったが、アメリカ中の公共図書館から何千冊もの本を盗んできたウィームズでも、六週間も拘留されたのは初めてだった。不思議なのは、一日一ドルの拘束費が出たことだ。釈放されたとき、ウィームズのポケットには四二ドル――初めて真っ当に稼いだ金が入っていた。[33] 一〇年もの間、図書館窃盗を繰り返しながら、約束どおり証言台に立ったことで、罪に問われなかったのである。その後も、少なくとも表立って窃盗を再開することはなかった。相変わらず、よれよれの服装で、東海岸の都市、とりわけフィラデルフィアの書店に出没し、機会があれば本の売買に携わった。だが、それよりも本屋めぐりか、ホーン&ハーダート・レストランで一杯五セントのコーヒーを飲みながら体験談を語るほうが多かったようだ。

当時学生だった作家のハリー・カーニッツは、ここでウィームズが自慢気に語る体験を聞いたことがあった。のちにカーニッツは三〇以上の脚本を書いているが（ビリー・ワイルダー監督の名作『情婦』もそのひとつ）、それより前の一九三八年にマルコ・ペイジというペンネームで『古書殺人事件』を書いている。稀覯本をめぐる殺人事件をテーマとしたこの小説には、シドニー・フィーラーという旅回りのブック・スカウトが登場する。そのモデルとなったのがウィームズだと言われている。

ウィームズも何編か小説を書いている。一九三八年にはボルティモアの小さな出版社から限定部数で――この点だけはポーの『アル・アーラーフ』と同じ――短編集を出版した（短編集といっても、「カクタス平地のスカイパイロット」と題した五編は全部合わせても三八ページしかなかった）。

だが、それ以外にもウィームズは注目に値することをしている。稀覯本やアメリカーナに関する知識を役立てようとしたのである。[34] 一九四四年には『稀少アメリカーナの総合ガイド、オークション記録と価格付』を出版した。一六八九年から一八八九年にかけて出版されたアメリカーナを調査して、出版の経緯だけでなく、価格と、もちろん、どこに所蔵されているかも記した。図書館を狙っていたころ活用した稀書リストを参考にしたのだろうが、大半はウィリアム・スミスに教えられた知識に基づいたものだった。研究書というほどのものではなく、内容にも曖昧なところがあったが、どの図書館にどんなアメリカーナがあるかという点は正確だった。

ウィームズの事件のあと、『パブリッシャー・ウィークリー』が、少し前に亡くなった伝説的なニューアーク公共図書館の司書、ジョン・コットン・ダナを追悼して、「価値のある稀書を損失から守るために、隔離し、その利用を注意深く制限しなくてはならない時が近づいている」という彼の言葉を紹介した。[35] しかし、その時はすでに過ぎていたのである。

ウィリアム・スミスは、裁判の影響をまったく受けることなく、八〇代まで書籍売買を続けた。一九五五年に生ける伝説としてついに引退を決めたときには、こう嘆いている。「稀覯本ビジネスの世界から退場せざるを得なくなった。図書館や大学に蔵書を遺贈する人がどんどん増えている。稀覯本はそこで終わりだ。所蔵者が変わることはもうない」[36]

それが理想かもしれない。

エピローグ

サミュエル・レイナー・デュプリにとって、ニューヨークはいつも寒いところだった。一〇代でこの街に出てきて、いつのまにか悪の道に足を踏み入れ、刑務所を出たり入ったりするようになった。だが、南部生まれの彼には、特に寒い季節は、刑務所にいるほうがましだった。だが、出所した直後に、担当の保護観察官に恐喝されるとは思ってもいなかった。三〇代前半のハロルド・ハンフリーは市の保護観察委員会に勤めていたが、ロングアイランドの自宅で妻と二人の子供と幸福に暮らすには、給料だけでは十分でなかった。そして、法律を順守する市民になるよう指導すべき相手をゆすり始めた。

三六丁目の教会で保護観察官の面談を受けたとき、出所したばかりのデュプリは二度と刑務所に戻らないと決意していたが、なけなしの一三ドルを奪われるとは夢にも思っていなかった。この金は自分のほうが必要だとハンフリーは言った。「新車を買ったばかりなんでね」

数ヵ月後の二度目の面談では、ハンフリーがデュプリの部屋を訪ねてきた。そのときデュプリはまた刑務所に入ることになっていたが、ハンフリーは留守中、衣類を預かると申し出た。衣類といっても「スーツ一着、帽子ひとつ、靴一足、一〇本ないし一五本のネクタイ、同数のシャツと下着、ソックス、外套」だけだった。[2] 次にデュプリが自分の衣類を見たのは刑務所にいるときで、ハンフリーが上から下までデュプリのものを身に着けていた。

ハンフリーはデュプリから奪うだけでなく――デュプリは二五セントしか持ち合わせていないときもあったから――デュプリのために金を出させて巻き上げるという手も使った。たとえば、デュプリを逮捕前に働いていたウォルドルフ・アストリア・ホテルに連れていって、元上司に会わせる。そして、デュプリが真面目にやっていると説明してから、友人の援助が少しあれば、きっと更生できると言うのだ。そして、元上司が差し出した五ドル札を、そのあと横取りするわけだ。

ハンフリーはメトカーフやバーグキストにもこの手を使った。デュプリがハリー・ゴールドの裁判で証言すると決まってから、たびたび二人を訪ねて、出廷させるには衣類その他に金が必要だと訴えたのだ。しかたなくメトカーフとバーグキストは三〇ドル渡した。だが、もちろん、デュプリの手には一セントも渡らなかった。

ついにデュプリは耐えきれなくなって、行動を起こすことにした。一九三四年春、検察側の重要証人となった彼は、バーグキストとフィアストーン地方検事補にハンフリーの仕打ちを訴え、ゴールドを有罪にするために協力するから自分のためにも力を貸してほしいと頼んだのである。一九三四年四月六日、彼の願いはかなえられた。地方検事局の二人の職員から印のついた五ドル札を二枚受け取ったデュプリは、ニューヨーク公共図書館（NYPL）でハンフリーと落ち合った。近くのレストランに入ると、ハンフリーは例によって報告書に手心を加えるのと引き換えに金を請求した。今回は印のついた二枚の五ドル札だ。レストランを出ると、デュプリは待機していた二人の職員に合図し、二人はハンフリーを逮捕した。[3]

最終的に、ハンフリーは仮釈放中の収容者に金を強要したことを認めた。そして、三年の実刑を言い渡されたが、その際、ジョン・フレッチ裁判官は、「かつて監督した収容者から危害を加えられるおそれがある市の刑務所を避けること」をハンフリーに提案した。[4] 結局、ハンフリーは六ヵ月収監されただけで仮釈放になった。そして、数週間と経たないうちにまた別の詐欺事件を起こした。連邦住宅局の職員と偽って、ニューヨークやロングアイランドの住人に一〇〇ドルにつき三ドル払えばローンが組めると持ちかけ、仲介料を騙し取ったのである。[5] 一九三四年十二月には刑務所に戻った。

デュプリもまた窃盗容疑で逮捕され、冬を迎える前に収監された。

一方、ベン・ハリスは刑務所とは無縁の生活を送っていた。ハリー・ゴールドの裁判で証言したおかげで、一九三三年のクリスマスには仮釈放された。ロンムと同様、早期釈放されたわけだが、彼とは違って、弟が書店を維持してくれていたので書籍ビジネスにすぐ復帰できた。大半の本泥棒がそうだが、実刑を受けてもそれまでのやり方を改めようとせず、しばらくするとまた盗品故買罪で法廷に出頭するはめになった。だが、今回は最初よりうまく立ち回った。盗本は自分の店に置かず、できるだけ早く他のディーラーに転売するようにした。なによりも力を入れたのは、信頼できるスカウトの育成で、同胞のデンマーク移民から、これはと思う若者を選んだ。

そのひとりがクヌード・メイゼルだった。メイゼルは研究者を装って大学や神学校の図書館に出入りし、本や冊子を隠れたポケットや衣服に忍ばせた。[6] ブック・ロウの本泥棒の常套手段だが、こうしてメイゼルはアンドーバー・ハーバード神学図書館、プリンストン大学、ラトガース大学などの図書館から数千冊の本を盗んだ。そして、その大半がハリスの手に渡った。

　しかし、ハリスが難を免れていた期間は長くなかった。一九四二年、メイゼルが現行犯でバーグキストに逮捕されたのである。例によってバーグキストはメイゼルにも転向を勧め、彼は説得に応じて地方検事局の証人リストに載せられた。そして、四年間に一〇〇〇冊以上の稀覯本や冊子をハリスの依頼で盗んだと証言した。その結果、ハリスは一九四二年六月十六日に二〇〇冊以上の盗本受領容疑で逮捕された。裁判では、盗本受領で二五年、さらに第二級窃盗罪で五年の実刑を言い渡される可能性が高かった。

　刑の軽減を図ろうとして、ハリスは保釈中にバーグキストに盗本の回収に協力すると申し出た。だが、今回は『アル・アーラーフ』のような決め手となる本はなく、結局、一九四二年十一月、一五ヵ月ないし三〇ヵ月のシンシン刑務所での服役を宣告された。さらに釈放後、すでにデンマークに強制送還されていたメイゼルの後を追うように、連邦当局に引き渡され国外退去処分になった。[7]

　そのころ、ハリー・ゴールドは四番街書籍商協会の副会長を務めていた。一九三三年のゴールドの公判直後に『ブルックリン・イーグル』紙は、全米の書籍コレクターに稀覯本の購入先に注意するよう呼びかけている。「誰もが注意すれば、全米の価値ある本はゴールドのような男たちから現在よりはるかに安全になるはずである」[8]さらに、同紙はゴールドに全面的な自供と盗本販売先のリストを求めた。だが、もちろん、ゴールドはそれに応じなかった。

　ゴールドは出所すると、またすぐブック・ロウに戻った。再開直後から順調に実績をあげ、一九四〇年には数ブロック南に移転。その場所で一五年間、書籍商の権利の代弁者として、古書業界で隠然たる勢力を振るった。汚名がついて回らなかったのは、同業者が寛大だったというよりも、図書窃盗が軽微な犯罪と見なされていたからだろう。大恐慌後、ゴールドに嫌悪感を抱く誠実な書籍商の多くが廃業してからは、特にその傾向が強かった。

一九五五年、ゴールドは再度移転し、膨大な在庫を収納できる地下室のついた広い店舗に移った。この店も繁盛し、一九六一年にはブック・ロウを出て、五番街三〇八丁目に店舗を構えている。NYPLから一〇ブロック南に、もとはIBMのオフィスがあった四階建てのビルを買ったのである[9]。五番街でビルを所有するのは、ゴールドにとっては成功の証しだったが、同時にそれはこの一帯の変貌の表れでもあった。一九五六年の『ニューヨーク・タイムズ』は、「クロムとコンクリートでできた進歩の象徴は、今や四番街の一群の古書店によってなんとか均衡を保っている」と書いた[10]。この一等地にさらに数十軒の古書店が集まった直後にゴールドはここを離れている[11]。そして、それから二〇年の間に、経営者の老齢化や家賃の高騰によって、多くの古書店が姿を消した（一九五七年には、一二丁目とブロードウェイの角——チュドノフスキーとハリスが落ち合った玉突き場のそば——にあったストランド書店の賃貸料は月四〇〇ドルだった。四〇年後には月五万五〇〇〇ドルに跳ね上がった）。

最終的に、ゴールドは約一〇万冊の在庫をペンシルベニア州立大学に売却した。当時の学長が手っ取り早く安上がりに蔵書を増やそうと考えたのだ[12]（だが、この計画は裏目に出た。大学は不適切な本を処分するために大金を費やすはめになった）。ブック・ロウでアバディーン・ブック・カンパニーを興してから四五年、ゴールドはこの時代の書籍商として考えうるかぎりの成功をおさめた。一九七〇年代半ばにはニューヨークに見切りをつけて、南部に移住することに決めた。ノース・カロライナを選んだのは、冬も暖かくてすごしやすいと聞いたからだった。[13] 移住先では本の売買をするかたわら、詩をたくさん書いた。そして、一九九〇年のうららかな春の日、カロライナの松の匂いに包まれて、生まれた場所から一〇〇〇マイル離れた土地で亡くなった。

だが、最終的に誰よりも成功をおさめたのはハロルド・ボーデン・クラークだ。一九三二年六月、マサチューセッツ州ランカスター刑務所から釈放された直後、ローウェル図書館での窃盗罪でまた出廷するはめになった。だが、今回、検察官のマイケル・ウィン警視は、連邦政府から要請を受けて、合衆国市民権を取得していないクラークをカナダに送還するという措置をとった。[14] これはクラークの弁護を担当したボストンのロバート・J・カランの画策によるもので、無罪を勝ち取るのは無理だと判断して次善の策を講じたのだ。クラークがすでに一年服役しており、「精神障害があって治療が必要なこと」を理由に、彼を連邦機関に委ねるよう訴えたのである。

言うまでもなく、精神障害は口実にすぎなかったが、強制送還されたことでクラークは夢をかなえた。世間から尊敬される書籍ディーラーになれたのである。長年のうちに培った眼識と大量の在庫を携えてカナダに戻った彼は、オタワに倉庫を借りて一万ドル相当の本を保管した。本の価格がかつての水準に戻るまで待つつもりで、二年ほどモントリオールの書店で働いた。オタワに店を構えてからは、ニューヨークとボストンで古書ビジネスの修業を積んだというのが自慢だったが、まんざら嘘というわけでもなかっただろう。[15] 伴侶にも恵まれた。妻となったドロシーは当時一八歳だった[16]（結婚後何年も経ってからも、彼女は手紙の中で夫を「先生」と呼んでいる）。大恐慌下で、当初は資金難で苦労したようだが、後に本人が語ったところでは、ある日「年取ったユダヤ人の廃品回収業者が、郵便局を建てるために取り壊された鉄道屋舎の保管所で見つかったという巻物を持ち込んだ」という。その巻物がずっと所在のわからなかったリドー運河の地図であることを彼は一目で見抜いた。オタワを建設したとされる英国軍の技術者、ジョン・バイ大佐が作成した手書きの地図である。クラークはその地図をクイーンズ大学に転売したが、地図の隅に押されていた矢を象った英国政府の印章は消しておいた。そして、蔵書印を消したことを隠そうともしなかった。

それよりも彼が隠したかったのは自分の名前だった。彼の犯罪歴はカナダではほとんど知られていなかったが、「ハロルド・クラーク」という名前は、いまだに不名誉な烙印《らくいん》だったからである。ロンム窃盗団の報復を恐れていたのかもしれない。いずれにしても、世評の高い書籍商としては厄介な名前だったから、「ハロルド」を省略して、「ボーデン・クラーク」と名乗るようになった。H・ボーデン・クラークと称することもあった。

といっても、完全に過去と決別できたわけではなかった。その後、半世紀のうちには何度か彼の過去を知る人間に出くわして取引をふいにしている。[17] 一九三七年にNYPLからハーバード大学図書館に移ったキース・メトカーフは、数年後に図書館がクラークから本を購入していると知って、即座に取引をやめさせた。[18] それでも、クラークは臆することなく誠実な書籍商を演じつづけ、一九六一年には、社用の便箋に「カナダで誠実な取引を四〇年」と印刷している。

図書窃盗犯には珍しくないが、クラークは過去に引きずられることはほとんどなかった。強制送還後も公然と商用や私用でアメリカに行った。[19] 図書館や公文書館の職員にも知り合いが多く、最終的には、そうしたクライアントが五〇〇〇人にのぼったと主張している。大英博物館、オックスフォード、ケンブリッジ、ハーバード、イェール、イリノイ、コロンビア、マギルといった大学をはじめ、議会図書館、スミソニアン博物館など数多くの施設に本を納めた。[20]

無論、すべての取引が円満に進んだわけではなかったが、その原因は彼の過去というより性格にあった。年を重ねてもクラークの対人能力はいっこうに向上せず、主として目録や手紙から生じる誤解から、難癖をつけたり脅迫したりすることがよくあったのだ。たとえば、カナダ国税庁からの九五語の問い合わせに対して、クラークは五ページに及ぶ返事を出している。二ページ目で手紙が長くなったことを「謝罪」しながらも「愚かにも私は短くする方法を知りません。私は愚か者ではありますが、嘘つきだったことは決してありません」と書いた。[21]

国税庁はクラークにとって常に癪《しゃく》にさわる存在で、特にディーラーとしてのやり方を非難されると彼は怒りを爆発させた。例をあげてみよう。ウォルター・ロッシュは、デイトン大学の英文学教授で図書館員も兼務し、カトリック信仰共同体マリアニストの会員だったが、クラークから送られてきた本に対して、「受領しかねる本が複数ある」と苦情の手紙を書いた。[22]『ブリタニカ』は革表紙ではなく廉価版であり、また別の本は傷や汚れが目立つうえ水に濡れた痕跡があり、図書館の本として不適格。もう一冊は目録の記載と異なっているという。

クラークは即座に返事を書いた。彼はローマカトリックに敬意を払っていなかったし――彼の妻はカトリック教徒だったが――教授である司書にも尊敬の念など抱いていなかった。「この年になって未熟な司書から、私の記述がでたらめだと言われて、憤慨にたえません。これまでに私は貴殿がこの先見る可能性のある本よりはるかに多くの本を扱っており、このうえなく丹念に調査してきました。私の顧客として私の価値を認めるか、さもなければ、即座に取引を停止するしかありません」[23]さらに、ロッシュには本の代金を支払うべき理由があり、皆済しないかぎり提訴のリスクを負うことになると長々と説明している（提訴するという脅しは彼の常套手段だったが、実行したことは一度もない）。

サスカトゥーンに住むジョン・H・ヒルトンも、クラークが送ってきた本に承服できず、「私がこのうえなく落胆したこと、私はこうした扱いを受けるような人間ではないことをご承知おきいただきたい」という手紙を書いた。[24]届いた本が広告と著しく異なっているというのだ（「どこかのごみ箱から拾ってきた古本の最初の数ページを破り取ったことは歴然としている」）。ヒルトンはさらにこう書いた。

この二冊の本と称するものに対して、貴下からの返金が一週間以内に届けば返却するが、もしも返金に応じないなら、とんでもない事態になることを忘れないでもらいたい。いや、「老作家の農園《オールド・オーサーズ・ファーム》」などという名の下で、いい加減な商売をしている貴下にとっては蛙の面に水のようなものかもしれない。だが、言っておくが、サスカトゥーンの住人ですら、貴下がどんな人間で、どこに送るべき人物かを知る手段はあるのである。

請求書を同封しておくので、なにが身のためになるか考えるべきだろう。これは私からの最後通牒だ。

要するに、百戦練磨のクラークも今回は脅迫される側になったのである。五日後、彼は書留郵便で返金している。被害に遭った顧客もたいてい書留郵便でクラークに抗議した。一例をあげると、「カナダのサミュエル・ジョンソン」と呼ばれた作家、ルイス・ブレーク・ダフの息子は、何ヵ月もクラークを糾弾《きゅうだん》する手紙のやりとりを続けた。[25] クラークは長年ダフに稀覯本を納めていたが、その一方で、ダフの蔵書、とりわけカナダが建国された直後に出版された印刷物、いわゆるカナディアーナを狙っていた。そして、ダフの死後、一五〇〇ドルプラス郵送料で買い取ると約束していた。ところが、ダフが亡くなると、相続人である息子に手紙を出し、蔵書の価値はせいぜい七〇〇ドルだが、一〇〇〇ドルと郵送料二〇〇ドルで引き取ってもいいと提案した。だが、実はその一〇日前に蔵書の一部をテキサス大学に五〇〇〇ドルで譲ると持ちかけ、「最低八〇〇〇ドル、おそらく一万ドル近い価値がある」と保証した。さらに、それとは別の一部を三〇〇〇ドルでどうかと言っている。

最終的にクラークは譲歩し、ダフの息子の主張どおり一五〇〇ドル出すことになったが、その結論に至るまでに長い抗議文を何通も出している。そして、「書籍売買のすべてを語ることはできない」[26]と言いながらも、自分が四〇年の長きにわたってその仕事に携わっていたことを得意げに語り、ジョージ・グッドスピードやセオドア・シュルツといった一流の書籍ディーラーの名前を出した。

しかし、全体的に見ると、クラークは大成功をおさめたと言えるだろう。一九七〇年代を通して、本、地図、切手、ポスターなどをアメリカやカナダの著名な実業家、医師、弁護士、大学の教授に売り続けた。クラークの顧客で、ニューヨーク大学、コロンビア大学の教授を歴任し、最後にアマースト大学の教授となったヘンリー・スティール・コマジャーは、多くの歴史書や『ブリタニカ百科事典』をクラークから買い入れている（百科事典の第二巻がないのはクラークが送り忘れたからだ[27]）。

世間から認められたかったクラークは、著名人と交流することで自尊心を満足させていたようだ。とりわけ政治家に憧れていたのは、安全を保証してもらえると思ったからだろう。クラークの切札は、（長年にわたる個人的な友人である）カナダのマッケンジー・キング首相だった。実際、親しい間柄だったようで、カナダの歴史の中でもっとも重要な首相と見なされるキング首相は、クラークによると、ソ連が水爆を保有していると知った日にクラークに電話をかけてきて、電話口ですすり泣いたという[28]。さらに、ウィンストン・チャーチル首相やフランクリン・ルーズベルト大統領をはじめ、アメリカとカナダの多くの知事や大使、上下両院の議員、セント・ジョン州の初代首相であるJ・R・スモールウッドも顧客だったとクラークは主張している。

しかし、これだけ成功しても、クラークは世間から蔑《さげす》まれているという思いを捨てられず、いつかロンム窃盗団が刺客を送ってくるのではないかとびくびくしていた。相変わらず国税庁には悩まされ（「去年の冬も役立たずの職員が三人もやってきて、嘘八百を一時間も並べたあげく、〝決まり〟と称してデスクやファイルをひっかき回していった」）、著名人の名も長い抗議文も効果がないとわかると、ついに彼はカナダに見切りをつけることにした。そして、ハリー・ゴールドが暖かいノース・カロライナを選んだように、移住先は暖かい南の国に決めた。バハマである。そこなら、税金その他の果てしない書類仕事や、政府の理不尽な要求から逃れられるからだ。[29] 一九五九年、彼は現金で六万ドル払って、ナッソーに五室あるアパートメントを二軒買った。

だが、どこで暮らしても、G・ウィリアム・バーグキストと彼の協力者になったウィリアム・マホニーに対する憎しみを忘れることはできなかった。クラークはなにかというとバーグキストを攻撃し、自分の顧客であるニューヨーク市長フィオレロ・ラガーディアに頼んでバーグキストの年金の支給を停止させるぐらい簡単なことだと言ったりした。[30] ロンム窃盗団やカナダ政府の脅威が彼の心の中で次第に薄れていっても、なぜかバーグキストに対する恐怖は消えなかったようだ。

しかし、これはクラークの一方的な妄想にすぎなかった。温厚な特別捜査員がその後もクラークのことを考えていたという証拠はほとんどない。バーグキストは一九六七年に八四歳で亡くなるまで、時折、新聞社から依頼を受けて、自分の体験や図書窃盗について語っているが、話の中心となるのは、悪名高い贋作者ジョセフ・コージーか、ロンム、ゴールド、マホニーといったディーラーだった。クラークは一度も登場しなかった。クラークは最大の敵の心の中でぜったいなりたくない存在になっていた。早い話が、忘れられたのである。

訳者あとがき

本書の著者トラヴィス・マクデードは、イリノイ大学ロースクールの図書館情報学の准教授で、「稀覯本をめぐる犯罪と刑罰」という講座を担当しています。図書館の蔵書をはじめ書籍をめぐる犯罪の権威として、テレビやラジオ番組のコメンテイターもつとめているそうです。著書は本書のほかに二作あります。

The Book Thief : The True Crimes of Daniel Spiegelman (2006)
一九九四年にコロンビア大学のバトラー図書館から、一八〇万ドル相当の稀覯本や手紙、草稿を盗んでヨーロッパに逃亡したダニエル・スピーゲルマンの裁判をめぐる記録。

Disappearing Ink : The Insider, the FBI, and the Looting of Kenyon College Library (2015)
ケニオン大学図書館にパートタイム職員として勤めていた一九九〇年から一〇年間に、フラナリー・オコナーの手紙やW・H・オーデンのタイプ原稿をはじめ、多数の貴重な資料を盗んだデイビッド・ブライトハウプトの逮捕、裁判をめぐる記録。

本書 *Thieves of Book Row : New York's Most Notorious Rare Book Ring and The Man Who Stopped it* (2013)、邦題『古書泥棒という職業の男たち――20世紀最大の稀覯本盗難事件』の舞台は一九三〇年代。株価の暴落に続く大恐慌のさなか、一九二〇年から三三年まで続いた禁酒法の時代です。失業者が街にあふれ、図書館では本の盗難だけでなく、寒さをしのぐためのコートの盗難が日常茶飯事だったと記されています。

一八九四年に亡くなったエドガー・アラン・ポーの初期の詩集が、出版されて百年ほどなのに古典として高値がついたというのは、歴史の浅いアメリカならではでしょう。当時は一般家庭の屋根裏部屋から思いがけずポーの作品が見つかって、センセーショナルな報道をされたといいます。また、一七七六年の建国当時の出版物（文学作品にかぎらず、パンフレットでも新聞でも個人の日記でも）が、アメリカーナと呼ばれて珍重されてもいました。

本書にたびたび登場するブック・ロウ、すなわち、マンハッタンの四番街に六ブロック続いていた本の街は、規模こそ小さくなったものの現在でも四番街の一角を占め、有名な古書店ストランドもここにあります。

主な登場人物は、ブック・ロウで暗躍した窃盗団の三人、ギャングのアル・カポネそっくりなロシア系移民のチャールズ・ロンム、デンマーク系移民でポルノを扱って荒稼ぎしたベン・ハリス、ニューヨークのスラム街生まれで大胆不敵なハリー・ゴールド。さらには、ボストンの図書館から盗んだ本を窃盗団に供給していたカナダ生まれのハロルド・クラーク。そして、窃盗団を追いつめて裁判に持ち込み、図書館の盗難事件を広く世に知らせたニューヨーク公共図書館の二人の特別捜査員、エドウィン・ゲイラードとウィリアム・バーグキスト。

そのほかにも数多くの書籍ディーラーやコレクター、図書館職員、司法関係者、評論家などが登場します。

著者は「リサーチは大好きだが、インタビューはあまり得意ではない」とのことですが、丹念な調査にもとづいた綿密な記述をしています。細かいところまできちんと書いており、淡々とした描写から登場人物の生き生きとした姿が見えてきます。

ネット時代に入り、書籍や書店の形態は大きく変わりましたが、今でも宝探しをするような気持ちで古書店をめぐる人も少なくありません。図書館も様変わりしつつありますが、相変わらず盗難事件は後を絶たず、厳重な警戒態勢をとる図書館が増えています。本書は資料としての価値はもちろんのこと、こうした問題を改めて考えるきっかけを与えてくれます。

二〇一五年十二月

原注

プロローグ　さまよう星

1. "Born in Boston," *Baltimore Sun*, January 17, 1909.

2. R. Eden Martin, "Collecting Poe," *Caxtonian*, June 2004, 1 .

3. Rufus Wilmot Griswold, *Poets and Poetry of Early America, 17th ed.* (Philadelphia: Perry and McMillan, 1856), 469 .

4. John Henry Ingram, *Edgar Allan Poe* (London: John Hogg, 1880), 78 .

5. Arthur Hobson Quinn, *Edgar Allan Poe: A Critical Biography* (New York: Appleton-Century, 1941), 138–43 .

6. Eric W. Carlson, *A Companion to Poe Studies* (Hartford, CT: Greenwood, 1996), 542 ; Charles Heartman and James Canny, *A Poe Bibliography* (Hattiesburg, MS: The Book Farm, 1943), 25 .

7. Heartman and Canny, *A Poe Bibliography*, 25.

8. Ian Walker, ed. *Edgar Allan Poe, The Critical Heritage* (London: Routledge,1986), 72 .

9. *The Dial*, May 17, 1917; Col. Richard Gimbel, "Quoth the Raven," *Yale University Library Gazette,* April 1959, 142 .

10. Edgar Allan Poe to James Russell Lowell, July 2, 1844. Reprinted in J. Gerald Kennedy, ed., *The Portable Edgar Allan Poe* (New York: Penguin, 2006), 490.

11. H. R., "Poe's Early Poems," *The Philobiblion*, March 1862.

12. Rufus Wilmot Griswold, "The Ludwig Article," originally in the October 9, 1849, *New York Tribune*. Reprinted in James Albert Harrison, *Life of Edgar Allan Poe* (New York: Thomas Crowell, 1903), 349 .

13. Griswold, *Poets and Poetry of Early America, 17th ed.*, 469. ポーの死後、グリズウォルドは 1827 年に出版された『タマレーン』を紹介するのにこれとほぼ同様の表現を使っている。

1 章　大恐慌時代の稀書事情

1. Marvin Mondlin and Roy Meador, *Book Row: An Anecdotal and Pictorial History of the Antiquarian Book Trade* (New York: Carroll & Graf, 2003), xv .

2. Christopher Morley, *The Haunted Bookshop* (New York: Doubleday, 1921), 240.

3. 同 114 ページ。

4. Charles Cooke, "Two People," *New Yorker*, November 16, 1929, 23 .

5. 同

6. WPA, *Guide to New York City* (New York: Pantheon, 1982), 122 .

7. Henry Roth, *Call It Sleep* (New York: Picador, 2005), 10 .

8. Frederick Lewis Allen, *Since Yesterday* (New York: Harper, 1940), 2–3 .

9. "The New York City Bookshops in the 1930s and 1940s," *Dictionary of Literary Biography Yearbook*, 1993, 143–49; Meyer Berger, "About New York," *New York Times*, February 1, 1956, 21 .

10. Mondlin and Meador, Book Row, xvi.

11. Guido Bruno, *Adventures in American Bookshops*, Antique Stores and Auction Rooms (Detroit: Douglas Book Shop, 1922), 39 . 書籍販売業はミスの許されない厳しい商売だった。好況期ですら、廃業に追い込まれる書店は少なくなかった。繁盛している店でも生き残るために闘わなければならなかった。ジョージ・D・スミスは毎日 16 時間から 18 時間働き、日曜日は週日に終えられなかった仕事にあてていたとチャールズ・ハートマンは記している。 Charles Heartman, *George D. Smith* (Hattiesburg, MS: The Book Farm, 1945), 7 .

12. Mondlin and Meador, *Book Row*, 78.

13. Harry Gold, *The Dolphin's Path* (Chapel Hill, NC: Aberdeen Book Company, 1979), 11 .

14. A. B. Shiff rin, *Mr. Pirate—A Romance* (New York: Mitchell Kennerley, 1937), 13–14 . ルイス・コーエンもマディソン書店で同様の経験をしている。「仕事はいろいろあった。口述筆記、手紙のタイプ、在庫手配、配達、書籍検索、梱包、接客」 Jacob Chernofsky, "Louis Cohen and the Argosy Book Store," *AB Bookman*, April 15, 1991,1508 .

15. *Madeleine Stern, Antiquarian Bookselling in the United States* (New York: Greenwood Press, 1985), ix–xv

16. Mondlin and Meador, *Book Row*, 25.

17. ハロルド・ボーデン・クラークの未刊の回想録 12 ページ。 Archives of Ontario, F264.

18. Carolyn Wells, *Murder in the Bookshop* (Philadelphia: Lippincott, 1936), 102 .

19. Walter Goldwater, "New York City Bookshops in the 1930s and 1940s," *Dictionary of Literary Biography Yearbook* (Detroit: Gale Research, 1994), 161–62 .

20. Charles Everitt, *The Adventures of a Treasure Hunter* (New York: Little, Brown, 1951), 160 . この話の出典は、ある書籍ディーラーの回想録で、おそらく誇張されているのだろう。だが、現在残っているテキストがなんらかの証拠となるとすれば、少なくとも大部分は真実と言える。イェール大学のバイネッキ図書館は『引き潮』の書名入り原稿を所蔵している。B6179として所蔵されている原稿は、二つ折り紙 115 枚に 1-9 章と 11-12 章までが書かれ、スティーブンソンの署名があり、108 枚目の下に 1893 年 6 月 5 日と日付が入っている。そこにない章(10章)はロイド・オズボーンの筆跡で、やはりイェール大学が所蔵している。したがって、この 10 章をウェルズが加えたと考えられる。イェール大学は、ある時点で、これがのちに加えられたものと気づいて、オリジナル原稿からはずした。以下を参照。Peter Hinchcliffe and Catherine Kerrigan, *The Ebb-Tide* (Edinburgh: Edinburgh University Press 1995), 155–56 .

21. これは著者が身をもって知っている事実である。だが、詳しくは、チャールズ・グッドスピードの *Yankee Bookseller*(Boston:Houghton Mifflin,1937) 240 を参照のこと。この商売の落とし穴――盗本や偽造本を買うことについて、彼は「この商売に携わる者なら誰もが時として陥るおそれがある」と書いている。

22. "Rare Books Bring $8,889," *New York Times*, March 5, 1921. ロンムをグループのリーダーだとする記述はいくらでもある。たとえば、ジョン・コブラーのロンムに関する記述を参照。"Trailing the Book Crooks," *Saturday Evening Post*, March 13, 1943, 18 and "Rare Book Easy to Steal but Hard to Sell," *Milwaukee Journal*, June 2, 1937.

23. Charles Romm, *The Charles Romm Collection of English and American Authors* (Arbor Press, 1921), ページ不明。

24. Goldwater, "New York City Bookshops," 150.

25. Jay Gertzman, *Bookleggers and Smuthounds: The Trade in Erotica*, 1920–1940 (Philadelphia: University of Pennsylvania, 1999), 15 .

26. Charles Heartman, "The Curse of Edgar Allan Poe," *The American Book Collector*, July 1933, 45 .

27. Gold, *The Dolphin's Path*, 3–4, 14.

28. WPA, *Guide to New York City*, 401.

29. 同 108 ページ。

30. Gold, *The Dolphin's Path*, 79–80, 119. 彼の幼少期については、韻文形式で書かれた回想録 *Dolphin's Path* の中に垣間見れる。

31. Harry Barton, "The Second Hand Book Business," *Bookseller and Stationer*, May 1922, 21 .

32. Mondlin and Meador, *Book Row*, 115–16. Gold, 6, 18. ゴールドの最初の元手の正確な金額については記録がないが、500 ドルが妥当な数字だろう。1925 年にルイス・コーエンがアーゴシー書店を開いた時に伯父から 500 ドル借りており、ブック・ロウの有名な店、ビブロ・アンド・タネンをジャック・ビブロが開いた時には母親から 300 ドル借りている。ウォルター・ゴールドウォーターは 1932 年に 600 ドルでブック・ロウに出店した。ジョージ・D・スミスは、その時代の A・S・W・ローゼンバックと言われたが、63 ドルで四番街に最初の店を出したと言っていた。1880 年代のことだから、あながち嘘とは言い切れない。以下を参照。"Argosy Awash in Title Wave," *New York Daily News*, September 13, 1997; Obituary of Walter Goldwater, *New York Times*, June 28, 1985; Jack Biblo, "Used Book Seller for Half a Century," *New York Times*, June 18, 1998 ; Charles Heartman, *George D. Smith* (Hattiesburg, MS: The Book Farm, 1945), 5.

33. Shiff rin, *Mr. Pirate* , 26.

34. Marco Page, *Fast Company* (Philadelphia: Blakiston, 1928), 25 .

35. Charles Goodspeed, *Yankee Bookseller*, 237.

36. Adolf Growoll, "The Profession of Bookselling," *Publishers Weekly*, 1893, 177 .

37. Mondlin and Meador, *Book Row*, 115.

38. "Shops Here Linked to Library Thefts," *New York Times*, June 11, 1931; "Brains of Book Ring Thieves," *New York Herald*, June 11, 1931.

39. Gold, *The Dolphin's Path*, 11.

40. Everitt, *The Adventures of a Treasure Hunter*, 114. ブック・スカウト（書籍発掘要員）のことを書いた本や記事は数多くあるが、古書ビジネスにおける彼らの重要性をエベリットほど雄弁に語った人物はいない。デイビッド・A・ランドールも *Dukedom Large Enough* (New York: Random House, 1962) の中で同様の記述をしている。

41. Stanley Edgar Hyman, "Book Scout," *New Yorker*, November 8, 1952, 39. 以下も参照のこと：Calvin Trillin,

"Scouting Sleepers," *New Yorker*, June 14, 1976, 86. この記事は、より現代のブック・スカウトについて述べている。

42. ボストンとニューヨークで本泥棒として過ごした時代についてハロルド・ボーデン・クラークが記した未刊の回顧録の14ページ。Archives of Ontario, F264.

43. 同13ページ。

44. 同17ページ。

45. マルコ・ペイジ『古書殺人事件』26ページ。マルコ・ペイジはハリー・カーニッツのペンネーム。この本に登場する本泥棒は彼が出会った実在する本泥棒をモデルにしている。実話小説ではないが、カーニッツとバーグキストが知っていた人物の行動を描いている。

46. Edwin White Gaillard, "The Book Larceny Problem, pt. II," *Library Journal*, April 1, 1921, 307.

47. Adolf Growoll, "The Profession of Bookselling," *Publishers Weekly*, 1893, 177.

48. Kenneth E. Carpenter, "Libraries," in *A History of the Book in America* (Chapel Hill: University of North Carolina Press, 2007), 301–12.

49. Everitt, *The Adventures of a Treasure Hunter*, 5.

50. Michael J. Walsh, "Adventures in Americana," in *Four Talks for Bibliophiles* (Philadelphia: Wm. Fell Co., 1958), 84.

51. Morriss H. Briggs, *Buying & Selling Rare Books* (New York: R.R. Bowker, 1927), 22.

52. John Kobler, "Trailing the Book Crooks," *Saturday Evening Post*, March 13, 1943, 18.

53. Keyes Metcalf, *Random Recollections of an Anachronism* (New York:Readex,1980), 264–65 ; *Publishers Weekly*, December 1931, 2600; Plea Agreement, Charles Romm, Pen. #55681, February 10, 1932. New York City Municipal Archives. ロンムが初めて成功をおさめたのは、1921年にアンダーソン・オークション・ハウスで売ったアメリカーナ757点だった。その後もこの分野で収集を続けただけでなく、ジャック・ロンドの作品に関する2冊を含めた書誌学的コレクションにも貢献している。以下を参照。"An Index to Nathan Van Patten," *Bibliographies and Bibliographical Contributions Relating to the Work of American and British Authors* (Palo Alto, CA: Stanford University Press, 1934), 155.

54. Alfred Claghorn Potter and Edgar Huidekoper Wells, *Descriptive and Historical Notes on the Library of Harvard University* (Cambridge: Harvard University, 1911), 10.

55. "New York City Bookshops," 139–41, 151–52.

56. Bruno, *Adventures in American Bookshops*, Antique Store and Auction Rooms, 81.

57. 一般的にはキース・メカトーフの以下の言及を参考にするとよいだろう。"Buying and Selling Libraries," *New York Observer*, December 1, 1910.

58. Mondlin and Meador, *Book Row*, 64, "Review Copies," *New Yorker*, January 30, 1937, 12. からの引用。一般的には以下を参照のこと。Mondlin and Meador, *Book Row*, 62–70.

59. "Indicted as Fences for Rare Book Loot," *New York Times*, December 5, 1931. 同様に "Review Copies," 12.

60. Charles Goodspeed, *Yankee Bookseller*, 238.

61. シュルツとハートマンは互いに、相手は彼らが不正な連中だと知っていたはずだと言っている。

62. "Thieves and Forgers," *American Book Collector*, 1935, 69–70.

63. Charles Goodspeed, *Yankee Bookseller*, 238.

64. Growoll, "The Profession of Bookselling," 174.

65. こうした作家は存命中から、同時代の書籍ディーラーから収集する価値があると見なされていた。

66. Everitt, *The Adventures of a Treasure Hunter*, 23.

67. ハロルド・ボーデン・クラークの未刊の回想録3ページ。

68. 同14ページ。

69. *New York v. Gold*, CR-68509, Statement of Samuel Dupree, January 4, 1934, 4.

70. 蔵書印を消す方法に関する記述は数多くある。一般的なものとしては以下を参照。"New York Library's Detective Has Unique Job," *Hartford Courant*, June 6, 1937; John Kobler, "Trailing the Book Crooks," *Saturday Evening Post*, March 13, 1943, 18; "Rare Book Easy to Steal but Hard to Sell," *Milwaukee Journal*, June 2, 1937.

71. Ric Burns and James Sanders, *New York* (New York: Knopf, 1999), 338 .

72. Nicholas Basbanes, *Patience & Fortitude* (New York: HarperCollins, 2001), 191–93 .

73. アンダーソン・ギャラリーズの住所はよく知られているが、たとえば、ロードアイランド歴史協会のアメリカーナと題した販売カタログを参照。
ロードアイランド歴史協会 (New York: Anderson Galleries, 1921). Trump Park Avenue website http://www.trumpparkavenue.com/, accessed January 19,

2012.

74. George Goodspeed, *The Bookseller's Apprentice* (Philadelphia: Holmes Publishing, 1996), 43 .

75. Gold, *The Dolphin's Path*, 11.

76. マルコ・ペイジ『古書殺人事件』6 ページ。

77. "Demand for Rare Books Forces Prices Skyward," *New York Times*, December 16, 1923.

78. Charles Heartman, "Depression Proof," *American Book Collector*, July 1932, 6 .
稀覯本ディーラーは金回りのいいブローカーや株式取引に携わる人々がコレクターだというだけの理由から、しばしば彼らと密接な関係を持っていた。そのおかげで株式市場に精通して健全な買いができたが、1929 年、1930 年には多額の負債を抱えることになった。ハートマンは顧客であるブローカーの言いなりになって大損したことがある。その後 10 年経っても彼の怒りはおさまらず、こうしたブローカーたちは「娼婦の魂の持ち主だ。といっても、約束を果たす正直な女性である娼婦を侮辱するつもりはないが」と書いている。*George D. Smith*, 15.

79. Edwin Wolf and J. F. Fleming, *Rosenbach* (Cleveland: World Publishing, 1960), 350 .

80. ハロルド・ボーデン・クラークの未刊の回想録 13 ページ。

81. Harry Schwartz, *The Book Collecting Racket* (Milwaukee: Casanova Press, 1934), 20 .

82. ハロルド・ボーデン・クラークの未刊の回想録 2–5 ページ。

83. ジェームズ・レノックスは、この時代に多くのコレクターが出現するずっと前からアメリカーナのコレクターとして有名だった。そのために最高級のアメリカーナを比較的安価に手に入れることができた。また、エバート・ダイキンクといったコレクターから寄贈を受けたこともあって、1931 年に NYPL の一部となったレノックス図書館は、アメリカーナの図書館として最高と目されるようになった。以下を参照。 Joel Silver, "James Lenox and His Library," *AB Bookman*, January 1, 1996, 5–11 and Henry Stevens, *Recollections of Mr. James Lenox of New York and the Formation of his Library* (London: Henry Stevens, 1886) .

2 章　蓄積した知恵

1. Christopher Gray, "Once It Held Many Pages," *New York Times*, February 10, 2002 .

2. Phyllis Dain, *The New York Public Library: A History of Its Founding and Early History* (Ann Arbor: University Microfi lms International, 1966), 4.

3. Gray, "Once It Held Many Pages."

4. Meyer Berger, "Public Library Here, 100 This Month," *New York Times*, February 24, 1954 .

5. Gray, "Once It Held Many Pages."

6. Dain, *The New York Public Library*, 8.

7. "The Complaint of a Poor Scholar," *New York Times*, July 19, 1855.

8. "Stealing from the Astor Library," *New York Times*, August 6, 1881.

9. Allen, *Since Yesterday*, 23.

10. "CHA Bjerregaard,, Librarian, Dies," *New York Times*, January 28, 1922. Jack Richmond, *Immigrants All, Americans All* (New York: Comet Press, 1955), 4 .

11. "Stole Rare Books to Sell," *The Sun* , March 6, 1893.

12. *The Critic*, March 11, 1893, 155.

13. "Is Fond of Literature," *The Daily Inter-Ocean*, March 6, 1893.

14. Travis McDade, "Frederick Lauriston Bullard: Lincoln Scholar, Pulitzer Prize Winner, Book Thief," インタビュー。

15. "Divinity Student Turns out to be a Professional Book Thief," *Minneapolis Journal*, December 23, 1898.

16. "Stole Rare Books to Sell," *The New York Sun*, March 6, 1893.

17. 19 世紀のマンハッタンにおける書籍販売に関してはいくつか出典がある。以下を参照。W. H. Wallace, "The Booksellers of Nassau Street in the 1850s," *AB Bookman*, April 11, 1988, 1457 . Edwin Hoff man, "The Bookshops of New York City," *New York History*, January 1949, 53. Jacob Chernofsky, "The Mendoza Bookstore: Surviving a Century of Change," *AB Bookman*, April 11, 1988, 1490 .

18. "Valuable Book Stolen," *New York Times*, March 6, 1893.
ダグラスはニューヨークで金に困っていただけでなく、ワシントン DC で地元の弁護士に 75 ドルを返済せず指名手配されていた。J. S. *Easby-Smith v. Theodore Olynthus Douglas*, No-33393, November 8, 1892.

19. *Publishers Weekly*, March 11, 1893, 427.

20. "Special Notices," *Publishers Weekly*, February 2, 1893, 280.
21. "Arrested for Robbing Libraries," *New York Tribune*, March 6, 1893.
22. "Douglas to Be Tried," *New York Times*, March 7, 1893.
23. "More About Brockway's Paddle," *New York Times*, December 14, 1893.
24. Charles Woodward, "About Baker and Woodward." Broadside. New York Historical Society, SY1893 #3.
25. Dain, *The New York Public Library*, 117–21.
26. Henry Hope Reed, *The New York Public Library* (New York: Norton, 1986), 6–10 .
27. 同
28. "Their First Day on the Bench," *New York Times*, July 13, 1895; "New Men on the Bench," *New York Tribune*, July 13, 1895.
29. "A Judicial Comparison," *New York Tribune*, August 31, 1895.
30. "Magistrate Pleads for Boy," *New York Times*, December 22, 1897.
31. Ibid.
32. "The Library Presses Its Charge," *New York Tribune*, December 22, 1897.
33. Dain, *The New York Public Library*, 113.
34. "Stealing Library Books," *New York Tribune*, January 2, 1898.
35. Dain, *The New York Public Library*, 113.
36. "The Library Book Thief," *Dallas Morning News*, June 23, 1907.
37. "Five Thousand Books Stolen Within a Year," *New York Tribune*, April 17, 1904.
38. "Hits or Misses," *Boston Globe*, January 21, 1904.
39. *The Newsman*, January, 1891, 4.
40. "Mr. Goff on the Bench," *New York Times*, January 8, 1895.
41. "Recorder John W. Goff," *Green Bag*, November 1897, 470.
42. "Mr. Goff on the Bench."
43. "Rob Libraries of Rare Books," *The Sun*, April 9, 1904.
44. "Book Thief Pleads Guilty," *New York Times*, May 5, 1904, 3; "Sketched Suspected Thief," *New York Times*, April 9, 1904.
45. "Alleged Book Thief Caught," *New York Daily Tribune*, April 4, 1904.
46. "Rob Libraries of Rare Books."
47. "Alleged Book Thief Held," *New York Tribune*, April 12, 1904.
48. "Mrs. Osborn's Page Goes Free," *New York Tribune*, May 7, 1904.
49. "Book Thief Gets a Year," *New York Times*, May 7, 1904.
50. David Gray, "A Modern Temple of Education," *Harper's*, March 1911, 562 .
51. John Shaw Billings, *Book Thieves*, July 15, 1910 . Circular. New York Public Library Archives, Special Investigator, Thefts & Losses.
52. *Library Journal* , October 1910, 464.
53. *Edwin White Gaillard, A Tribute* (New York: New York Public Library, 1929), 8–10.
54. Editorial, *Atlanta Medical and Surgical Journal*, March 1886, 58 .
55. "New York Public Library Has Its Police Department," *New York Tribune* October 5, 1913.
56. Edwin White, "Draft," June 20, 1928, 1.
57. "Book Thieves," *Library Journal*, June 1904, 308.
58. "Book Thieves," *Literary Collector*, August 1904, 89.
59. 同
60. Edwin Anderson to William Kipp, December 16, 1914. New York Public Library Archives, Special Investigator, 13/17.
61. "Draft," 2.
62. "It's Becoming Harder to Steal Books in the Library," *New York Herald Tribune*, January 19, 1919.
63. *Edwin White Gaillard , A Tribute* , 10.
64. "Draft," 2–3.
65. Edwin White Gaillard, "The Book Larceny Problem, Part. II." April 1, 1921, 301–12 .
66. Thomas Lannon, "A History of the Library as Seen Through Notable Reseachers," http://www.nypl.org/blog/2011/05/02/historylibrary-seen-through-notable-researchers.
ここで示された例に基づいて、1928 年と 1939 年の図書閲覧票の違いが比較できる。
67. "New York Public Library Has Its Police

Department."
68. Metcalf, *Random Recollections of an Anachronism*, 155–61.
69. Phyllis Dain, "Harry M. Lydenberg and American Library Resources," *The Library Quarterly*, October 1977, 456.
70. "New York Public Library Has Its Police Department."
71. Edwin White Gaillard to Edwin Anderson, July 22, 1913. New York Public Library Archives, SI, 13/17.
72. Edwin White Gaillard to Edwin Anderson, June 5, 1914. New York Public Library Archives, SI, 13/17.
73. Edwin White Gaillard to Edwin Anderson, December 31, 1924. New York Public Library Archives, SI, 23/28.
74. "Steals 4 Cab Loads of Library Books," *New York Times*, February 3, 1925.
75. "Book Thief Released," *New York Times*, February 10, 1925.
76. "Charles P. Cox Dies," *New York Times*, July 26, 1933.
77. "Book Thefts at Brentano's," *Publishers Weekly*, September 27, 1902, 576.
78. "Accused of Book Thefts," *New York Times*, September 22, 1902.
79. Edwin Gaillard to Edwin Anderson, January 21, 1916. New York Public Library Archives, SI, 13/17.
80. "It's Becoming Harder to Steal Books in the Library," *New York Herald Tribune*, January 19, 1919.
81. Edwin White Gaillard to Edwin Anderson, July 13, 1920. New York Public Library Archives, SI, 15/23.
82. Edwin White Gaillard to Edwin Anderson, August 7, 1920. New York Public Library Archives, SI, 15/23.
83. Edwin Gaillard to Edwin Anderson, December 4, 1914. New York Public Library Archives, SI, 13/17.
84. Edwin White Gaillard to Edwin Anderson, November 20, 1914. New York Public Library Archives, SI, 13/17.
85. "It's Becoming Harder to Steal Books in the Library."

3章　盗まれたポー

1. デュプリはゴールドとの関係やニューヨークでの生活に関して4つの文書を残している。そのうち3つは宣誓陳述書で、それぞれ1933年11月15日、1934年1月4日、1934年4月2日に作成されている。またウィリアム・バーグキストに宛てて4ページの手紙を書いており、日付は「感謝祭」とだけあるが、おそらく、1933年の最初の宣誓陳述書――その作成時にはバーグキストも立ち会っている――のあとに書いたものだろう。これらはすべてNew York Municipal ArchivesでNew York v Harry Gold fileに収められている。このほかにも数回にわたってデュプリと面談して話を聞き取ったキース・メトカーフが記した資料からもデュプリに関する情報が得られる。
2. Stephen Crane, "An Experiment in Misery," in Kevin Kerrane and Ben Yagoda, eds., *The Art of Fact* (New York: Simon & Schuster, 1997), 63.
3. James Trager, *The New York Chronology* (New York: HarperCollins, 2003), 457 .
4. Book Exchange, *New York Times*, September 21, 1930. The "gnome-like" Manuel Tarshishによる記述。"The Fourth Avenue Book Trade," *Publishers Weekly*, October 20, 1969, 54 . ギラーはハリー・ゴールドをもっと用心深くしたような男だと、デュプリはバーグキストに語っている。
5. *New York v. Harry Gold*, Statement of Samuel Dupree, November 15, 1933, 2.
6. E. W. Gaillard to W. B. Badger, February 3, 1914. New York Public Library Archives.
7. E. W. Gaillard to Edwin Anderson, December 22, 1914. New York Public Library Archives.
8. Dupree letter, 4.
9. *New York v. Gold*, Statement of Samuel Dupree, January 4, 1934.
10. Allen, *Since Yesterday*, 16.
11. J. H. Whitty, *The Complete Poems of Edgar Allan Poe* (Boston: Houghton Miffl in, 1917), 217.
NYPLが所蔵する1冊に関する記述は、2010年1月に著者が行った調査と、1932年9月7日付の大陪審の証言に基づいている。
12. A. S. W. Rosenbach, *Books and Bidders* (Boston: Little, Brown, 1927), 4.
13. "Unique Value of Poe First Editions Among Book Collectors," *New York Times*, January 17, 1909.
14. "Scarce First Editions Appreciated," *New York Times*, November 24, 1894.
15. "The Auction Season of 1906," *Publishers Weekly*, February 16, 1907, 725.
16. "Tamerlane Brings $1,460 at Book Sale," *New York*

Times, March 20, 1909.

17. "American Auction Sales, 1910," *Publishers Weekly*, January 28, 1911, 126. 以下も参照。 Edgar Allan Poe Society of Baltimore http://www.eapoe.org/works/editions/atmp.htm

18. "Few Nuggets More Highly Prized by the Collector," *Washington Post*, January 17, 1909.

19. *The Dial*, May 17, 1917, 447.

その後『アル・アーラーフ』は理想的とは言い難い状況で市場に出た。1冊は1917年5月に売り出されたが、戦争による収益税とニューヨークとロンドン間の輸送手段の不足によって、本の価格は大幅に下落した。それでも、1000ドル近い値がついた。

20. Charles Heartman, "The Curse of Edgar Allan Poe," *American Book Collector*, January 1933, 46.

21. "Asks $2,000 for Rare Poe," *New York Times*, April 1, 1913.

22. Edwin Wolf and J. F. Fleming, *Rosenbach*, (Cleveland: World Publishing, 1960), 321.

23. Advertisement, *Baltimore Sun*, September 27, 1930.

24. J. Wynn Rousuck, "Tamerlane: 15-cent Bomb to $123,000 Gem," *The Sun*, December 1, 1974.

25. Nicholas Basbanes, *A Gentle Madness* (New York: Henry Holt, 1995), 422.

26. Chris Kaltenbach, "Poe Rarity Sells for $662,500," *Baltimore Sun* , December 4, 2009 .

27. Josephine Young Case, *Owen D. Young and American Enterprise* (Boston: Godine Press, 1982), 413.

28. Charles Everitt, *The Adventures of a Treasure Hunter* (Boston: Little, Brown,1952), 13.

29. Mondlin and Meador, *Book Row* , 49.

30. David A. Randall, *The JK Lilly Collection of Edgar Allan Poe*(Bloomington: Indiana University Press, 1964), 11 . David A. Randall, *Dukedom Large Enough* (New York: Random House, 1962), 190.

31. "Rare Copy of Poe's Al Aaraaf Saves Aged Woman," *Washington Post*, March31, 1913.

32. "Morgan Pays $3,800 for a Poe Pamphlet," *New York Times*, November 25, 1909.

33. Gold, *The Dolphin's Path*, 24.

34. Page, *Fast Company*, 77–8.

35. "Notes on Rare Books," *New York Times*, June 29, 1924. 保管庫については1911年の開館時に次のように説明されている。「40丁目側の廊下の……3室にはアメリカーナ、初期の印刷本、原稿、その他特別注目する必要のあるものを収めている」

"The New Building of the New York Public Library," *Library Journal*, May 1911, 225.

36. Jeff erson Bell, "Demand for Rare Books," *New York Times*, December 16, 1923.

37. New York Public Library Rare Book and Manuscript Division Accession Sheet. New York Public Library Archives, Wilberforce Eames Papers.

38. Joel Silver, "James Lenox and His Library," *AB Bookman*, January 1, 1996, 5 . The description of the Lenox collection comes from "Notes on Special Collections Libraries in the United States," in *Bibliographical Contributions* (Cambridge: Harvard University, 1892), 44.

39. Metcalf, *Random Recollections of an Anachronism*, 112.

40. John Kobler, "Trailing the Book Crooks," *Saturday Evening Post*, March 13, 1943, 19 .

41. *New York v. Gold*, Dupree statement, January 4, 1934, 1–4.

42. Harry Lydenburg to A. S. W. Rosenbach, January 11, 1931. Rosenbach Museum and Library; Joseph Moldenhauer, "Bartleby and The Custom-House," *Delta*, November, 1978, 21–23.

43. Jerry Patterson, *Fifth Avenue* (New York: Rizzoli, 1998), 94–95.

44. E.B. White, *Here is New York* (New York: The Little Bookroom, 1949), 28.

45. Metcalf, *Random Recollections of an Anachronism*, 270–71.

46. "The New Building of the New York Public Library," *Library Journal*, May 1911, 225.

47. Metcalf, *Random Recollections of an Anachronism*, 260–65.

48. Alexander Woolcott, "Da Capo," *New Yorker*, April 6, 1929, 38 .

49. Matthew Bruccoli, *The Fortunes of Mitchell Kennerley* (New York: Harcourt Brace Jovanovich, 1986), 199 . ブルッコリのほかに、カーンのオークションに出席していたデイビッド・ランドールもこのオークションについて詳しく記述しており、私はその多くを引用し

ている。それ以外にも2つの情報源があり、きわめて学術的なものとしてはアーサー・フリーマンの記述があげられる（私がそれを読んだのはこの章を書き終えたあとだった）。アーサー・フリーマンについては以下を参照。"The Jazz Age Library of Jerome Kern" in Robin Meyers, Michael Harris, and Giles Mandelbrote, eds., *Under the Hammer: Book Auctions Since the Seventeenth Century* (New Castle, DE: Oak Knoll, 2001), 209–28.

50. Wolf and Fleming, *Rosenbach*, 308.

51. John Winterich, "Dr. Rosenbach," *Harper's*, March 1956, 80.

52. その日、グーテンベルク聖書に入札した人物は他に3人いた。A・S・W・ローゼンバックは当時まだ駆け出しで、最初に脱落した。だが、ロンドンのバーナード・クォートリッチは3万ドルまで残り、フィラデルフィアのジョセフ・ワイドナーはハンティントンを追いかけ、1000ドルずつ上げて、5万ドルの値をつけた。*New York Times*, April 25, 1911.

53. "Bulls and Books," *New York Times*, January 10, 1929.

54. Randall, *Dukedom Large Enough*, 4.

55. 同12ページ。

56. ローゼンバックの伝記作家によると、博士はジョン・クインのオークションで、主としてウェルズと直接対決するために7万2000ドル費やし、ウェルズはローゼンバックから1冊奪うのがやっとだったという。*Wolf and Flemming,Rosenback,189-92.* ホーのオークションは例外だが、ジョージ・D・スミスはこのローゼンバック対ウェルズの競り合いのような状況を避けるために出席したコレクターに釘を刺した。「自らオークションに出て、無謀に、時として互いに悪意を持って入札するコレクターたちが作り出す悲惨な結果を直接目の当たりにして、こうした形で売り出す競売人と所有者を喜ばせることになるだけだと彼にはわかっていたのだ」Charles Heartman, *George D. Smith* (Beauvoir, MS: Book Farm, 1945), 4.

57. Robert Coates, "Books at a Million," *New Yorker*, January 19, 1929, 9.

58. Bruccoli, *The Fortunes of Mitchell Kennerley*, 203–7.

59. Randall, *Dukedom Large Enough*, 197. Also, Freeman, "The Jazz Age Library of Jerome Kern," 223.

60. Talk of the Town, "Da Capo," *New Yorker*, April 6, 1929. See also Randall, *Dukedom Large Enough*, 12.

61. この話は少なくとも語られた時点では真偽のほどは疑わしい。コレクターのハリー・ワイドナーは1912年にタイタニック号の沈没で死亡しているから、その後ローゼンバックが彼に売って100万ドル儲けることはできなかったはずだ。また、1912年より前にたった一日のうちに株式市場で100万ドル儲けたという話はまず考えられない。しかし、1920年代後半になると、この話もある程度信憑性が出てくる。いずれにしても、ローゼンバックは――大半のディーラーの例にもれず――株価が急騰した1920年代には定期的に株で儲けていたのは確かである。

62. Randall, *Dukedom Large Enough*, xiv.

63. "The Weather," *New York Times*, January 10, 1931; David Gray, "A Modern Temple of Education," Harper's, March 1911, 564.

64. Marion K. Sanders, "A Slight Case of Library Fever," *Harper's*, April 1962, 68.

65. *Handbook of The New York Public Library* (New York: New York Public Library, 1916), 51; Edwin White Gaillard, "The Book Larceny Problem," *Library Journal*, March 15, 1920, 254.

66. New York Public Library Report, 1920, 22.

67. "J.P. Morgan Shows Noted Manuscripts at Public Library," *New York Times*, December 8, 1924, 1; Malcolm Ross, "Scholar's Paradise," *New Yorker*, April 9, 1932, 50.

68. " Exhibition," *Bulletin of the NYPL*, January 1931, 19.

69. "Dealer Is Indicted in Rare Book Theft," *New York Times*, September 9, 1932; Dupree, statements and letter.

70. Metcalf, *Random Recollections of an Anachronism*, 261–62.

71. E.B. White, *Here Is New York*, 16.

72. Carolyn Wells, *Murder in the Bookshop* (Philadelphia: Lippincott, 1936), 55.

4章　学識と研究

1. "Books and Crooks Are His Specialty," *New York Times*, January 25, 1949. バーグキストの初期のキャリアに関してはさまざまな情報源がある。たとえば、キース・メトカーフの回想録、ジョン・コルバーの "Trailing the Book Crooks," *Saturday Evening Post*, March 13, 1943.

2. *Illinois in the World War, An Illustrated History of the Thirty-Third Division* (Chicago: States Publication Society, 1921), 659.

3. Metcalf, *Random Recollections of an Anachronism*, 257.

4. 同

5. Dain, *The New York Public Library*, 741.

6. Ernest J. Reece, "The New York Public Library School," *Library Journal*, March 1, 1922, 215.

7. Metcalf, *Random Recollections of an Anachronism*, 73.

8. ウォーリー・ピップは1915年から1925年にかけてニューヨーク・ヤンキースのスター一塁手だった。まだ絶頂期の時、1試合だけスターティングメンバーをはずれて、若いルー・ゲーリックと交代した。その後2度とスタメンに戻れなかった伝説的人物。

9. Metcalf, *Random Recollections of an Anachronism*, 262.

10. Kobler, "Trailing the Book Crooks," *Saturday Evening Post*, March 13, 1943, 18 .

11. Edgar Allan Poe, "The Purloined Letter," in *The Works of Edgar Allan Poe in Ten Volumes* (Chicago: Stone & Kimball, 1894), 168 .

12. 他の2冊は貴重ではあるが、ポーの作品ほどの稀覯本ではなかった。本泥棒の世界では、盗むのは貴重な本だが、貴重すぎてもいけないというのが常識だ。この2冊について、バーグキストは数年後にこう語っている。「好まれるのは400ドルから1000ドルまでの本だ。『白鯨』と『緋文字』はこの危険な価格帯だった。このクラスの新しい本が発見されても、盗まれた本かどうか即座に判断できないからである。"Rare Book Easy to Steal but Hard to Sell," *Milwaukee Journal*, June 2, 1937.

13. John Kobler, "Yrs. Truly, A. Lincoln," *New Yorker*, February 25, 1956, 38 .

14. G. William Bergquist, "Rare Book Easy to Steal."

15. Harry Lydenburg to A. S. W. Rosenbach, January 11, 1931. Rosenbach Museum and Library.

16. Metcalf, *Random Recollections of an Anachronism*, 261.

17. Terrance Greenwood, "Arthur Swann, Lover of Books," *The American Book Collector*, October 1932, 215–16. アンダーソンはスワンが辞めたことに気づいていなかった。アンダーソン・オークション・ハウスは、その後も世界最大の書籍競売場の1つだった。1929年のカーンのオークションのほかにも、1921年3月にはチャールズ・ロンムのアメリカーナとイギリスの初版本およそ757点を売っている。

18. Donald Dickinson, *Dictionary of American Antiquarian Bookdealers* (Westport, CT: Greenwood Press, 1998), 214.

19. Advertisement, *New York Times*, April 27, 1924.

20. "Notes on Rare Books," New York Times , April 26, 1931.

21. "Notes on Rare Books," *New York Times*, October 13, 1929.

22. Percy Hutchinson, "Mr. Pirate and other Recent Works," *New York Times*, July 11, 1937.

23. Lisa Jo Sagola, *The Girl Who Fell Down* (Boston: Northeastern University Press, 2003), 486.

24. "New Plays in Manhattan," *Time Magazine*, January 29, 1951, 53.

25. Miles Jeff erson, "An Empty Season on Broadway," *Phylon*, 1951, 129.

26. Everitt, *The Adventures of a Treasure Hunter*,120.

27. A. B. Shiff rin, *Mr. Pirate*, 24.

28. Gold, *The Dolphin's Path*, 14–15.

29. *New York v. Gold*, Statement of Abraham Shiff ran [sic], January 8, 1934.

30. 長年ブック・ロウでビブロ・アンド・タネンを経営していたジャック・タネンによると、ポルノを求める客がいると、ハリー・ゴールドの店に行って客が求めているものを訊かなければならなかったという。ゴールドは「私には法外としか思えない価格で」店にある多くのポルノ本を売った。Jacob L. Chernofsky, "Biblo and Tannen : A Fourth Avenue Landmark" *AB Bookman*, April 14, 1986. タネンの共同経営者、ジャック・ビブロは、後にインタビューの中で、不法な商取引を行う際に誰が信用できるかの決め手になるのは口コミだと言っている。

以下参考。Jay Gertzman, *Bookleggers and Smuthounds: The Trade in Erotica*, 1920–1940 (Philadelphia: University of Pennsylvania Press, 1999), 61.

31. Charles Heartman, "The Curse of Edgar Allan Poe," *American Book Collector*, January 1933, 47.

32. *New York v. Gold*, Grand Jury Testimony, September 7, 1932, 1–4.

33. Talk of the Town, "Mezzotint," *New Yorker*, November 4, 1928, 17.

34. "Books Wanted," *Publishers Weekly*, February 4, 1922, 302; *New York Tribune*, January 29, 1922.

35. Randall, *Dukedom Large Enough*, 198–99.

36. *New York v. Gold*, Grand Jury, 3.

37. 書籍ディーラーの回想録の大半は基本的に逸話の紹

介である。ローゼンバックの *Books and Bidders and a Bookhunter's Holiday* には、古書の購入や買い損ねた話が数多く書かれている。クラウスの *A Rare Book Saga* はそれよりは正統的な伝記だが、数々の勝利や達成が語られている。これはこうした回想録の大半にあてはまることで、読者が読みたがることを書いたからにほかならない。きわめて貴重な本を短期間所有したのち進んで人に譲るのが、成功をおさめたディーラーに共通する特徴で、商売上不可欠だったのだが、そこがコレクターと異なる点である。それは今日でも変わらない。*Fine Books &Collecions* 誌のブログ *Fine Books Notes* には、*Bring Young Booksellers* というシリーズがある。2011年12月22日には、ノース・カロライナ州チャペル・ヒルズで古書店を営むデイビッド・エイレンバーガーへのインタビューが掲載された。個人としてどんな本を収集しているのかと訊かれると、彼は自分のためにはほとんど本を買わないと答えている。「収集熱はほとんどありません。本に対する情熱は、興味深い本を短期間所有し、それを売ったあとは別の本に移ることで満たされていますから」

38. *New York v. Gold*, Grand Jury, 4.

39. Arthur Swann to Harry Gold, 1927. Grolier Club Archives.

40. Norman Hall, "Polonius was Right," *Publishers Weekly*, October 31, 1931, 2013.

41. Malcolm Ross, "Scholar's Paradise," *New Yorker*, April 9, 1932, 50.

42. Nicholas Basbanes, *A Gentle Madness* (New York: Henry Holt & Co., 1995), 211.

43. Mondlin and Meador, *Book Row*, 53.

44. "Cheap," *New Yorker*, April 13, 1946, 25.
皮肉なことに、ローゼンバックはその後『地下の国のアリス』を議会図書館に寄贈する意図を明らかにして収集家の団体に購入させ、さらには、アメリカ合衆国を代表して大英博物館に寄贈し、現在も大英博物館が所蔵している。

45. Randall, *Dukedom Large Enough*, 29.

46. John Carter, "Playing the Rare Book Market," *Harper's*, April 1960, 74.

47. William Targ, *Indecent Pleasures* (New York: Macmillan, 1975), 371.

48. *1933 Bulletin of the NYPL* for examples both of collections purchased for and items donated to the NYPL collection.

49. Everitt, *The Adventures of a Treasure Hunter*, 87.

50. John Crichton, The American Antiquarian Book Trade, in *Book Talk*, Robert Jackson and Carol Rothkopf, eds. (New Castle, DE: Oak Knoll Press, 2006), 95.

51. Leona Rostenberg and Madeleine Stern, "The Changing Rare Book Trade, 1950–2000," *Rare Books and Manuscripts*, 2004, 15.

52. Heartman, "The Curse of Edgar Allan Poe," 47.

53. Randall, *The JK Lilly Collection*, 7.

54. 同24ページ。

55. Edward Anderson to Edwin White Gaillard, October 3, 1928, New York Public Library Archives, Draper Employment Fund File.

56. Edwin White Gaillard to Edward Anderson, June 20, 1928, New York Public Library Archives, Special Investigator, 1924–8.

57. Kobler, "Trailing the Book Crooks."

58. *New York v. Gold* , Additional Grand Jury, September 7, 1932, 6.

59. Kobler, "Trailing the Book Crooks," 101.

60. Robert Hallett, "Private Eye in a Public Library," *Christian Science Monitor*, December 15, 1950.

61. *Report of the New York Public Library for 1931* (New York: New York Public Library, 1932), 294.

62. Edwin White Gaillard, "Tentative List of Regulations." New York Public Library Archives, Special Investigator, 1931.

5章　ボストンの状況

1. *Annual Report of the Trustees of the Public Library of the Town of Brookline, 1878–1879* (Brookline, MA: Chronicle Press, 1879), 182.

2. "Crimes and Casualties," *Boston Globe*, November 27, 1879.

3. *Annual Report*, 182.

4. W. B. Clarke, "Book Thieving and Mutilation," *Library Journal*, September 1879, 249.

5. "Conviction for Book Thieving," *Library Journal*, October 1879, 377.

6. Samuel Green, "Capture of a Notorious Book Thief," *Library Journal*, January 1880, 48.

7. 同

8. ハロルド・ボーデン・クラークの未刊の回想録 10 ページ。Archives of Ontario, F264.
9. "Looting of Libraries is Charged," *Boston Post*, June 9, 1931; Fred Inglis, "Huge Collection of Rare Books and Old Papers," *Ottawa Citizen*, January 4, 1956.
10. Christopher Redmond, *Welcome to America, Mr. Sherlock Holmes* (Toronto: Simon & Pierre, 1987), 214 .
11. ハロルド・ボーデン・クラークの未刊の回想録 29 ページ。
12. 同 1–2 ページ。
13. Perry Duis, *The Saloon: Public Drinking in Chicago and Boston* (Urbana: University of Illinois Press, 1999), 92 .
14. ハロルド・ボーデン・クラークの未刊の回想録 29–35 ページ。
15. Buckley to Charles Belden, April 18, 1929. Boston Public Library Archives, Harold Clarke file.
16. Travis McDade, *The Book Thief: The True Crimes of Daniel Spiegelman* (New York: Praeger, 2006).
17. Charles Goodspeed, *Yankee Bookseller*, 239.
18. George Goodspeed, *The Bookseller's Apprentice*, 50.
19. Charles Belden, "Urgent," February 7, 1930. Circular. Boston Public Library Archives, HC.
20. H. Langevin to Louis Ranlett, March 11, 1930. Boston Public Library Archives, HC.
21. Oscar Wegelin to Charles Belden, February 8, 1930. Boston Public Library archives, HC.
22. Mondlin and Meador, *Book Row*, 46.
23. 同 111–12 ページ。
24. Oscar Wegelin to Charles Belden, February 8, 1930. Boston Public Library archives, HC.
25. Everitt, *The Adventures of a Treasure Hunter*, 48.
26. "L. Felix Ranlett, Retired Librarian," *Boston Globe*, October 15, 1989.
27. *Annual Report of the Trustees of the Public Library of the City of Boston, 1928–1929* (Boston: Boston Public Library, 1929), 41.
28. Felix Ranlett to William Bergquist, April 8, 1930. Boston Public Library Archives, HC.
29. "Book Racket Thefts Total $500,000," *Boston Evening Transcript*, June 9, 1931.
30. Felix Ranlett to Charles Belden, May 28, 1930. Boston Public Library Archives, HC.
31. Dierdorff to Felix Ranlett, March 3, 1930. Boston Public Library Archives, HC.
32. Michael Crowley, "Record of Events," March 3, 1930. Boston Public Library Archives, HC.
33. Borden Clarke to Charles Belden, May 25, 1930. Boston Public Library Archives, HC.
34. Felix Ranlett to Charles Belden, June 16, 1930. Boston Public Library Archives, HC.
35. William Bergquist to Charles Belden, April 5, 1930. Boston Public Library Archives, HC.
36. "Sherlock Holmes of the Library," *The Pentwater News*, December 14, 1945.
37. "Indict Book Thief on Twenty Counts," *Harvard Crimson*, November 4, 1931.
38. "Cambridge Court Drops Books Larceny Charge," *Boston Globe*, November 14, 1931.
39. Robert Blake in *Harvard University, Report of the President*, 1929–1930(Cambridge: Harvard University, 1930), 221.
40. *Annual Report of the Trustees of the Public Library.*
41. "Lampy Artists Not Allowed to Sketch Widener Stiles," *Harvard Crimson*, October 9, 1930.
42. ハロルド・ボーデン・クラークの未刊の回想録 29 ページ。
43. Kobler, "Trailing the Book Crooks," 18.
44. "Clarke Unable to Get $5000 Bail," *Boston Globe*, June 10, 1931.
45. Felix Ranlett to William Bergquist, June 26, 1930. Boston Public Library Archives, HC.
46. Blake in *Harvard University*, 230.

6章　愛書家の資格のある人間

1. Charles Goodspeed, *Yankee Bookseller*, 26.
2. "Looting of Libraries is Charged," *Boston Post*, June 9, 1931.
3. "Gave University Rare Books," *New York Times*, June 11, 1931.
4. ハロルド・ボーデン・クラークの未刊の回想録 30 ページ
5. "Dr. Clarke Held For Hearing on Saturday," *Clinton Courant*, June 13, 1931.

6. 同"Withdrew Not Guilty Plea," Clinton Courant, November 20, 1931. クリントンですら、このニュースは大きく取り上げられることはなかった。一段記事が出ただけで、その隣の二段記事は市内に3つあるボーリングチームのボックススコアに関するものだった。

7. "Clarke in Lowell Two Days Last Week,"*Lowell Sun*, June 9, 1931; "Poe's Conchologist's First Book," *New York Times*, June 18, 1898.

8. ハロルド・ボーデン・クラークの未刊の回想録29ページ。

9. これについては多くの資料や文献に残されている。"Story Stirs Library Here," *New York Times*, June 11, 1931; "Book Thief Changes His Plea to Guilty," *Boston Globe* , November 11, 1931; Plea Agreement, Ben Harris, Pen. #55760, March 9, 1932. New York City Municipal Archives, Gold file.

10. "Harold Clarke Goes to Grand Jury," *Clinton Daily Courant*, June 13, 1931. 同様にこちらも参照。 Kobler, "Trailing the Book Crooks," 18.

11. Kobler, "Trailing the Book Crooks," 18; "Looting of Libraries"; ハロルド・ボーデン・クラークの未刊の回想録30ページ ; "Dr. Clarke Held"; "Book Thief Changes His Plea."

12. Metcalf, *Random Recollections of an Anachronism*, 262–65.

13. Sanka Knox, "Rare Book Sleuth to End Library Job," *New York Times*, December 15, 1960.

14. A. S. W. Rosenbach, *The Unpublishable Memoirs* (New York: Mitchell Kennerly, 1917), 115.

15. Gaillard, "Book Larceny," 247.

16. Rosenbach, *The Unpublishable Memoirs*, 317.

17. E. V. Lucas, "Notes on an American Visit," *Harper's*, August 1934, 330.

18. Rosenbach, *The Unpublishable Memoirs*, 105.

19. 彼はドクターと自称していたが、すぐにマスコミから詐称の疑いを抱かれた。6月13日付の『パブリッシャーズ・ウィークリー』では「シカゴのカイロプラクティックの学校を卒業したことで、ドクター・クラークと自称し……」と書き、『ニューヨーク・タイムズ』はドクターに引用符をつけた。8月になると、『タイムズ』も肩書きをつけなくなった。

20. "Accused of Book Thefts," *New York Times*, June 9, 1931; "Allege Wholesale Book Loot by Ruse," Boston Daily Globe, June 9, 1931; "The Weather," *Boston Daily Globe*, June 8, 1931. Other Globe editions before and after this date mention a particularly hot early summer; "Brains of Book Ring Thieves," *New York Herald*, June 11, 1931; ハロルド・ボーデン・クラークの未刊の回想録30ページ

21. "Rare Book Thief Caught," *Publishers Weekly*, June 13, 1931, 2791; "Robs Libraries of Rare Books," *Boston Herald*, June 9, 1931. Clarke, 3; "Allege Wholesale."

22. "Book Racket Thefts Total $500,000," *Boston Evening Transcript* , June 9, 1931.

23. "Identifies 28 Books," *Lowell Sun*, June 10, 1931.

24. ハロルド・ボーデン・クラークの未刊の回想録29–30ページ。

25. "Book Racket."

26. *Boston Daily Post*, June 8, 1931.

27. "Rare Book Thief Caught."

28. "Shops Here Linked to Library Thefts," *New York Times*, June 11, 1931; "Brains of Book;" "Accused of Book Thefts."

29. "Police Find Three New Lots of Stolen Books." 同様に "Dr. Clarke Held," 4.

30. "Says Big Ring Steals Books," *Worcester Telegram*, June 10, 1931; "Thefts of Rare Books Widespread," Boston Post, June 10, 1931.

31. "Dr. Clarke Held"; "Shop Here Linked to Library Thefts," *New York Times*, June 11, 1931.

32. Miscellany, *Time*, December 17, 1945, 46.

33. "Clarke Unable to get $5,000 Bail," *Boston Globe*, June 10, 1931.

34. "Brains of Book."

35. ハロルド・ボーデン・クラークの未刊の回想録30ページ。

36. "Book Dealer Sentenced as Fence," *New York Evening Post*, January 5, 1932.

37. William Bergquist to Charles Belden, June 16th, 1931. Boston Public Library Archives, HC.

38. "Dr. Clarke Held"; "Clarke Goes to Grand Jury."

39. ハロルド・ボーデン・クラークの未刊の回想録2ページ。

40. "Clarke in Lowell."

41. "Clarke to Grand Jury," *Clinton Courant*, June 12, 1931.

42. 同

43. "Dr. Clarke to Hospital," *Clinton Courant*, August 28, 1931.

44. Enoch Callaway, *Asylum: A Midcentury Madhouse* (Westport, CT: Praeger, 2007), 4–5.

45. Robert Curran to Felix Ranlett, September 11, 1931. Boston Public Library Archives, HC.

46. Felix Ranlett to Robert Curran, September 14, 1931. Boston Public Library Archives, HC.

47. "Book Thief Changes His Plea," "Withdrew Not Guilty Plea," *Clinton Courant*, November 20, 1931; "Clarke Pleads Guilty to Book Larceny," *Lowell Sun*, November 12, 1931.

48. ハロルド・ボーデン・クラークの未刊の回想録30ページ。

49. "Dr. Clarke Held."

7章　ニューヨーク州の裁判

1. パンガーについては以下を参照のこと。"Magistrates Facing Inquiry in 2 Counties," *New York Times*, January 22, 1930; "Crain is Sworn In," *New York Times*, December 13, 1929; "MA Panger Named Swann's Aid," *New York Times*, January 25, 1920.

2. Cedric Larson, "New York Library's Book Detective," *American Swedish Monthly*, October 1955, 6–7 ; Arthur Strawn, "Racketeers in the Rare Book Market," *The Sun*, May 22, 1932.

3. *The Bookshelf of Brander Matthews* (New York: Columbia University Press, 1931).

4. 一般的には以下を参照。"Scott Exhibition Opens," *New York Times*, October 9, 1932; "Morgan Manuscript by Scott is Stolen," *New York Times*, November 23, 1932; "$500 Reward Offered for Lost Morgan MS," *New York Times*, November 24, 1932; "Priceless Scott MS. Mysteriously Restored to Morgan Library," *New York Times*, April 19, 1933; Kobler, "Trailing the Book Crooks," 19. この窃盗に触れた別の記事では、同じ泥棒が多くの近代の草稿から200ページを盗んで、扱いやすい分量にしたと指摘している。

5. 盗んだ本を売るのはそれほどでもないが、ポルノとわかっている本を売るのは危険な仕事だった。ニューヨークの悪徳取締局は書籍ディーラーを猥褻禁止法違反で定期的に起訴し、店を閉鎖して商品を押収していた。ハリー・ゴールドは不正な商取引をするために多額の投資をしており、警察内の少なくとも数人の情報提供者に賄賂を渡していたと考えられる。古書ビジネスにおける悪徳取締官の問題に関しては以下を参照のこと。Gertzman, *Booklegger and Smuthounds*.

6. "Dealer Is Indicted As Rare Book Thief," *New York Times*, November 26, 1931.

7. "Romm Sent to Jail in Rare Book Thefts," *New York Times*, January 6, 1932.

8. *New York v. Charles J. Romm*, CR-62417, December 4, 1931.

9. "Indicted as Fences for Rare Book Loot," *New York Times*, December 5, 1931; also New York v. Ben Harris , CR-62485, December 2, 1931.

10. "Such Thievery is Serious," *Publishers Weekly*, December 26, 1931, 2718.

11. "Romm Sent to Jail in Rare Book Thefts," *New York Times*, January 6, 1932.

12. "Sing Sing Inmate Stabbed to Death," *Boston Globe*, November 13, 1931.

13. "Sing Sing Jobs Spurned," *New York Times*, January 5, 1931.

14. "New York Public Library Has Its Police Department."

15. *New York v. Gold*, testimony, September 7, 1932, 10.

16. "Jailed in Rare Book Theft," *New York Times*, January 20, 1932.

17. Death Certifi cate # 5536, Manhattan. NYC Municipal Archives.

18. エド・ハリスとオスカー・チュドノフスキーとチャールズ・ショーが『アル・アーラーフ』をハリー・ゴールドから取り戻そうとした話は、1932年9月7日にこの3人のほか複数の人物の証言として大陪審に提出された。彼らの大半はハリー・ゴールドの2度目の裁判で再度尋問されて、基本的に同じ話を繰り返している。尋問によって新事実が判明する限りにおいて、彼らの証言は独自に記録されている。

19. Metcalf, *Random Recollections of an Anachronism*, 268; "Dealer Is Indicted in Rare Book Theft," *New York Times* , September 9, 1932. メトカーフはハリスが義弟のチュドノフスキーをNYPLに送ったと主張している。同時代の、より信憑性のある証言をしているのはハートマン

で、送られたのはエド・ハリスだという。この出来事に関するメトカーフの記述はおおむね正確で興味深いが、(本人も認めているように)書いたのが約30年後なので、細かい点では不正確なところも多い。

20. 以下を参照のこと。 "Check Frauds Laid to 13 Held as Ring," *New York Times*, August 23, 1931; "Palmer Canfield Indicted as Forger," *New York Times*, September 26, 1931.

21. *New York v Gold*, Statement of Gaughran, January 8, 1934.

22. Charles Heartman, *American Book Collector*, January 1, 1933, 48; "Guilty in Book Theft," *New York Times*, May 24, 1933, 19.

23. Grand jury, 9.

24. Frank Polk to Thomas Crain, September 19, 1932. New York Municipal Archives, *Gold* file.

25. Richard Tofel, *Vanishing Point* (Chicago: Ivan R. Dee, 2004), 112 .

26. *New York v. Gold*, Gold deposition, September 28, 1932, 3.

27. 同

28. "Corrigan Named to Succeed Bertini," *New York Times*, April 2, 1931.

29. "Corrigan in New Post," *New York Times*, April 10, 1931.

30. "End of Parole Board Urged by Corrigan," *New York Times*, April 13, 1933.

31. "Jurist Disputes Warden on Crime," *New York Times*, April 1, 1933.

32. "Buchler Win Stay," *New York Times*, May 20, 1932.

33. "Prosecutor's Coat Stolen," *New York Times*, May 10, 1933.

34. Thomas Crain to Oscar Chudnowsky, May 15, 1933. New York Municipal Archives, *Gold* file.

35. Charles Heartman, *American Book Collector*, January 1, 1933, 48 .

36. *New York v. Gold*, CR-68509, Affi davit and Notice of Motion, March 5, 1934.

37. "Rare Book Fence Gets Prison Term," *New York Times*, June 7, 1933.

38. *New York v. Gold*, 239 AD 368, 372–3 (NY AD 1933).

39. 同369ページ。

40. Frank Polk to Irving Mendelson, January 15, 1934. New York Municipal Archives, *Gold* file.

41. "Jay Rothschild, 83, Dead," *New York Times*, August 27, 1976; Jay Leo Rothschild, *The Students' Work Product and the Profession's Free Press*, 25 Brook. L. Rev. 187 (1958–1959) .

42. *New York v. Gold*, March 5, 1934. 宣誓および申立書。

43. *New York v. Gold*, "Harry Gold Case Witnesses."

44. Anonymous to Ben Harris, November 6, 1933. New York Municipal Archives, *Gold* file.

45. Dupree statement, November 15th, 1933; Dupree statement, January 4, 1934.

46. "Bookseller Again Guilty," *New York Times*, June 28, 1934; "Book Fence Sentenced," *New York Times*, July 16, 1934.

47. Note, appended to the NYPL's copy of *Al Aaraaf*.

8章　稀覯本の終わり

1. "Rare Book Theft Bared by Bargain," *New York Times*, February 14, 1937. "Theft Revealed as Five Rare Books are Sold for $1.15," *Washington Post*, February 14, 1937.

2. "Stolen Books," *Publishers Weekly*, 1937, 1406.

3. "Seven Volumes Stolen From Widener," *Harvard Crimson*, March 22, 1937.

4. George Allen, "Stanley Wemyss, Biblioklept, Bibliophile, Bibliographer," Philobiblion Club, March 14, 1989 ; George Allen, *History of William H. Allen Bookseller, 1917–97* (Bethlehem, PA: Lehigh University Information Services, 1997) .

5. *Ohio v. Smith*, Hamilton County No. 42567, October 8, 1936. Deposition of Jean Campbell, November 11, 1936.

6. *Ohio v. Smith*, Deposition of Martin Roberts, November 11, 1936.

7. "Book Thief," *Cincinnati Enquirer*, November 17, 1936. "Dealer Seized in Nation Wide Book Theft Plot," *Washington Post*, October 9, 1936.

8. "Readers' Open Forum," *Library Journal*, November 15, 1936, 859 ; "Book Thief Jailed, Wide Plot Is Seen," *New York Times*, September 26, 1936. "Man Held in Newark for Rare Book Thefts," *The Sun*, September 26, 1936.

9. "Cincinnatian Bought Stolen Books," *Cincinnati Times*

Star, October 8, 1936.
10. "Readers' Open Forum."
11. Madeleine Stern, *Antiquarian Bookselling in the United States* (New York: Greenwood Press, 1985), 65–8.
12. 同 77 ページ。
13. *Annual Report to the Secretary State, Ohio* (Springfi eld, OH: Springfi eld Publishing Company, 1920), 71.
14. 次を参照。 *The Evening-Gazette*, April 25, 1918.
15. *Pharos-Tribune*, July 14, 1923.
16. *Vidette-Messenger*, November 15, 1929.
17. *Evening Independent*, April 10, 1929; Antiques, July 1922, 95.
18. William C. Smith, *Queen City Yesterdays* (Crawfordsville, IN: RE Banta, 1959) . Thomas D. Clark, *My Century in History* (Lexington, KY: University of Kentucky Press, 2006), 206 . Donald C. Dickinson, *Dictionary of American Antiquarian Booksellers* (Westport, CT: Greenwood Press, 1998), 206.
19. "Alleged Fence in Book Thefts Held," *Times Recorder*, October 9, 1936.
20. *Ohio v. Smith*, Hamilton County CR- 42567, October 8, 1936.
21. "Counsel to be Heard Today," *Cincinnati Enquirer*, November 19, 1936.
22. "Judge Alfred Mack Is Dead," *Youngstown Vindicator*, April 21, 1950. Also, "Judge Alfred Mack," *New York Times*, April 24, 1950.
23. Jean Campbell and Martin Roberts depositions.
24. "Counsel to be Heard."
25. "Smith Denies Testimony of State Witness," *Cincinnati Times-Star*, November 18, 1936.
26. "Book Thief."
27. Clarence Wunderlin, ed., *The Papers of Robert A. Taft* (Kent, OH: Kent State University Press, 1997), 276.
28. *Law Notes*, February 1913, 214.
29. "Defends Buying of Old Books," *Cincinnati Times-Star*, November 17, 1936.
30. "Smith Acquitted in Book Suit," *New York Times*, November 22, 1936; "Book Dealer Freed on Charge," *Cincinnati Enquirer*, November 22, 1936.
31. "Book Dealer Freed."
32. 同
33. *Ohio v. Smith*, Entry Releasing Material Witness, November 19, 1936.
34. Allen, "Stanley Wemyss, Biblioklept, Bibliophile, Bibliographer."
35. "Ohio Book Dealer Arrested," *Publishers Weekly*, 1936, 1630.
36. Stern, 77.

エピローグ

1. *New York v. Gold*, Statement of Raynor Dupree, April 2, 1934.
2. 同
3. "Parole Agent Seized in Extortion Trap," *New York Times*, April 7, 1934, 32.
4. "Ex Prison Aide is Jailed," *New York Times*, January 18, 1935, 3.
5. "Home Loan Racket," *New York Times*, December 21, 1935, 1.
6. "Book Dealer Seized in Library Thefts," *New York Times*, June 17, 1942.
7. "Book Fence Sentenced," *New York Times*, November 25, 1942.
8. "Why Do Men Steal Rare Books?" *Brooklyn Daily Eagle*, June 12, 1933, 14.
9. "Publisher Buys Building," *New York Times*, October 7, 1960, 57.
10. Meyer Berger, "About New York," *New York Times*, February 1, 1956, 21.
11. Nicholas Basbanes, *Patience & Fortitude* (New York: HarperCollins, 2001), 182.
12. Jacob Chernofsky, "Louis Cohen and the Argosy Book Store," *AB Bookman*, April 15, 1991, 1511.
コーエンはこの販売の橋渡しをしただけでなく、オマリー書店の本の販売も仲介したと主張している。ペンシルベニア州立大学には十分な証拠が残っていないが、同大学の稀覯本および草稿の責任者であるサンドラ・ステルツが、私のために語ってくれた。彼女によると、図書館側は蔵書を増やす計画を立てたが、書店から購入した資料の中には図書館にふさわしくないものも多かったという。一部を一般書架におさめ、何冊かは特別コレクションとして所蔵したが、大半は破棄された。
Sandra Stults to Travis McDade, March 10, 2011. On file

with author.

13. Meador and Mondlin, *Book Row*, 115–17.

14. "Book Racketeer to be Deported to Halifax," *Lowell Sun*, June 4, 1932, 1.

15. Fred Inglis, "Huge Collection of Rare Books and Old Papers," *Ottawa Citizen*, January 4, 1956, 25 ; Borden Clarke to F. A. Humphreys, January 14, 1954. Archives of Ontario, F264.

16. Dorothy "Dot" Clarke to Borden Clarke, January 6, 1961. Clarke to Humphreys. Archives of Ontario, F264; 1974 Individual Income Tax Return, Dorothy Clarke, Account 3290604.

17. ハロルド・ボーデン・クラークの未刊の回想録 1–2 ページ。

18. Metcalf, *Random Recollections of an Anachronism* , 264–65. クラークは便箋に「カナダで誠実な取引を 40 年」と印刷した。書簡の中でもよく同様の主張をしており、1960 年代にはバハマ紙のインタビューでも そう応えている。"New for Bookworms," *Nassau Guardian*, January 27, 1960, 1.

19. 次 を 参 照。Pen Points, *Utica Observer-Dispatch*, November 13, 1951, 6. 晩年クラークはボストン、とりわけニューヨークによく旅した。

20. ハロルド・ボーデン・クラークの未刊の回想録 18 ページ。

21. Clarke to Humphreys.

22. Walter A. Roesch to Borden Clarke, April 27, 1957. Archives of Ontario, F264.

23. Borden Clarke to Walter A. Roesch, May 1st, 1957. Archives of Ontario, F264.

24. John Hilton to Borden Clarke, March 14, 1951. Archives of Ontario, F264

25. Borden Clarke to Mr. Carroll, June 4, 1960. Archives of Ontario, F264.

26. Borden Clarke to G.S. Duff , June 24, 1960. Archives of Ontario, F264.

27. HSC to Borden Clarke, August 10, 1944. Harold Borden Clarke to Hayward, March 6, 1961. Archives of Ontario, F264.

28. ハロルド・ボーデン・クラークの未刊の回想録 3 ページ。

29. Harold Borden Clarke to Cyril and Mary, August 8, 1959. Archives of Ontario, F264. 今日において、古書業界に対するクラークの最大の功績は *the Lucayos Cookbook* を記したことである。この自費出版本は、クラークがバハマで発見したエリザベス朝時代の手稿についてまとめたもので、彼はトルーマン大統領やエジンバラ公にも同書を送りつけている。

30. ハロルド・ボーデン・クラークの未刊の回想録 31 ページ。

◆**著者　トラヴィス・マクデード　Travis McDade**
イリノイ大学ロースクール図書館情報学の准教授。書籍をめぐる犯罪の研究を専門とし、2006年に窃盗事件の裁判手続に焦点を当てた*The Book Thief*を発表。第2作となる本書では、事件の背景や経緯だけでなく、窃盗犯をはじめ図書館の特別捜査員の経歴や性格も入念に調べ上げ描いた。テレビやラジオ番組のコメンテイターも務めている。

◆**訳者　矢沢聖子　(やざわ・せいこ)**
英米文学翻訳家。津田塾大学卒業。主な訳書に、リンゼイ・デイヴィス『密偵ファルコ』シリーズ（光文社)、アガサ・クリスティー『スタイルズ荘の怪事件』(早川書房）ほか多数。

古書泥棒《こしょどろぼう》という職業《しょくぎょう》の男《おとこ》たち

20世紀《せいき》最大《さいだい》の稀覯本《きこうぼん》盗難《とうなん》事件《じけん》

●

2016年1月28日　第1刷

著者………トラヴィス・マクデード
訳者………………矢沢聖子《やざわせいこ》
装幀………永井亜矢子（陽々舎）
カバー写真………………iStockphoto
発行者………………成瀬雅人
発行所………株式会社原書房
〒160-0022 東京都新宿区新宿 1-25-13
電話・代表　03(3354)0685
http://www.harashobo.co.jp/
振替・00150-6-151594
印刷・製本……………図書印刷株式会社

ISBN 978-4-562-05279-0 Printed in Japan

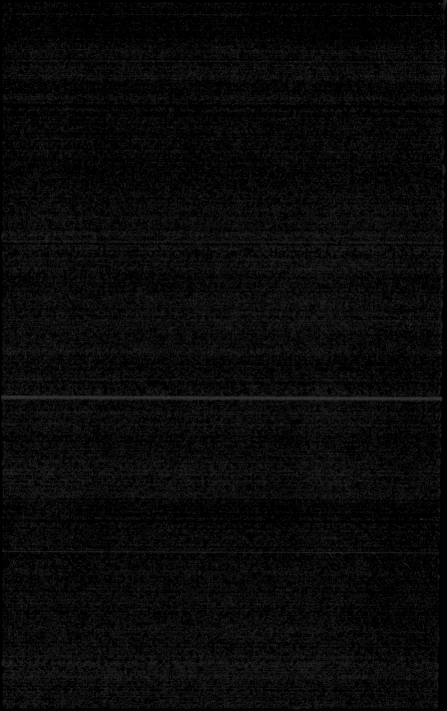